Kirsten Harder
Die große Liebe fängt man mit dem Lasso

Das Buch

Yeeesss! Prüfung in der Tasche und eine tolle Architektenstelle in den USA ergattert. Besser könnte es für Tina gar nicht laufen. Vor dem Start ist noch ein traumhafter Urlaub in den Rocky Mountains geplant, mit ihren besten Freundinnen. Die Natur und die Berge sind atemberaubend, aber nichts gegen den Anblick von Cowboy Cody, ihrem Tourguide. Die beiden fühlen sich auf Anhieb zueinander hingezogen, doch keiner hat den Mut zum ersten Schritt.

Nach einer knisternden Woche der verpassten Gelegenheiten stürzt sich Tina in ihren neuen Job, der ihre ganze Diplomatie erfordert. Dass sie Cody dabei so schnell wiedersehen würde, hätte sie sich auch nicht träumen lassen. Sie soll ihn überreden, sein Land für ein Bauprojekt zu verkaufen. Da kann sie ihre Liebe wohl gleich im geplanten Stausee ertränken …

Die Autorin

Kirsten Harder ist in Norddeutschland aufgewachsen, was zu einer Leidenschaft für Meer, Schiffe und Fische geführt hat. Beruflich zog es sie allerdings erst mal in die Rocky Mountains, wo sie auf einer Pferderanch arbeitete und als Assistentin eines Paläontologen half, Dinosaurierknochen auszugraben.

Seit ihrer Kindheit liebt sie Pferde und nutzt jede freie Minute, um Zeit mit ihnen zu verbringen. Ihrem eigenen Pferd ist sie schon begegnet, als er noch ein flauschiges Fohlen war. Und seit ihrem Erfolgsroman »Waschen, Schneiden, Melken« hat Kirsten auch die Kühe sehr fest in ihr Herz geschlossen.

Kirsten schreibt nicht nur romantische Komödien, sie hat sogar eine erlebt … und ist jetzt glücklich mit ihrem Traummann verheiratet. Beide, Mann und Pferd, bekommen regelmäßig die Geschichten erzählt, die manchmal auch den Weg in Kirstens Bücher finden.

Kirsten arbeitet als Autorin und Dramaturgin. 2007 gründete sie eine Schreibakademie in Berlin, die sie bis heute leitet. Weitere Infos: www.kirstenharder.de

KIRSTEN HARDER

DIE GROSSE LIEBE FÄNGT MAN MIT DEM LASSO

ROMAN

 Montlake

Deutsche Erstveröffentlichung bei
Montlake, Amazon Media EU S.à r.l.
38, avenue John F. Kennedy, L-1855 Luxembourg
Dezember 2020
Copyright © der deutschsprachigen Ausgabe 2020
By Kirsten Harder
All rights reserved.

Umschlaggestaltung: PEPE *nymi*, Milano
Illustrationen: © Riccardo Gola
Umschlagmotiv: © Paladin12 / Shutterstock
1. Lektorat: Dorothea Kenneweg
2. Lektorat: Media-Agentur Gaby Hoffmann, www.profi-lektorat.com
Gedruckt durch:
Amazon Distribution GmbH, Amazonstraße 1, 04347 Leipzig /
Canon Deutschland Business Services GmbH, Ferdinand-Jühlke-Straße 7,
99095 Erfurt /
CPI books GmbH, Birkstraße 10, 25917 Leck

ISBN 978-2-49670-475-4

www.montlake.de

Für Christian

KAPITEL 1

Aua! Mein Kopf dröhnt, als würde ein wildes Pferd in vollem Tempo darin herumgaloppieren. Ich kann es förmlich sehen: Seine Mähne weht im Wind und sein schwarzes Fell glänzt in der Sonne. Es ist wunderschön, aber es möge bitte endlich stehen bleiben, damit das Trommeln seiner Hufe in meinem Kopf aufhört.

»Tina, ist alles in Ordnung mit Ihnen?«

Der Professor mit der runden Brille und der Halbglatze beugt sich über den Tisch und blickt von oben auf mich herab.

Ich sitze in meiner mündlichen Prüfung wie ein Kaninchen vor der Schlange, schaue zu ihm hoch und schlucke.

»Wieso?«, piepse ich.

Er schüttelt den Kopf. »Sie sehen gar nicht gut aus.«

»Na, vielen Dank.« Das soll ironisch klingen, aber ich bin nicht sicher, ob das rüberkommt.

Das ist meine letzte Prüfung. Zusammenreißen, Kopf hoch, lächeln! Ich schaffe das. Ich habe mich heute Morgen aus dem Bett gequält, also ziehe ich das jetzt durch. O Gott, mein Kopf, mein Magen, mir bricht der Schweiß aus.

Der Prüfer zieht jetzt die Augenbrauen hoch.

»Haben Sie meine Frage verstanden?«

»Ihre Frage, ah ja. Also ... äh ...«

Was hatte er überhaupt gefragt? Ich bin verloren. Na toll! Wenn ich die Prüfung nicht bestehe, kann ich meinen Job auch vergessen. Niemand stellt eine Architektin ein, die durch die Prüfung gerauscht ist. Nirgendwo auf der Welt, auch nicht in den Rocky Mountains.

Jetzt taucht das Gesicht meiner Professorin neben dem des Prüfers auf. Sie runzelt ihre ohnehin schon faltige Stirn noch mehr.

»Tina, Sie sind ja ganz blass. Wollen Sie sich vielleicht lieber krankmelden?«

Ich schaue zwischen den beiden hin und her und versuche, den Aufruhr in meinem Magen telepathisch zu beruhigen.

»Ich weiß nicht.« Meine Stimme klingt erbarmungswürdig.

Die beiden wechseln einen Blick.

Endlich nickt der Prüfer.

»Die Kollegin hat recht. Reichen Sie ein Attest ein, dann können Sie die Prüfung in zwei Wochen wiederholen.«

Ich atme einmal tief durch.

»Vielen Dank.«

Ich bin gerettet … Vorausgesetzt, ich komme hier heil raus, ohne dass die beiden begreifen, was der wahre Grund für meinen Zustand ist. Ich stehe auf, halte mich einen Moment an der Stuhllehne fest und gehe zur Tür. Hoffentlich sehen sie nicht, wie ich schwanke.

Hinter mir nehme ich noch die Stimme meiner Professorin wahr.

»Gute Besserung, Tina. Und würden Sie bitte den nächsten Prüfling hereinbitten?«

Ich hebe die Hand zum Zeichen, dass ich verstanden habe.

Auf dem Gang vor der Tür sitzen die Studenten, die nach mir dran sind. Sie starren mich an, vermutlich denken sie, dass ich so blass aussehe, weil ich durchgefallen bin. Egal.

»Der Nächste bitte.«

Wie ein Zombie stolpere ich aus dem Uni-Gebäude. Draußen auf dem Gehweg muss ich mich an einer Straßenlaterne abstützen und kann gerade noch verhindern, mich in ein Beet zu übergeben. Ich japse nach Luft. Verflucht seist du und mögest du in der Hölle schmoren, blöder Tequila!

Ich wanke nach Hause und hoffe inständig, dass weder meine Eltern noch meine Geschwister da sind, damit ich mit niemandem sprechen muss. In meinem Zimmer angekommen sinke ich in mein Bett und will nur noch schlafen.

Irgendwann wache ich auf, weil ich einen Druck auf meinem Kopf spüre, mich etwas Haariges in der Nase kitzelt und ich kaum noch Luft bekomme. Brummelchen, die Katze meiner kleinen Schwester Lilli, hat sich auf meinem Gesicht zusammengerollt und möchte mir auf diese Weise klarmachen, dass ich aufstehen und mich mit ihr beschäftigen soll. Ich weiß, dass es keinen Zweck hat, sie zu ignorieren, also schiebe ich sie beiseite, wälze mich aus dem Bett und schlurfe in die Küche.

Eine Portion Katzenfutter von der besonders leckeren Sorte wird sie eine Weile beschäftigen. Beim Anblick des glibberigen Gelees mit den fleischigen Bröckchen wird mir allerdings klar, dass ich selbst für feste Nahrung noch lange nicht bereit bin. Ich halte die Luft an, um dem Geruch zu entgehen, und stelle ihr den Napf hin.

Ein Espresso muss her – und zwar dringend!

Ich setze Wasser auf, sinke auf einen Küchenstuhl und warte, bis das Wasser kocht. Dabei versuche ich, meine Gedanken zu ordnen. Ich schüttele den Kopf über mich selbst. Wieso um alles in der Welt musste ich meine letzte mündliche Prüfung selbst sabotieren? Ich war so gut vorbereitet und hatte mein Studium schon fast in der Tasche. Meine Professorin hat mir einen spannenden Job in Amerika in Aussicht gestellt. Das ist eine einmalige Chance, die ich unbedingt ergreifen muss. Also müsste ich doch überglücklich und megamotiviert gewesen sein.

Aber dann kam gestern Fabiennes Geburtstag dazwischen. Wegen der Prüfung hatte ich mir fest vorgenommen, höchstens ein Stündchen zu bleiben. Beste Freundin hin oder her.

Wir saßen auf Fabiennes Dachterrasse, unterhielten uns und schauten in den Sonnenuntergang. Zuerst habe ich ganz brav Cola und Wasser getrunken, nur später noch ein Gläschen Sekt.

Ein gesitteter Abend – so weit war alles gut. Wir sind im Feiern geübt und ich bin auch bald aufgebrochen. Kiki und meine Schwester Hanna hatten mich begleitet, es war immer noch alles total unter Kontrolle.

Aber auf dem Nachhauseweg lief etwas schief. Als wir an unserer Lieblingsbar vorbeikamen, beschlossen wir, einen kurzen Zwischenstopp einzulegen – bloß auf einen Absacker. Dabei gerieten wir in die Geburtstagsfeier von ein paar Jungs. Die waren echt fröhlich und einer von ihnen, Tom, auch sehr charmant. Er war nicht so ein Anbaggerkönig, sondern eher zurückhaltend. Er erzählte witzige Geschichten über Irland. Zuerst dachte ich, endlich mal einen Mann getroffen zu haben, der kommunikativ ist und sich auf die lustigen und romantischen Seiten des Lebens konzentriert. Ich war begeistert, nach einer Weile fing er allerdings an, über seinen Job als Koch zu meckern. Das war der Abtörner. Ab jetzt kamen nur noch Beschwerden über den blöden Chef, die Kollegen und den ganzen Stress.

Ich verstehe das nicht. Wie kann man dermaßen viel Zeit mit einem Job verbringen, der einem überhaupt keinen Spaß macht? Sollte man nicht einen Beruf wählen, für den das Herz schlägt und den man mit Leidenschaft ausübt? Für mich kommt jedenfalls nichts anderes infrage.

Als ich das nächste Mal auf die Uhr sah, war es plötzlich drei Uhr morgens. Die Jungs, Kiki und ich waren inzwischen die Letzten in der Bar. Kiki rief sich ein Taxi. Tom schlug vor, mich sicherheitshalber nach Hause zu begleiten – ganz Gentleman. Sein skurriler Mitbewohner Steffen war allerdings nicht mehr in der Lage, den Heimweg allein zu finden. Daher beschlossen wir, ihn erst in Toms Wohnung abzuliefern.

Gerade als ich mir bei diesen Gedanken den Espresso einschenke, klingelt es an der Tür. Ich gehe in den Flur und öffne. Draußen steht Kiki und schwenkt eine Flasche Sekt, bei deren Anblick mein Magen sofort wieder rebelliert.

»Hallo, Tina, na, mit eins Komma null bestanden, nehme ich an?«

Meine Antwort wartet sie gar nicht ab. Ihr roter Haarschopf wippt an mir vorbei in Richtung Küche, also zucke ich die Schultern, schließe die Wohnungstür und folge ihr. Kiki sitzt schon am Küchentisch, zwei Gläser vor sich. Mit einer routinierten Bewegung befreit sie die Flasche von der Alukappe.

»Das war deine letzte Prüfung, das gehört ordentlich gefeiert!«

Ich stöhne und sinke wieder auf meinen Küchenstuhl. »Wie kannst du nach diesem Abend jetzt schon wieder so fit sein?«

Kiki hält inne und mustert mich. »Was ist los, alles okay? Du bist doch nicht etwa durchgefallen?«

»Nein. Musste mich krankmelden.«

»Echt? Was hast du denn?«

»Zu viel Tequila.«

»Was, heute Morgen?«

»Nee, noch der von gestern.«

11

»Du Weichei.« Kiki lacht. »Du musst eindeutig mehr trainieren.«

»Im Gegenteil. Hiermit verordne ich mir ein Alkoholverbot, bis ich die Prüfung bestanden habe.«

»Und wann ist das?«

»In zwei Wochen. Ist meine letzte Chance.«

»So lange ohne Alkohol?!« Kiki guckt, als könnte sie es nicht glauben.

Ich nicke und nippe an meinem Espresso.

»Willst du auch einen?«

»Und ob.«

Während ich aufstehe und Wasser in den Espressokocher fülle, schaut Kiki mir aufmerksam zu.

»Und? Erzähl mal. Wie war's denn noch mit diesem Typen? Hat er ein paar nette Geschichten erzählt?«

Sie grinst, und ich sehe ihr an, dass sie auf eine amouröse Begebenheit hofft.

Aber ich schüttele den Kopf. »Wir mussten seinen Mitbewohner ins Bett verfrachten. Der war hackedicht.«

»Du warst in seiner Wohnung?« Kikis Stimme rutscht ein paar Töne höher, wie immer, wenn sie aufgeregt ist.

»Na klar, ich konnte den Mitbewohner ja schlecht hier ins Bett legen, was sollen meine Eltern denken? Und Lilli ist erst zwölf, was, wenn sie ihn morgens im Bad sieht, halb nackt womöglich. Die kriegt doch einen Schock fürs Leben.«

»Jaja, nun lenk mal nicht vom Thema ab. Du warst also bei Tom in der Wohnung.«

Ich seufze.

»Aha!« Kiki sieht mich mit unnatürlich großen Augen an.

»Nichts, *aha*. Wir haben nur noch was getrunken.« Ich stöhne auf bei der Erinnerung. »Aber das hätte ich echt lassen sollen.«

»Und dann?«

»Komaschlaf. Und ich hab von einem lila Frosch geträumt.«

12

»Aber du bist dageblieben?«

»Kann schon sein.«

Kiki klopft mit der flachen Hand auf den Tisch.

»Wusste ich's doch! Der Typ hat dir gefallen.« Sie kichert. »Schließlich kenn ich meine Tina.«

Ich stehe auf, hole die Espressokanne und gieße ihr Kaffee ein.

»Beruhige dich! Er hat auf dem Sofa geschlafen, heute Morgen gab's Aspirin zum Frühstück und das war's.«

Kiki guckt enttäuscht. »Aber schnuckelig war er. Du hättest ruhig mal ein bisschen …«

»Kiki! Lass mich mal machen, ich find schon noch den Richtigen.«

»Den *Richtigen*!«, äfft Kiki mich nach und verdreht demonstrativ die Augen. »Woher willst du wissen, ob der richtig ist, wenn du ihn nicht ausprobierst?«

»Kiki, sei nicht immer so ordinär.«

»Ich mein ja nur. Du kaufst ja auch kein Auto ohne Probefahrt.«

In diesem Moment klingelt es wieder an der Wohnungstür.

»Da kommt Fabienne«, ruft Kiki und wuselt zur Tür.

Ich atme tief durch und versuche, mich auf die Fragen vorzubereiten, die jetzt unweigerlich auf mich einprasseln werden.

Einige Minuten später sitzen meine beiden besten Freundinnen um unseren Familienküchentisch und diskutieren den gestrigen Abend und meine verpatzte Prüfung. Kurz darauf taucht auch meine Schwester Hanna auf und wird von Kiki sofort auf den aktuellen Stand gebracht.

»Und was heißt das nun?«, erkundigt sich Hanna.

Kiki kichert. »Tina trinkt im Moment nicht, da bleibt mehr für uns.« Sie schenkt Fabienne, Hanna und sich selbst einen Schluck Sekt nach.

»Nee, ich meine, was ist mit dem schnuckeligen Typen«, sagt Hanna, »dem aus der Bar.«

»Tom heißt er«, sage ich.

»Wie der heißt, ist egal.« Kiki winkt ab. »Hauptsache, er macht Spaß.«

»Du immer mit deinen Sprüchen!«, sagt Fabienne. »Es geht im Leben doch darum, seinen Seelenverwandten zu finden.«

Hanna verdreht die Augen. »Seelenverwandter und Mann, das ist ein Widerspruch in sich. Fußball, Bier und Autos beherrschen die Männerseele.«

Fabienne legt ihre Hand auf Hannas. »Lass mal, meine Liebe. Wir sprechen uns wieder, wenn du dich das nächste Mal verliebt hast.«

»Seelenverwandtschaft ist Bullshit«, sagt Kiki. »Männer sind zum Vergnügen da.«

Jetzt rollen alle mit den Augen.

»Jaja, amüsiert euch ruhig.« Kiki nickt einmal, um ihre Worte zu bekräftigen. »Es kommt der Tag, da werdet ihr einsehen, dass ich recht habe.«

»Hör mal, Tina.« Fabienne schlägt einen sanften Tonfall an, als wolle sie mich schonend auf etwas vorbereiten. »Du bist jetzt fünfundzwanzig. Es wird Zeit, dass du langsam mal eine feste Bindung eingehst.«

Kiki schlägt sich an die Stirn. »Fabienne, echt, du klingst wie meine Großmutter.«

»Und die ist bestimmt eine tolle Frau mit viel Lebenserfahrung.« Fabienne zwinkert Kiki zu, denn sie weiß, wie sehr Kiki ihre Großmutter mag.

Kiki verdreht wieder die Augen. »Ja, aber Tina kann sich noch früh genug binden. Jetzt lass sie doch erst mal ein bisschen Spaß haben.«

»Aber sie hat ja gar keinen Spaß.« Hanna kichert. »Sie lebt wie 'ne Nonne.«

»Eine Nonne, die in einem fremden Bett aufwacht?«, gebe ich zu bedenken.

Daraufhin kriegt Kiki einen Lachanfall. Auch die anderen gackern um die Wette.

Fabienne fächelt sich Luft zu, weil ihr vom Lachen warm geworden ist. »Übrigens, Tina, Themawechsel: Hast du eigentlich unsere Reittour gebucht?«

»Ich habe ein paar schöne Sachen rausgesucht, aber ich wollte mit euch gemeinsam entscheiden. Ich hol mal den Katalog ...«

Ich mache Anstalten aufzustehen, erleide allerdings einen Schwindelanfall und setze mich gleich wieder.

»Lass mal!« Hanna steht auf und verschwindet in mein Zimmer.

»Es gibt ein paar tolle Ranches in der Nähe von Richfield.« Bei diesem Satz halte ich mich an der Tischkante fest und warte erst mal ab, bis sich nicht mehr alles vor meinen Augen dreht.

»Richfield, ist das da, wo du deinen Job anfängst?«, fragt Fabienne.

»Ja, vorausgesetzt, ich bestehe die Prüfung. Wenn ich durchfalle, kann ich den nämlich vergessen.«

»Kopf hoch, Tina.« Kiki lächelt. »Deine Professorin hat dich für den Job vorgeschlagen, weil du Expertin für grüne Energien bist und weil sie an dich glaubt. Da wird sie dich wegen einer verpatzten Prüfung bestimmt nicht fallen lassen.«

»Nein, aber wenn ich die Wiederholungsprüfung vergeige ...«

Ich stocke, denn in diesem Moment steht Hanna wieder da, mit einem Gesichtsausdruck, der nichts Gutes verheißt.

»Was um alles in der Welt ist *das*?« Hanna hält etwas in die Luft wie eine Trophäe: Männer-Boxershorts, auf denen die Simpsons aufgedruckt sind.

Meine Freundinnen reißen die Augen auf und quietschen.

»Boah, ich dreh ab!«, kreischt Kiki.

»Wie kann man nur so was anziehen?« Fabienne schüttelt sich.

Hanna kichert. »Na ja, immerhin hat der Typ Humor.«

Fabienne legt den Kopf schief. »Bedeutet diese Unterhose, dass ihr euch wiederseht?«

Alle verstummen und starren mich an.

Ich zucke die Schultern. »Ach, das heißt gar nichts.«

Es folgt ein – für unsere Verhältnisse – ziemlich langes Schweigen.

Kiki findet als Erste ihre Sprache wieder.

»Moment mal, du hast Männershorts hier in deinem Zimmer und behauptest, das bedeutet nichts?«

»Willst du damit sagen, er war hier und ist danach ohne Unterhose nach Hause gegangen?« Bei diesen Worten beugt sich Fabienne zu mir vor und sieht mir in die Augen.

»Nein. Ich hab da übernachtet, aber nur, weil wir knülle waren. Er hat auf dem Sofa geschlafen, und die Hose habe ich mir von ihm ausgeliehen.«

Fabienne runzelt die Stirn. »*Ausgeliehen*. Und darf man fragen, was mit deiner passiert ist?«

Ich räuspere mich. »Ich bin mir nicht sicher.«

Jetzt glotzen mich alle an, als wäre ich nicht ganz bei Sinnen.

Ich hole tief Luft. »Okay, die Geschichte geht so: Ich bin heute Morgen aufgewacht, in seinem Bett, Tom lag wie gesagt auf dem Sofa. Na ja, und meine Klamotten waren weg.«

»Wie, weg?«

»Weg eben. Verschwunden, nicht zu finden. Ich weiß auch nicht, wieso.«

»Dieser Typ …«, quietscht Kiki. »Da kann nur dieser Honk dahinterstecken. Der Mitbewohner!«

Ich zucke die Schultern. »Schräg ist der auf jeden Fall. Am Frühstückstisch ist er in so einem schrecklichen Feinripphemd erschienen. Und *seine* Unterhose …«

Alle halten die Luft an.

»Was war mit der?«, fragt Hanna so düster, als wäre sie in einem Horrorfilm.

»Sie war … hauteng … mit Leopardenmuster.«

Die Mädels kreischen los.

»Aaah.«

»O nee.«

»Boah.«

»Geht ja gar nicht.«

»Aua.«

»Das ist ja gruselig.«

»Wie kann man nur?«

Gackernd schnappen wir nach Luft und versuchen, uns zu beruhigen.

Nach einer Weile beugt Kiki sich vor, als wolle sie etwas Bedeutsames verkünden. »Aber diese hautenge Leopardenhose, die hast du nicht auch hier in deinem Zimmer?«

Und sofort prusten alle wieder los.

Nachdem wir uns endlich beruhigt haben, verzieht Hanna das Gesicht.

»Wahrscheinlich hat dieser Mitbewohner einen ekligen Fetisch mit Frauenunterhosen und trägt jetzt deine.« Sie muss erneut lachen. »Sieh bloß zu, dass Mama und Papa davon keinen Wind bekommen.«

»Na, hör mal, Tina ist ja wohl erwachsen.« Kiki schüttelt den Kopf.

»Ja, aber du willst generell nicht, dass deine Eltern irgendwas mitkriegen, was mit Männerunterhosen zu tun hat«, sagt Fabienne, »und zwar ganz egal, wie alt du bist.«

»Da hast du allerdings recht.« Kiki kichert.

»Und das mit der verpatzten Prüfung solltest du ihnen vielleicht auch lieber verschweigen«, rät mir Hanna.

Ich winke ab. »Die sind zurzeit so im Stress mit der Wohnungssuche, die kriegen sowieso nichts mit.«

»Nur mal so gefragt, was passiert eigentlich, wenn du die Prüfung tatsächlich nicht bestehen solltest?«, will Fabienne wissen.

»Dann ist mein Studium im Eimer, meinen Job in Amerika kriegt jemand anders, und ich bleibe ewig hier bei meinen Eltern wohnen.«

»Und da wir bald aus dieser Wohnung fliegen, bist du zu allem Überfluss auch noch obdachlos«, ergänzt Hanna.

»Na toll! Das habe ich ja super hingekriegt.« Ich stöhne laut.

»Schluss mit dem Unsinn!« Fabienne klopft mit der Hand auf den Tisch. »Du bestehst die Prüfung, gehst nach Amerika und wir kommen mit. Zumindest für die Reittour. Na los, lasst uns mal gucken, was es so gibt.«

Hanna legt den Katalog auf den Tisch und ich schlage die Seite mit den Touren durch die Rocky Mountains auf.

Die Fotos entführen uns in beeindruckende Landschaften, mit Blockhäusern in den Bergen, Cowboys auf Pferden, tiefblauen Seen und grandiosen Ausblicken ins Tal. Pferde mit glücklich lächelnden Touristen traben durch Canyons und über grüne Wiesen, und die Ranchbesitzer sehen aus wie direkt einem Western entsprungen.

Fabienne, Hanna und ich seufzen sehnsüchtig angesichts dieser paradiesischen Bilder. Kiki guckt allerdings skeptisch.

»Wir wollen also wirklich reiten – auf Pferden?«

»Worauf denn sonst?« Fabienne grinst. »Kamele gibt es in den Rocky Mountains ja wohl kaum.«

»Haha.« Kiki guckt beleidigt. »Was kann ich dafür, dass dieses Reitstundenpferd mich nicht verstanden hat? Wahrscheinlich sind meine Beine einfach zu kurz.«

Fabienne und ich kichern bei dem Gedanken an Kikis Reitversuche. Ich selbst reite seit vielen Jahren und habe einige Pferde kennengelernt, aber ich habe noch keins gesehen, das so verwirrt aussah wie das, auf dem Kiki reiten lernen wollte. Es lief eigentlich nie dorthin, wo Kiki hinwollte, und die Reitlehrerin raufte sich die Haare.

Schließlich gab Kiki das mit den Reitstunden auf. »Um das Pferd zu schonen«, wie sie sagte. Aber auf die Tour durch die Rocky Mountains möchte sie trotzdem mit.

»Das wird schon irgendwie gehen«, sage ich. »Wir suchen eine Ranch aus, die auch Pferde für Anfänger hat.«

»Was sollen wir denn bloß buchen?«, stöhnt Fabienne. »Hier sieht einfach alles toll aus.«

In der kommenden halben Stunde blättern wir hin und her und vor und zurück, vergleichen die Anzahl der Übernachtungen, Inklusivleistungen und Preise zahlreicher Ranches.

»Die da!« Kiki deutet auf die Anzeige der Torrey Creek Ranch in Utah. »Das ist unsere Tour.«

Die Ranch wirbt mit Fotos von einem hölzernen Ranchhaus, einem indianischen Ureinwohner vor einer Felswand mit Höhlenzeichnungen und Pferden, die in einem Tal grasen.

»Aber guck mal«, widerspreche ich, »diese Ranch hier liegt herrlich, direkt an einem See.«

Kiki schüttelt den Kopf.

Fabienne zuckt die Schultern. »Und bessere Preise hat deine Ranch auch nicht.«

»Nee.« Kiki tippt auf das Foto des Ranchbesitzers. »Aber den schnuckeligsten Cowboy!«

KAPITEL 2

Nachdem die Mädels gegangen sind, setze ich mich an den Computer, um die Website der Torrey Creek Ranch aufzurufen. Nach einigem Hin und Her haben wir uns geeinigt, die »Bison-Tour« zu buchen. Es klingt spannend, frei laufende Bisons zu beobachten, und zeitlich passt das auch genau in unsere geplante Reisezeit. Es ist eine rustikale Reittour in den Bergen, mit Lagerfeuer und Übernachtung in Zelten – also Abenteuer pur.

Vorausgesetzt, es gibt Pferde für Anfänger, denn Kiki hatte Bedenken, ob ihre mangelhaften Reitkünste ausreichen.

»Nicht dass das Pferd einfach mit mir abhaut und ihr mich nie wiederseht«, hatte sie geunkt. »Das wäre nämlich ganz schön blöd für euch.«

»Und für das Pferd, wenn es mit dir alleine bleiben muss«, hatte Fabienne sie geneckt.

Aber auch unsere Beteuerungen, dass ein Pferd seine Herde niemals freiwillig verlassen würde, konnten Kiki nicht überzeugen.

»Ich fahre nur mit, wenn ich ein ganz liebes Pferd kriege«, verkündete sie. »Also, Tina, du weißt, was du tun musst.«

Auf der Website der Ranch sind noch mehr traumhafte Fotos als im Katalog. Auf der Suche nach einer Telefonnummer stoße ich auch bald wieder auf den Ranchbesitzer, den Kiki als den »schnuckeligsten Cowboy« ausgemacht hatte. Und tatsächlich: Er ist wirklich sehr attraktiv, vielleicht Anfang dreißig, und lächelt in die Kamera. Mit seinem Westernhut und seinem karierten Hemd sieht er aus wie ein echter Cowboy, dessen Lachfältchen und Grübchen ihm einen sympathischen Gesichtsausdruck verleihen. Den Hintergrund bilden einige Pferde und eine grandiose Berglandschaft. Das Foto wirkt wie aus einem Werbeprospekt, wahrscheinlich ist das alles gestellt und in der Realität nur halb so schön. Hoffentlich ist überhaupt noch etwas frei, denke ich, als ich den Hörer zur Hand nehme. Und ich habe ganz schön Herzklopfen, als ich die Telefonnummer der Ranch wähle.

Es klingelt ein paarmal, bis jemand abhebt.

»Torrey Creek Ranch, hallo, hier ist Cody.«

Wow, denke ich, was für eine tolle Stimme.

»Ja, hallo, hier ist Tina aus Berlin … Wir interessieren uns für Ihre ›Bison-Tour‹ und hätten ein paar Fragen.«

»Sehr gerne.«

»Wir sind zu dritt. Zwei von uns reiten schon länger, aber meine Freundin Kiki hat noch nicht allzu oft auf einem Pferd gesessen. Könnte sie trotzdem mitreiten?«

»Ja, kein Problem, wir haben auch Pferde für Teilnehmer mit wenig Erfahrung.«

»Das klingt gut … Sie möchte allerdings sichergehen, dass die Pferde mit ungeschickten Reitern klarkommen. Ehrlich gesagt reitet sie ziemlich chaotisch.«

Am anderen Ende der Leitung lacht Cody leise.

»Keine Sorge, unsere Pferde sind wirklich ganz brav. Wir suchen Ihrer Freundin eins aus, das zu ihr passt. Nach ein paar Stunden im Sattel wird sie es gar nicht mehr hergeben wollen.«

Ich atme erleichtert auf.

»Gut. Dann würden wir gerne reservieren.«

»Gerne.«

Cody nimmt unsere Daten auf und ich notiere, was wir an Ausrüstung mitbringen sollen, bevor wir uns verabschieden.

Nachdem ich aufgelegt habe, halte ich einen Moment inne. Wir reiten in den Rocky Mountains – meine Belohnung für das erfolgreich absolvierte Studium, bevor ich dort meinen ersten Job antrete! Jetzt, nach dem Telefonat, habe ich noch mehr Herzklopfen als davor.

Ich betrachte noch einmal das Foto von Cody. Seine Stimme passt zu seinen Augen, denke ich. Einfühlsam, trotz seiner männlichen Ausstrahlung.

Schluss jetzt damit, Tina! So ein Cowboy ist nichts für eine angehende Architektin.

Damit schalte ich den Computer aus.

Cody

»Ernie, wo bist du?« Ich pfeife. Von irgendwoher aus den Büschen höre ich ihn bellen und rascheln. Im nächsten Moment kommt er herbeigesaust, und eine Sekunde später sitzt er vor mir und wedelt.

»Meine Güte, Ernie, wo bist du denn wieder gewesen?« In seinem langen Fell hängen zahlreiche kleine Zweige und Kletten.

»Du bist echt ein Chaot.« Ich beuge mich herab, um die Kletten herauszuziehen. Als ich an einer zupfe, die in seinen Barthaaren baumelt, winselt er.

»Ja, ich glaube dir, dass das wehtut, aber wenn du dich dauernd herumtreibst, musst du das eben aushalten.«

Er schaut mich so flehentlich an, dass ich seinen Blick kaum ertrage.

»Okay, schon gut, ich hol die Schere.«

Nach einigem Schnippeln und Zupfen habe ich die Klette endlich beseitigt.

Ernie rennt bellend vor Freude um mich herum.

»Na komm, wir fahren.« Darauf hat Ernie nur gewartet. Mit einem großen Satz springt er auf den Beifahrersitz meines Pick-ups.

Wenig später kurve ich die schmale Straße nach Teasdale entlang, um Obst und Gemüse für die Bison-Tour zu bestellen.

Als wir den Hof der Jensons von der Birch Creek Ranch erreichen, bellt Ernie freudig, und noch bevor ich ausgestiegen bin, springt er an mir vorbei und rast los, um den Hund der Jensons zu suchen.

Einige Sekunden später kommen die beiden um die Ecke gefegt. Wie jedes Mal jagen sich die Hunde gegenseitig in Höchstgeschwindigkeit über den Hof, um sich danach völlig erschöpft in dem kleinen Teich der Jensons abzukühlen.

»Hallo, Cody!« Lynn winkt mir zu, als ich aussteige.

»Schön, dich zu sehen, Lynnie! Wie geht es dir, oder, besser gesagt, euch?«

Lynn lacht und streicht über ihren Babybauch. »Beim Ersten war ich echt aufgeregt, aber jetzt ist alles viel einfacher. Apropos, was ist denn eigentlich mit dir und dem Nachwuchs?«

Ich winke ab. »Ist abgesagt.«

Lynn seufzt. »Also habt ihr euch nicht wieder zusammengerauft?«

Ich schüttele den Kopf. »Leider nein. Sie lebt jetzt in San Francisco.«

»Oh, in so einer großen Stadt? Das könnte ich mir gar nicht vorstellen.«

»Da bist du eine Ausnahme, Lynn. Die Frauen, die ich kennenlerne, finden das toll. Ins Kino gehen, teure Restaurants …

Ich fürchte, der Alltag auf einer Ranch ist nichts für die Frauen von heute.«

»Ach, Cody, du triffst auch noch die Richtige. Eine, die das hier draußen genau so liebt wie du.« Lynn lächelt. »Aber sag mal, was kann ich denn für dich tun?«

»Ach ja … ich habe hier einen Einkaufszettel von Bea.«

Ich gebe ihr die Liste und Lynn wirft einen Blick darauf.

»Okay, das haben wir alles da …«

In diesem Moment schießen die beiden Hunde an uns vorbei und wir müssen zur Seite springen, damit wir nicht umgerannt werden.

Lynn lacht. »Unglaublich, wie die rennen können. Sie macht das mehrmals am Tag, mit jedem Hund, den die Leute zum Einkaufen mitbringen.«

Wir sehen den beiden nach und schmunzeln.

»Okay, ich stelle alles zusammen und wir liefern nächste Woche.«

»Perfekt. Danke, Lynn. Grüß deinen Mann und deine Eltern.«

»Mach ich. Schönen Tag noch, Cody.«

Ich pfeife nach Ernie. Tatsächlich kommt er angelaufen, allerdings jetzt deutlich langsamer. Seine Zunge hängt ihm aus dem Maul und er keucht, aber ich merke ihm an, wie sehr er in seinem Element ist und wie glücklich ihn das macht. Er wirft sich schnell noch in den Teich, um ein paar Schlucke zu trinken. Anschließend springt er wieder heraus und schüttelt sich, wobei die Tropfen in alle Richtungen fliegen.

Tina

Am Abend bereiten wir das Essen vor, wie immer als ein eingespieltes Team. Papa und ich sind für den Salat zuständig und schnippeln um die Wette. Mama besteht auf gesunder

24

Ernährung und zieht gerade einen Auflauf aus dem Ofen, der verdächtig nach Tofu mit Grünkern oder Dinkel aussieht.

»Tina, wie war denn eigentlich deine Prüfung heute?«

Ich beiße ein Stück Möhre ab und kaue. »Wurde verschoben, wegen Krankheit«, antworte ich mit vollem Mund. So genuschelt hört sich die Lüge weniger schlimm an.

»Bei uns im Büro geht eine Erkältung um«, sagt Mama. »So was hat dein Professor bestimmt auch.«

»Der neue Termin ist in zwei Wochen.« Ich halte heimlich die Luft an und hoffe, dass niemand weiter nachbohrt.

»Na toll, um die Zeit sitzen wir schon zwischen den Umzugskartons«, brummt Papa und lenkt das Gespräch damit auf das Thema Umzug.

»Apropos, hast du daran gedacht, noch welche zu besorgen? Die Kinder haben so viel Zeug«, sagt Mama.

Ich schnippele mit unschuldiger Miene weiter. Puh, das ist ja gerade noch mal gut gegangen!

»Was machen denn die Kartoffeln?« Mama hebt den Deckel des Topfes an, in dem das Wasser brodelt. »Und wo ist eigentlich Chris?«

»Hab ihn nicht gesehen, aber im Bad rauscht mal wieder die Dusche.« Ich verdrehe die Augen.

Meine Güte, denke ich, wird das schön sein, endlich alleine zu wohnen, ohne die ständigen Fragen von Mama beantworten zu müssen und ohne einen missmutigen Teenager-Bruder, der seine ganze Energie darauf verwendet, sich vor seinen Aufgaben zu drücken. Chris ist siebzehn und nervt uns alle mit seiner Trotzphase – und zwar schon gefühlte zehn Jahre. Ohne Pause. An der Vorbereitung des Abendessens wollte er sich auf keinen Fall beteiligen, weil er ach so viel in der Schule zu tun hat. Nach monatelangen zähen Diskussionen haben wir es geschafft, ihm wenigstens die Verantwortung für die Kartoffeln zu übertragen.

Das war eine gute Entscheidung, denn alles andere lässt er sowieso anbrennen.

Seitdem knallt er jeden Abend wortlos einen Topf Wasser auf den Herd, wirft die Kartoffeln ins Wasser, als wäre er in einem Basketballspiel, und verschwindet anschließend unter die Dusche. Ob es ein Zufall ist, dass er mit dem Duschen nie rechtzeitig fertig wird, um beim Kartoffelpellen zu helfen?

Der Nachtisch ist die Angelegenheit von Hanna, aber sie ist noch nicht da. Seit ihrem achtzehnten Geburtstag vor drei Jahren jobbt sie, um sich ihren Flugschein zu finanzieren, und kommt meistens als Letzte nach Hause.

Die Zwillinge Lilli und Tim krakeelen lautstark in ihren Kinderzimmern. Sie sind erst zwölf und daher vom Kochen befreit. Sie müssen stattdessen den Geschirrspüler ein- und aus- räumen. Seitdem fährt Mama ziemlich regelmäßig bei IKEA vorbei, um fehlende Tassen oder Teller zu ersetzen.

In diesem Moment höre ich die Wohnungstür und Hanna ruft »Bin da!« aus dem Flur. Momente später steht sie mit einer großen Einkaufstasche in der Küche.

»Hallo.« Wir umarmen uns zur Begrüßung.

Hanna holt zwei große Packungen rote Grütze und einige Kartons Fertig-Vanillesoße aus der Tasche.

»Hm, lecker.« Komischerweise steht Tim immer genau dann in der Küche, sobald Hanna mit dem Nachtisch eintrifft. Er greift nach der roten Grütze.

»Finger weg!« Hanna deutet eine Ohrfeige an.

»Menno! Nie darf ich was.«

Tim zieht einen Schmollmund und trollt sich ins Esszimmer.

Eine Viertelstunde später sitzen wir alle um den Tisch. Auch Chris ist genau pünktlich zum Essen erschienen und verströmt einen Duft nach Duschgel.

Wir füllen uns Essen auf. Tim nimmt sich einen Löffel mit Auflauf, riecht daran und legt ihn schnell wieder in die Auflaufform zurück. Mama quittiert das mit einem strafenden Seitenblick und häuft ihm eine Portion mit extra viel Grünkern auf den Teller. Tim verzieht das Gesicht und stochert mit seiner Gabel darin herum, als würde er unter dem Auflauf nach etwas anderem suchen.

Es herrscht Schweigen, alle vermeiden das unangenehme Thema, das seit ein paar Monaten wie ein Fluch über unseren Köpfen hängt.

»So, dann lasst es euch schmecken.« Mama nickt in die Runde.

Wir murmeln »Guten Appetit« und beginnen zu essen.

Mir fällt auf, dass Mama als Erstes mit dem Auflauf anfängt und nicht wie sonst mit dem Salat. Offenbar ist sie im Kopf mit etwas anderem beschäftigt.

Und tatsächlich, nach einigen Minuten legt sie ihre Gabel beiseite und holt tief Luft.

»Hört mal. Ich hab gedacht, vielleicht könnten wir erst mal bei Großonkel Hans unterkommen. Nur vorübergehend, bis wir was anderes haben.«

Hanna stöhnt auf. »Großonkel Hans? Ist das nicht dieser Ost-Opa?«

»Wohl eher der Grapsch-Opa«, nuschelt Chris mit vollem Mund.

»Wieso ›Grapsch-Opa‹?«, frage ich.

Chris kaut und schluckt. »Er hat Tante Hilde auf 'ner Feier an die Titten gefasst.«

»Chris, nicht vor den Kindern!« Mama und Papa ermahnen ihn im Chor, in solchen Momenten sind sie sich einig.

Lilli protestiert: »Mama, wir sind zwölf!«

»Ja, eben«, sagt Mama, »und so redet man nicht.«

Lilli grinst. »Wenn du wüsstest, was die in der Schule alles reden …«

Jetzt greift Papa ein. »Schluss damit, so was diskutieren wir nicht hier am Tisch.«

Lilli verdreht die Augen, währenddessen zieht Tim unbemerkt die Schüssel rote Grütze zu sich heran. Mama registriert das aber aus dem Augenwinkel, schiebt die Schüssel wieder zurück und klapst Tim spielerisch auf die Finger. Sie zeigt auf seinen immer noch vollen Teller, und er macht eine Schnute.

Ich nehme das Thema wieder auf. »Und wo wohnt dieser Ost-Grapsch-Opa nun?«

»Moment.« Mama steht auf. »Ich zeig euch das gleich mal. Das Dorf heißt Restewitz.«

Chris steckt sich symbolisch den Finger in den Rachen und Hanna rollt mit den Augen. Papa ermahnt beide mimisch, sich zu benehmen.

Mama kramt in der Schrankwand. »Wo ist denn bloß der dicke Straßenatlas hin?«

»Straßenatlas?« Lillis Gesicht ist ein einziges Fragezeichen.

Tim hält lässig sein Smartphone hoch. »Mama, Steinzeit ist vorbei! Guckst du hier.«

Mama kehrt zurück an den Tisch, bringt aber vorsichtshalber den Atlas mit. Tim zieht ihr das Bild auf dem Handydisplay sehr groß und lässt sie reinschauen.

Mama kneift die Augen zusammen, um besser lesen zu können.

»Das ist ganz idyllisch, hat Hans erzählt. Das liegt direkt hier … zwischen …« Sie tippt mit dem Finger auf das Display. »… Zauchwitz und Brachwitz.«

Lilli kichert. »Die scheinen ja sehr witzig zu sein, da.«

Hanna schüttelt den Kopf. »Aber das ist und bleibt im Osten!«

»Nee, ich glaub im Süden«, widerspricht Papa.

Hanna schnaubt. »Und wie soll ich von da zur Arbeit kommen, bitte?«

Mama lächelt ihr entgegen. »Mit dem Zug. Es sind nur fünfundvierzig Minuten bis Berlin Friedrichstraße.«

Jetzt guckt Papa erstaunt. »Woher weißt du das denn?«

»Och, na ja …«, Mama wirkt, als ob sie sich ertappt fühlt, »ich hab das schon mal nachgeschlagen.«

Jetzt hören wir synchron mit dem Essen auf und sehen Mama an. Selbst Tim, der mittlerweile mit dem Löffel in der roten Grütze steckt, hält inne.

Ich hole tief Luft. »Mama, du hast das längst eingefädelt, oder?«

»Ohne uns zu fragen?« Hanna guckt empört.

Chris verschränkt seine Arme vor der Brust.

»Echt jetzt, du verschleppst uns aufs Land?! Zu den Schaf-Fick…«

»Chris!«, schreien Mama und Papa.

»…fickschen Diffusionsgesetzen?«, ändert Chris zuckersüß seine Strategie und macht eine unschuldige Geste.

Lilli guckt interessiert zwischen Mama, Papa und Chris hin und her.

»Hä? Was sind denn das für Gesetze?«

Chris zuckt die Schultern.

»Hatten wir in Bio. Geht dich nix an.«

»Hört auf zu streiten«, sagt Papa. Energisch wendet er sich an Mama. »Marion, ist das wahr, hast du das hinter unserem Rücken geplant?«

Mama stöhnt genervt.

»Na, was wollt ihr denn? Wir können ja schlecht unter 'ner Brücke schlafen. In vier Wochen müssen wir hier raus, und wie sollen wir in Berlin eine bezahlbare Wohnung finden? Für sieben Personen?«

»Sechs«, wende ich ein. »Wenn alles gut geht, bin ich ja für ein Jahr in Amerika.«

»Fünf«, sagt Hanna. »Ich bin hoffentlich auch bald weg.«

Chris haut mit der Hand auf den Tisch.

»Aufs Land, nur über meine Leiche.«

»Au ja«, frohlocke ich, »die verbuddeln wir im Gemüsebeet – als Dünger.«

»Iiiiiihhh!«, kreischen die Zwillinge, und Lilli verzieht zusätzlich das Gesicht.

Daraufhin breitet sich Schweigen am Tisch aus. Alle stochern in ihrem Essen und denken nach.

»Aber vielleicht ist das Leben auf dem Land ja gar nicht so schlecht«, überlege ich nach einer Weile. »Lilli, bestimmt gibt es da Pferde, dann kannst du reiten.«

In Lillis Gesicht spiegelt sich so etwas wie Hoffnung und Mama lächelt, offenbar ist sie dankbar für die Schützenhilfe. Aber die anderen starren mich nur an, als sei ich nicht bei Trost.

»Na, du hast gut reden«, knurrt Chris. »Du haust ab nach Amiland und lässt uns in Schlumpfhausen sitzen, mit irgend so 'nem senilen Lustmolch.«

»… der auch noch mit uns verwandt ist«, fügt Hanna hinzu und guckt angeekelt.

»Da ist es bestimmt herrlich ruhig.« Ich schaue in die Runde, aber ich merke, dass es hoffnungslos ist, sie überzeugen zu wollen.

Nur Mama isst endlich mit einem zufriedenen Gesichtsausdruck ihren Salat, und Tim hat es inzwischen geschafft, eine riesige Portion rote Grütze auf seinen Teller zu bugsieren. Er löffelt, so schnell er kann.

Nach dem Abendessen, während der Rest der Familie irgendwo in der Wohnung verstreut ist, räumen Mama und ich die Küche auf. Mama trocknet gerade ein Glas ab, dann hält sie inne.

»Danke für deine Unterstützung vorhin.« Sie nimmt mich in den Arm.

»Hab ich gerne gemacht. Ich hoffe, es gefällt euch da.«

Mama nickt.

»Sag mal, Tina, hast du denn eigentlich schon Pläne, was du nach diesem Job in Amerika tun willst?«

»Danach? Ich hab doch noch nicht mal angefangen. Und das Examen habe ja ich auch noch nicht hinter mir.«

Mama winkt ab. »Ach, das schaffst du doch mit links.«

Wenn ich nicht am Vorabend feiern gehe, denke ich. Aber den Fehler wiederhole ich sicher nicht.

»Mein Job dauert mindestens ein Jahr. Da weiß ich natürlich nicht, was danach kommt.«

»Hm.«

»Was meinst du damit?«

»Ach, nichts.«

»Mama!«

»Na, was soll ich sagen. Du bist Mitte zwanzig, da kann man ja mal über seine Zukunft nachdenken. Als wir so alt waren wie du, waren Papa und ich schon verheiratet.«

Ich verdrehe die Augen.

»Papa und du, das ist was ganz anderes.«

»Wieso das denn?«

»Das waren andere Zeiten. Heutzutage bindet man sich nicht mehr so früh.«

»So lange ist das nun auch wieder nicht her, dass wir jung waren.«

»Mama, das war im vorigen Jahrtausend.«

»Nun tu mal nicht so, als wären wir die reinsten Dinosaurier.« Sie klingt empört.

Ich muss lachen. »So hab ich's nicht gemeint.« Ich nehme sie in den Arm. »Alles gut, Mama. Ich finde schon noch meine Bestimmung.«

»Bestimmung … na, wenn du es so nennen willst.«

»Wie nennst du es denn?«

»Familie.«

Ich verdrehe die Augen, aber ich muss lächeln. Meine Mutter meint es gut, sie macht sich ständig Sorgen, dass wir Kinder einen Weg einschlagen könnten, der nicht gut für uns ist. Und seit meine Professorin mir den Job in Amerika vorgeschlagen hat, fürchtet Mama, ich könnte auf die schiefe Bahn geraten – so weit weg von zu Hause.

»Mach dir keine Sorgen, Mama. Ihr seid meine Familie. Ich komme schon zurecht, und wenn nicht, weiß ich ja, wo ich euch finde.«

»Ja, in irgendeinem verschlafenen Kaff in Brandenburg.«

»Aber du warst doch ganz begeistert … Ich dachte, du willst da hin.«

»Doch nicht freiwillig. Es ist bloß, weil in Berlin absolut nichts aufzutreiben ist. Papa und ich haben uns die Hacken abgelaufen, aber die Wohnungen sind entweder Schrott oder unbezahlbar – und die meisten sogar beides.«

Ich nehme Mama in den Arm. So sehr meine Familie mich auch manchmal nervt, jetzt habe ich plötzlich ein schlechtes Gewissen, sie bald zurückzulassen.

»Bestimmt wird es ganz toll in dem Nest … Die Ruhe wird euch sicher guttun.«

Mama nickt. »Vermutlich hast du recht. Versprich mir, dass du regelmäßig anrufst, ja?«

»Na klar. Ist gebongt.«

KAPITEL 3

Cody

Auf dem Rückweg vom Mountain Farmers Store in Loa fahre ich langsam, denn ich habe die Ladefläche des Pick-ups voll mit Futtersäcken. Am Ortsausgang läuft plötzlich ein Hund vor mir über die Straße. Er bewegt sich gemächlich, ist offenbar schon alt und hat ein paar Kilo zu viel auf den Hüften. Ich bremse ab und komme rechtzeitig zum Stehen, gut, dass ich nicht besonders schnell war. Der Hund scheint fest entschlossen, seinen Hof zu verteidigen, denn er bleibt jetzt mitten auf der Straße stehen und bellt meinen Pick-up an. Ernie antwortet von seinem Platz auf dem Beifahrersitz aus.

Ich steige aus dem Wagen, was den Hund dazu veranlasst, noch lauter zu bellen.

»Maggie, kommst du wohl her!« In der Hofeinfahrt erscheint eine weißhaarige Dame, und ich erkenne Grandma Hagerty. Sie pfeift auf zwei Fingern, woraufhin sich der Hund gemächlich auf den Rückweg begibt.

Ernie bleibt im Wagen und bellt von seinem sicheren Standort herab, offenbar weiß er noch nicht, was er von der Situation halten soll.

»Ernie, bleib«, sage ich, und er legt sich spontan hin. Manchmal wundere ich mich, wie gut er gehorcht, obwohl ich nie viel Zeit für seine Erziehung hatte.

»Hallo, Mrs Hagerty«, rufe ich und gehe zu ihr über die Straße.

»Hallo, junger Mann.« Die alte Dame mustert mich mit wachen Augen. »Haben Sie sich verirrt?«

»Nein, ich war in Loa und bin auf dem Heimweg nach Torrey.«

»Aus Torrey sind Sie?«

Ich nicke. »Von der Torrey Creek Ranch, Ma'am.«

Ihre Miene erhellt sich. »Ah, dann sind Sie einer der beiden Parker-Jungs …«

»Stimmt, ich bin Cody Parker.«

»Sehr erfreut«, sagt sie, »Ich bin Marie-Rose Hagerty.«

»Ich weiß, ich kenne Sie von früher. Als ich noch ein kleiner Junge war.«

Wir geben uns die Hand. Ich bin erstaunt, wie kräftig ihr Händedruck ist.

»Ich würde dich ja gerne auf einen Tee einladen, Cody, aber leider habe ich einen dringenden Termin.«

Sie sieht sich nach der Hündin um.

»Komm jetzt, Maggie, wir müssen los.«

Die Hündin kommt brav herbeigetrottet. Mrs Hagerty bückt sich und versucht, Maggie auf die Ladefläche zu heben. Ich sehe ihr an, wie schwer ihr das fällt.

»Warten Sie, Mrs Hagerty, ich helfe Ihnen.«

»Nein, nein, ich schaff das alleine …«

Aber sie kann den Hund nur ein paar Zentimeter anheben, danach setzt sie ihn wieder ab, greift sich an den Rücken und verzieht das Gesicht.

»Meine Güte, der Tierarzt hat recht, du musst wirklich abnehmen«, sagt sie zu ihrem Hund, dann wendet sie sich an mich. »Sie frisst einfach so gerne«, erklärt sie mir und zuckt die Schultern.

»Darf ich mal?«

Mrs Hagerty nickt und tritt einen Schritt beiseite. Ich lasse die Hündin an meinen Händen schnuppern. Sie wedelt mit dem Schwanz, scheint also nichts gegen mich zu haben. Vorsichtig greife ich mit den Armen um ihren Körper und hieve sie auf die Ladefläche, was Ernie von seinem sicheren Posten aus mit einem empörten Gebell kommentiert.

Mrs Hagerty seufzt. »Früher konnte Maggie ganz allein auf die Ladefläche springen. Aber jetzt ist sie ein altes Mädchen und hat's im Rücken …« Sie kichert. »Genau wie ich.«

»Wo wollen Sie denn mit ihr hin?«

»Nach Loa zum Tierarzt, ihre alljährliche Impfung ist fällig.«

»Ist es nicht einfacher, wenn der Tierarzt zu Ihnen kommt?«

Sie guckt mich missbilligend an.

»Na, na, so alt bin ich nun auch wieder nicht.«

»Da haben Sie recht, ich bitte um Verzeihung, Ma'am.« Ich tippe mir an den Hut, um meine Entschuldigung zu bekräftigen.

Grandma Hagerty lächelt und kneift mir in die Wange, als ob ich ein kleiner Junge wäre.

»Ein echter Gentleman. Genau wie dein Urgroßvater, der Butch Cassidy. Der war auch immer so hilfsbereit.«

»Butch war sogar mein Ur-Urgroßvater. Und bekannt wurde er ja eher als Revolverheld.«

»Wenn du wüsstest! Charmant war er, und er hat gut ausgesehen. Und er hatte das Herz auf dem rechten Fleck. Meine Großmutter hat immer von ihm geschwärmt.«

»Ja, man sagt, er war so eine Art Robin Hood des Wilden Westens.«

»Eher ein Casanova des Wilden Westens.« Sie kichert. »Er hat den schönsten Frauen reihenweise den Kopf verdreht. Und dann hat er sie für eine noch schönere Frau sitzen lassen.«

»Hm, das ist vielleicht kein so feiner Zug.«

»Ach, wie man es nimmt. Immerhin hat er so manche Frau glücklich gemacht und vielen geholfen. Wahrscheinlich liegt dir das auch im Blut.«

»Das Helfen oder das Kopfverdrehen?«

»Vielleicht ja beides …« Sie zwinkert mir zu. »So, jetzt muss ich aber los.«

»Schaffen Sie das alleine – mit Maggie?«

»Jaja. Der Tierarzt hilft mir, und runterspringen kann sie selbstständig. Spätestens, wenn ich ihr eine Schüssel Futter hinstelle, kann sie plötzlich hüpfen wie ein junges Wiesel.«

Ich lache. »Na, dann alles Gute für Sie und Maggie.«

»Vielen Dank, Cody.«

Ich bin schon auf dem Weg zu meinem Pick-up, als Grandma Hagerty mir noch etwas nachruft. »Dein Urgroßvater war ja recht ansehnlich, aber du bist auch ein ziemlich knackiger Bursche, Cody Parker.«

»Grandma Hagerty, wollen Sie etwa mit mir flirten?«

»Och, da hätte ich nichts dagegen.« Sie lacht, klettert auf den Fahrersitz und zieht die Tür zu.

Wow, eine Frau, die sich von dem harten Leben hier nicht unterkriegen lässt und dabei auch ihren Humor nicht verloren hat.

Ich sehe ihr zu, wie sie den alten Pick-up vom Hof auf die Landstraße steuert, Gas gibt und grinsend an mir vorbeibraust.

Tina

Langsam muss ich mich mal um meine verschwundenen Klamotten kümmern. Unter den Sachen, die ich in

Toms Wohnung gelassen habe, ist nämlich auch meine Lieblingsjeansjacke, ohne die ich mich nicht vollständig fühle. Und mit nüchternem Verstand betrachtet können meine Klamotten ja nicht einfach so aus der Wohnung verschwunden sein. Einen Versuch ist es auf jeden Fall wert.

Und tatsächlich, als ich auf die Klingel drücke, summt kurz darauf der Türöffner. Ich gehe durch das Treppenhaus nach oben und bin gespannt, wie das Wiedersehen ausfallen wird. Wenn er sich wieder über seinen Job beschwert, verschwinde ich gleich wieder. Aber vielleicht ist er ja heute besser drauf.

Als ich vor der Wohnungstür ankomme, öffnet sie sich. Dahinter steht allerdings nicht Tom, sondern sein schräger Mitbewohner Steffen. Er guckt, als sähe er mich zum ersten Mal. Immerhin ist er dieses Mal vollständig bekleidet, mit Jeans und T-Shirt, so bleibt mir der erneute Anblick seiner denkwürdigen Unterhose erspart. Eigentlich schaut er ganz manierlich aus, nur seine Haare sind verstrubbelt, als ob er vergessen hätte, sie zu kämmen.

»Hallo.« Ich lächele zur Begrüßung.

Er nickt bloß. Besonders gesprächig war er auch neulich schon nicht.

»Ist Tom da?«

»Nee. Der ist ausgewandert.«

Das soll sicher witzig sein. Ich verdrehe die Augen. »Im Ernst, wann kommt er denn wieder?«

Er zuckt die Schultern. »Keine Ahnung.«

Vermutlich hat Tom es mit diesem Mitbewohner einfach nicht mehr ausgehalten und sich eine eigene Wohnung gesucht, denke ich. Ich schlage einen betont geduldigen Tonfall an.

»Und wo kann ich ihn erreichen?«

»In Irland. Irgendwo aufm Dorf.«

Ich schaue ihn ratlos an.

»Ich sag doch, ausgewandert. Nach Irland.«

»Ach so, das war also kein Scherz?«

»Sehe ich aus wie 'n Scherzkeks?« Er grinst. »Komm doch rein. Ich mach grad Kaffee.«

Er verschwindet in der Wohnung. Ich überlege einen Moment, ob ich wirklich zu diesem Typen in die Wohnung gehen soll, aber ich will unbedingt meine Lieblingsjacke wiederhaben.

Also folge ich Steffen durch den Flur und bleibe im Türrahmen der Küche stehen. Er macht sich an der Kaffeemaschine zu schaffen. Als er Wasser eingefüllt hat, dreht er sich halb zu mir um.

»Neulich morgens hatte ich einen Kater, da war ich nicht gut drauf. Ich hab mich blöd benommen.«

»Ach, wirklich?«

Er schaut auf, offenbar hat er meine Ironie verstanden.

»Es tut mir leid.«

Er guckt, als ob er es ehrlich meint, und ich merke, wie meine Vorbehalte schmelzen.

»Übrigens, wir haben deine Klamotten wiedergefunden.«

»Glück gehabt. Wo waren sie denn?«

»Im Kühlschrank.«

»Im *Kühlschrank*?«

Also doch irgendein irrer Fetisch? Ich starre ihn an. Wenn ich jetzt zur Wohnungstür renne, ob ich dann wohl eine Chance habe rauszukommen, bevor er mich fesselt und knebelt, um irgendwelche bizarren Spielchen mit mir zu machen? Und am Ende noch *mich* in den Kühlschrank zu stecken.

Aber er zuckt nur die Schultern und setzt sich an den Küchentisch.

»Wir konnten uns erst nicht erklären, wie die dahin gekommen sind. Tom ist es irgendwann wieder eingefallen. Wir wollten sie waschen, weil du dich mit Rotwein bekleckert hattest.«

Er deutet mit dem Kopf auf die Waschmaschine, die direkt neben dem Kühlschrank steht.

Ich stöhne auf. »Meine Güte, daran kann ich mich überhaupt nicht erinnern.«

Er grinst. »Wir waren voll wie hundert saudische Öltanker. Aber am nächsten Morgen hatte Tom wieder den Durchblick und hat sie gewaschen. Und gebügelt.« Er kichert und deutet auf meine Sachen, die sorgfältig zusammengelegt auf der Waschmaschine liegen, inklusive meiner geliebten Jeansjacke.

Steffen gießt uns Kaffee ein.

»Tom hat mir die Hölle heiß gemacht – wegen meiner Unterhose. Die mit dem Leopardenmuster. Aber vielleicht ist die dir gar nicht aufgefallen.«

Ich setze mich ihm gegenüber und er schiebt mir eine Tasse Kaffee über den Tisch.

»Soll ich ehrlich sein?«

Er nickt.

»So eine Unterhose habe ich in meinem ganzen Leben noch nicht gesehen. Wie kann man nur so was anziehen?«

Dass die bloße Erwähnung dieser Unterhose bei meinen Freundinnen einen ausgiebigen Kreischanfall ausgelöst hat, verschweige ich mal lieber.

Steffen zuckt die Schultern. »Ist 'n Geschenk.«

»Oh. Von einer Freundin?«

»Nee. Von meiner Oma. Zu Weihnachten.«

Ich schnappe nach Luft.

»Deine Oma schenkt dir zu Weihnachten Unterhosen mit Leopardenmuster?!«

»Na ja, meine Familie ist vielleicht ein bisschen speziell.«

Ich glotze ihn an und versuche, das Bild einer alten Dame mit Dutt und Spitzenbluse aus meinem Kopf zu verscheuchen, die grinsend eine Leopardenunterhose vor Steffen hin und her schwenkt.

»Ja, Familien sind doch immer wieder ein Quell der Freude«, philosophiere ich und meine es wieder ironisch.

Ich nippe an meinem Kaffee.

»Und Tom? Wieso ist er ausgewandert? Davon hatte er gar nichts gesagt an dem Abend.«

»Kurzschlussreaktion, wenn du mich fragst. Unser Chef hat ihn gefeuert, da hat er sofort ein Vorstellungsgespräch organisiert. In so 'nem Sternerestaurant an der Steilküste – mit Blick über das Meer.«

»Wow! Und, gefällt es ihm?«

Steffen seufzt und lehnt sich zurück.

»Na ja, er meldet sich kaum. Und das heißt, es geht ihm super.«

»Das klingt gut … Ich hoffe, er wird glücklich.«

»Zum Glücklichsein gehört ja nicht bloß der Job.« Steffen zwinkert mir zu.

Moment mal, stiert er mir dabei in meinen Ausschnitt? Ich mache lieber, dass ich hier rauskomme.

»Danke für den Kaffee«, sage ich, greife mir schnell meine Sachen und haue ab.

Cody

Gerade habe ich die Pferde fertig gefüttert, als Alex vorfährt.

»Hey, Cody, alles klar?« Sie winkt mir und macht sich daran, Kisten mit Lebensmitteln aus dem Auto zu holen. Ich gehe zu ihr rüber.

»Hi, Alex. Es haben sich noch drei Teilnehmerinnen angemeldet. Damit ist die Bison-Tour ausgebucht.«

»Wow, toll. Und was sind das für Leute?«

»Drei Frauen aus Berlin.«

Alex verdreht die Augen.

»Ausgerechnet. Hoffentlich sind das nicht auch so verwöhnte Stadtpflanzen wie die letzten Berlinerinnen.«

»Die Tina, die angerufen hat, klang jedenfalls sympathisch.«

Alex lacht ihr typisch raues Lachen. »Die werden sich ganz schön umgucken. ›Nein, wir haben keine Partys in den Bergen, kein Shopping und auch keine weichen Betten.‹«

Ich zucke die Schultern. »Ich hab ihr dreimal gesagt, dass wir in Zelten übernachten, und sie hat trotzdem gebucht.«

Alex guckt zweifelnd, offenbar hat sie noch die überdrehten jungen Frauen von der letzten Tour vor Augen.

»Und immerhin liegt es ihr am Herzen, dass ihre Freundin sich als Reitanfängerin auf der Tour wohlfühlt. Sie hat mich gelöchert, ob unsere Pferde auch wirklich brav sind.«

»Du meinst, in der Stadt gibt es Menschen, die auch mal an andere denken?« Alex grinst mich an. Ich bin nicht sicher, ob sie dabei auf meinen Bruder Mitch oder meine Ex-Freundin Mary anspielt.

Ich drohe ihr gespielt mit dem Zeigefinger.

»Ist ja schon gut. Ich gehe mal lieber an meine Arbeit.« Weiterhin grinsend wendet sie sich den letzten Kisten im Auto zu.

»Soll ich dir helfen?«

Alex schüttelt energisch den Kopf.

»Du bezahlst mich dafür, also ist das meine Aufgabe. Mach du lieber mal Feierabend, bevor du eines Tages noch vom Pferd kippst, bei all der Arbeit.«

»Du meinst, ich soll faul auf der Terrasse sitzen, während du arbeitest?«

Alex ignoriert meine Ironie. »Ausgezeichnete Idee. Und ich bereite dir ein Sandwich zu, denn gegessen hast du sicherlich auch noch nichts.«

Ich schüttele den Kopf, und Alex seufzt.

»Also los, Cody Parker, ab mit dir auf die Terrasse! Und keine Widerrede.«

Sie schiebt mich in Richtung Haus. Als ich mich bücke, um wenigstens noch zwei der Kisten mitzunehmen, knufft sie mich in die Seite.

»Unverbesserlich«, knurrt sie.

Ich lasse meinen Blick über das Tal schweifen, während ich das Sandwich genieße. Neben mir macht sich Ernie über seinen Hundefutternapf her. Die Pferde grasen auf der Wiese, die Heuraufen sind voll, und die Mutterstuten brauchen noch ein paar Wochen, bis ihre Fohlen kommen. Also habe ich wirklich mal so etwas wie Feierabend.

Schade nur, dass niemand da ist, um diesen Moment mit mir zu teilen. Es ist ganz schön still geworden hier auf der Ranch, seit Mary mich verlassen hat. Deshalb freue ich mich auf die Bison-Tour, da kommt mal wieder ein bisschen Leben in die Bude.

Ich höre Alex in der Küche klappern und wundere mich selbst, wie schwer es mir fällt, ihr nicht zu helfen. Aber ich weiß genau, dass sie es nicht zulassen würde. Also beobachte ich weiterhin die Pferde, so wie auch mein Vater und mein Großvater es gerne getan haben, wenn sie hier saßen.

Mein Ur-Urgroßvater war in der Gegend offenbar sehr beliebt, wenn man Grandma Hagerty glauben darf. Er hieß eigentlich Robert Leroy Parker, wurde aber berühmt unter seinem Spitznamen: Butch Cassidy. Er soll die Gegend bis hoch nach Wyoming unsicher gemacht haben. Er hat Banken überfallen, Züge geplündert und Vieh gestohlen, aber angeblich stets, um Leuten zu helfen, die es nötig hatten.

Manchmal denke ich, dass mich viel mit ihm verbindet. Schon als ich noch ein kleiner Junge war, bin ich am liebsten durch die Berge geritten. Damals noch mit meinem Vater, der mir die geheimen Orte im Capitol Reef gezeigt hat. Hoffentlich kann ich das alles eines Tages auch meinen Kindern zeigen. Haha, das wäre schön, aber das ist ja wohl utopisch. Welche Frau will mich schon, mit meinem Leben hier draußen – ohne all den Komfort? Hat man ja an Mary gesehen. Im Sommer fand sie es erst noch romantisch, hier auf der Terrasse zu sitzen und in die Sterne zu blicken. Aber nach einem halben Winter hat sie das Weite gesucht. Genau wie mein Bruder Mitch, der hatte ebenfalls nichts übrig für die harte Arbeit auf der Ranch. Er ist lieber in die Stadt gezogen, um von irgendwelchen halbseidenen Geschäften zu leben. Keine Ahnung, was er wirklich tut ... Na, soll mir egal sein.

Anstatt weiter über Mitch nachzudenken, sichte ich lieber den Stapel Post, den ich vorhin aus dem Briefkasten geholt habe. Rechnungen, Werbung, noch mehr Rechnungen, alles wie immer. Wer soll mir auch schreiben? Und hier ist mal wieder ein Brief von dieser Immobilienfirma – dem Real Estate Office. Wahrscheinlich preisen sie irgendwelche lukrativen Anlageobjekte an ...

In diesem Moment bellt Ernie, springt von der Terrasse und rennt zur Toreinfahrt. Wenig später sehe ich meine Nachbarn Becky und Rob vorbeireiten. Ich winke und gehe zu ihnen rüber. Mal hören, ob es hier in der Gegend etwas Neues gibt.

Tina

Auf dem Rückweg nach Hause komme ich an Kikis Wohnung vorbei und entschließe mich zu klingeln.

»Du hast deine Jacke wieder«, stellt sie zur Begrüßung an ihrer Wohnungstür fest. »Das heißt, du warst bei Tom?«

»Ja, aber es war nur der Mitbewohner da. Und falls du auf eine Romanze hoffst, bist du schief gewickelt.«

»Gott sei Dank. Bei einer Romanze mit diesem Mitbewohner hätte ich dich sofort einweisen lassen.« Kiki kichert. »Komm rein, wir trinken einen Kaffee. Und dann erzähl mir alles. Auch das, was nicht passiert ist.«

Wir gehen in die Küche und ich setze mich an Kikis Küchentisch, während sie Kaffee kocht.

»Also, was war denn nun?«, bohrt sie.

»Ach, Kiki, meine Männergeschichten sind doch alle ein einziges Desaster. Warum ist das bloß so?«

»Weil die meisten Kerle blöd sind, vielleicht?« Kiki zieht die Augenbrauen hoch und sieht mich streng an. »Fang jetzt bloß nicht an, an dir zu zweifeln.«

»Nee, aber … Guck nur mal uns drei an. Fabienne ist die schönste Frau der Welt, du bist die klügste Frau der Welt – und dazu auch noch die witzigste.«

Kiki lacht. »Danke für die Blumen, Tina. Was ist los, haben sie dir etwas in den Tee getan? Oder ich weiß, was es ist …« Sie reckt den Zeigefinger in die Luft. »Dir fehlt der Alkohol, deshalb wirst du jetzt so komisch.«

Wir gackern.

»Mal im Ernst, Kiki. Warum sind wir drei single? Und vor allem, warum habe ich das Gefühl, dass das noch sehr lange so bleiben wird?«

Ich erwarte eigentlich einen von Kikis frechen Sprüchen, aber sie bleibt ausnahmsweise mal ernst und setzt sich mir gegenüber.

»Soll ich ehrlich sein?«

Ich nicke.

»Ich weiß es auch nicht.« Kiki seufzt. »Bei mir selbst kann ich mir das noch erklären. Aber bei Fabienne und dir müssten die Männer eigentlich Schlange stehen.«

»Und wieso nicht bei dir?«

Kiki schmunzelt. »Ich bin klein und habe rote Haare und vor allem eine große Klappe. Damit kommen die meisten Männer nicht klar.«

»Und was machst du dagegen?«

»Gar nichts. Eines Tages wird jemand kommen, dem genau das an mir gefällt. Und bis dahin mach ich mir keinen Kopp.«

»Ach, Kiki, ich wünschte, ich hätte deine Gelassenheit. Wie schaffst du das nur?«

Kiki gießt uns Kaffee ein.

»Vielleicht hat das was mit der Medizin zu tun«, sagt sie.

»Ich hoffe, du meinst dein Studium und nicht etwa eine Medizin, die du einnimmst?«

Kiki lacht. »Mensch, Tina, du lernst dazu, der hätte echt von mir sein können.« Sie trinkt einen Schluck Kaffee und wird wieder ernst. »Aber ich meine den Beruf. Meine Mutter ist ja auch Ärztin, und ich habe erlebt, wie viel ihr das bedeutet. Vermutlich hat das auf mich abgefärbt.«

»Du meinst, es gibt Wichtigeres als Männer.«

Kiki überlegt. »Wichtigeres als Männer, ja. Wichtigeres als die Liebe, nein. Denn letztlich wird alles Gute immer aus Liebe getan, auch in der Medizin oder in der Architektur.«

Ich nicke. »Das sehe ich auch so.«

»Und weißt du, die Schicksale der Patienten, ob sie es schaffen oder nicht … das hat mich etwas Wichtiges gelehrt.«

»Und zwar?«

»Du kannst immer nur dein Bestes geben. Alles andere hast du sowieso nicht in der Hand.«

Ich nicke und denke nach.

»Man wird demütig …?«

Kiki nickt. »Ein bisschen, ja. Wir wissen eben nicht, was das Schicksal für uns bereithält.«

Ich nehme Kiki in den Arm und wir drücken uns. Ich bin ganz gerührt von ihrer ernsthaften Seite.

Plötzlich schiebt Kiki mich von sich und grinst. »Aber was das Leben auch immer mit uns vorhat, es hält uns nicht davon ab, dabei einen mörderischen Spaß zu haben.«

Cody

Ich starre auf das Schreiben vom REO und kann gar nicht glauben, was ich da lese. Erst hatte ich das ja für Werbung gehalten, aber Becky und Rob haben erzählt, dass sie auch so ein Schreiben im Briefkasten hatten.

Jetzt lese ich die Sätze zum dritten Mal und kann es trotzdem kaum glauben.

»Planfeststellungsverfahren ... Ortstermin .... Zwangsgeld bei Nichterscheinen ...«

Wieso kann irgend so eine hergelaufene Immobilienfirma einen solchen Druck machen? Was hat das alles zu bedeuten?

Wütend stapfe ich nach drinnen und reiße den Hörer vom Telefon. Alex, die nach wie vor in der Küche werkelt, guckt verblüfft.

»Cody, was ist denn los?«

Ich winke ab.

In diesem Moment wird am anderen Ende der Leitung abgehoben.

»Ja, hallo, ist da das Real Estate Office?«

»Ja, Sir. Herzlich willkommen beim REO, was kann ich denn für Sie ...«

»Ich hab ein Schreiben von Ihnen bekommen, ich soll zum Ortstermin erscheinen.«

»Aha, ja ...?«

»Ich will wissen, was das soll. Wieso werde ich vorgeladen?«

»Ähm, Sir, wären Sie so nett, mir mal das Aktenzeichen auf Ihrem Briefkopf zu nennen, damit ich weiß, um welchen Vorgang es sich handelt?«

»Ah ja, Moment ...« Ich suche auf dem Schreiben und nenne der Frau die Nummer.

»Sir, mir scheint, dass es sich um das Bauvorhaben ›Wasserkraftwerk Torrey Creek‹ handelt.«

»Wie bitte?!«

»Das Wasserkraftwerk ...«

»Das habe ich verstanden.« Ich muss mich anstrengen, meiner Wut Herr zu werden. »Ich kann nur nicht glauben, dass das REO so was hinter unserem Rücken plant.«

»Wir haben Sie mehrfach angeschrieben. Der Bundesstaat Utah hat das REO mit der Planung beauftragt ...«

»Und wieso weiß ich davon nichts?«

»Sir, mit Verlaub, das kann ich Ihnen nicht beantworten.«

Ich knalle den Hörer auf die Gabel. Verdammt. Hätte ich bloß diese blöden Briefe gelesen!

Alex steht neben mir und sieht mich mit Sorgenfalten auf der Stirn an.

»Das gibt's doch nicht. Die wollen ein Kraftwerk bauen ... Ich soll mein Land verkaufen.«

»Ein Kraftwerk? Hier, in Torrey Creek?«

Ich drücke ihr das Schreiben in die Hand und lasse mich auf einen Stuhl sinken.

Alex setzt sich ebenfalls und liest. Sie runzelt die Stirn. »Das klingt, als ob die das ernst meinen ... Aber das geht sicherlich nur mit der Zustimmung der Eigentümer. Das können die doch nicht erzwingen, oder?«

Ich zucke die Schultern. »Ich habe keine Ahnung, davon höre ich zum ersten Mal.«

»Und was machst du nun?«

Ich beiße die Zähne aufeinander. »Als Erstes muss ich wohl mal mit Mitch reden.«

KAPITEL 4

Hach, ich habe eine 1,0 bekommen, genau, wie Kiki es neulich vermutet hat! Aber dieses Mal habe ich ja auch mit einem klaren Kopf in der Bautechnikprüfung gesessen.

Bevor ich die Uni endgültig verlasse, schaue ich gut gelaunt im Büro meiner Professorin vorbei, die mich um ein Gespräch gebeten hat.

»Tina, ich gratuliere.« Sie nickt mir zu, als ich eintrete.

»Danke.«

Sie deutet auf den Stuhl gegenüber und ich setze mich.

»Schön, dass Sie Ihren ersten Job mit dieser Traumnote antreten können. Ich wusste, es ist eine gute Idee, Sie zu empfehlen.«

»Das freut mich. Ich werde Sie nicht enttäuschen. Und ich habe mich bereits in die Pläne eingearbeitet, die Sie mir gegeben haben.«

»Ah, gut … Darüber wollte ich noch kurz mit Ihnen sprechen, bevor Sie dort anfangen. Ihr zukünftiger Chef, Greg McGillan, hat mir gerade berichtet, dass es ein paar Änderungen geben wird.«

»Änderungen …?«

»Ja, es existiert ein neuer Kraftwerksbetreiber. Die staatliche Baubehörde hat die Ausführung des Projekts einem privaten Träger übergeben, dem REO.«

»Oh. Und ist das gut oder schlecht?«

Meine Professorin wiegt den Kopf. »Na ja, vielleicht von beidem ein bisschen. Das REO ist dafür bekannt, dass es die Projekte stringent durchzieht, das ist die gute Nachricht. Aber man ist dort auch kompromissloser.«

Ich bin geplättet. »Heißt das, die Pläne müssen geändert werden?«

Meine Professorin lacht leise. »Die Pläne müssen *immer* geändert werden.«

»Aber sie waren perfekt.«

»Ja, wir machen perfekte Pläne …« Sie wirft beide Hände in die Luft. »Und dann läuft es jedes Mal ganz anders. Erinnern Sie sich, was ich in der Vorlesung gepredigt habe, was nach dem Examen kommt?«

»Der Praxisschock«, antworte ich.

»Genau, so ist es. Der bleibt niemandem erspart. Aber Sie sind meine beste Studentin, Sie packen das.«

»Okay … Wenn Sie meinen.«

Sie lächelt mich aufmunternd an. »Alles Gute, Tina, und viel Spaß in Amerika. Es wird Ihnen bestimmt gefallen.«

Auf dem Weg nach Hause denke ich noch mal an meine Studienzeit. Es war nicht immer einfach und ich habe oft nächtelang für die Prüfungen gebüffelt, trotzdem war es eine spannende Zeit. Ich kann mich noch genau erinnern, wie euphorisch ich war, als ich in dem Seminar über nachhaltige Energien begriffen habe, wie sehr sich die Welt durch solche tollen Technologien zum Guten verändern kann. Und jetzt habe ich endlich die Chance, alles, was ich gelernt habe, in die Tat umzusetzen.

Praxisschock, du kannst dich warm anziehen, mir machst du keine Angst. Von dir werde ich mich nicht ausbremsen lassen.

Cody

Richfield ist laut und hektisch, aber es hilft nichts, also kämpfe ich mich durch den Stau zu Mitchs Wohnung. Hoffentlich wohnt er hier überhaupt noch, denke ich, als ich klingele, denn sein Wagen steht nicht vor dem Haus.

»Hallo, Cody.« Debbie steht in der Tür und mustert mich skeptisch. »Ist was passiert?«

»Hallo, Debbie. Schön, dich zu sehen. Ich wollte Mitch sprechen.«

Sie atmet tief durch. »Er ist nicht da. Willst du reinkommen?«

»Danke, das ist nett, aber eigentlich nicht. Weißt du, wo ich ihn erreichen kann?«

»Ehrlich gesagt, ich dachte, er ist bei dir.«

»Mein Bruder – bei *mir*?«

»Ich meine, auf der Ranch.«

»Du weißt doch, er hasst das Landleben.«

»Ja, klar …« Debbie starrt auf den Parkplatz vor dem Haus, als hoffe sie, Mitch dort irgendwo zu entdecken.

Ich räuspere mich, um sie wieder aus ihren Gedanken zu holen.

»Aber, Debbie, sag mal, ihr wohnt schließlich zusammen. Wieso weißt du nicht, wo er sich aufhält?«

»Das ist es ja. Er ist einfach verschwunden, ohne ein Wort.«

»Aber das ist doch schon öfter vorgekommen, oder? Sicherlich war er irgendwo feiern und schläft jetzt seinen Rausch aus.«

»Dass er mal über Nacht wegbleibt, okay. Aber nicht ganze drei Tage.«

»So lange ist er schon weg?«

Sie nickt. »Seit dem Wochenende.« Debbie schüttelt den Kopf und wischt sich mit dem Handrücken über die Augen. »Ob ihm was passiert ist?«

Ich lege eine Hand auf ihren Arm.

»Hör mal … mach dir keine Sorgen. Er taucht bestimmt bald wieder auf. Wenn er sich meldet, sage ich dir sofort Bescheid. Und du mir, okay?«

Sie nickt. »In Ordnung, Cody. Bis bald.«

KAPITEL 5

Tina

Am Morgen des Abflugs frühstücken wir noch einmal ausgiebig mit der Familie. Es wird das letzte Mal sein, dass wir in dieser Wohnung zusammensitzen, denn bald muss auch meine Familie die Umzugskisten packen, um aufs Land zu Großonkel Hans zu ziehen. Mir ist daher ein wenig wehmütig zumute.

Meine Koffer stehen bereit. Alles, was ich nicht in die USA mitschleppen kann, habe ich in Umzugskisten verstaut.

»Tina, kannst du mich nicht mitnehmen nach Amerika zum Reiten? *Bitte!*« Lilli guckt so flehentlich, wie sie nur kann.

»Das fragst du mich jetzt zum hundertsten Mal. Du hast kein Flugticket, also kannst du auch nicht mit.«

»Mama, wenn ich auf alle meine Geburtstagsgeschenke dieses Jahr verzichte, kriege ich dann ein Flugticket und kann mit Tina zum Reiten?«

»Dafür müsstest du ungefähr hundert Jahre auf Geburtstagsgeschenke verzichten«, sagt Mama. »Und auf die Weihnachtsgeschenke auch.«

Lilli zuckt die Schultern. »Kein Problem. Hundert Jahre, so lange ist das ja gar nicht.«

»Auch nicht, wenn Tim dann jedes Mal Geschenke bekommt?«, fragt Mama.

Lilli nickt, aber sie sieht nun nicht mehr ganz so entschlossen aus wie eben noch.

In diesem Augenblick klingelt es.

»Ich mach auf«, ruft Lilli und rennt los. Wenig später stehen Kiki und Fabienne mit zwei ziemlich großen Koffern in der Tür.

Papa betrachtet das enorme Gepäck. »Tina fährt für ein Jahr, das weiß ich. Aber wie lange wollt *ihr* wegbleiben?«

»Eine Woche plus Flug. Wieso?« Offenbar hat Fabienne Papas ironischen Unterton überhört.

»Wegen des kleinen Koffers. Ich dachte nur.«

»Papa!«, ermahne ich ihn leise, aber Fabienne erwidert ganz unschuldig: »Den großen habe ich im Hausflur stehen lassen. Der ist so schwer.«

Jetzt ist es Papa, der verblüfft guckt.

Chris verdreht heimlich die Augen. »Frauen«, brummelt er durch die Zähne.

Ich trete ihm unter dem Tisch ans Schienbein.

»Aua. Wofür war das denn?«

»Das weißt du ganz genau.«

»Hört auf zu streiten.« Mama runzelt die Stirn, aber in Gedanken ist sie offenbar woanders. »Hier, ich hab euch noch was eingepackt.« Sie drückt mir einen Stoffbeutel in die Hand, der bis oben hin mit Proviant vollgestopft ist.

»Mama, wir werden unterwegs wohl kaum verhungern.«

»Wer weiß, ob es im Flugzeug was zu essen gibt. Die sparen ja mittlerweile an allen Ecken und Enden.«

»Nicht in der ersten Klasse.« Fabienne lächelt milde.

»Wieso? Wir haben doch Economy gebucht«, wundert sich Kiki.

»Ja, aber ich hab uns ein Upgrade organisiert.« Fabienne wedelt mit ihrer Platin-Vielflieger-Karte. »Auf meine Bonusmeilen.«

Aufgrund ihrer Jobs als Model fliegt Fabienne ständig um die Welt und hat ein prall gefülltes Meilenkonto.

»Au ja, das bedeutet Schampus im Flieger.« Kiki klatscht in die Hände. »Das lass ich mir gefallen.«

Papa steht auf. »Nun kommt mal in die Hufe, sonst fliegt der Schampus noch ohne euch. Und dann müssen wir uns weiter mit euch herumschlagen.«

»Mann, Papa.« Ich knuffe ihn in die Seite.

Papa nimmt mich in die Arme und hebt mich übermütig ein paar Zentimeter vom Boden hoch, wie er es mit den Zwillingen manchmal macht.

»Boah, Tina, du wirst immer schwerer. Hoffentlich kann das arme Pferd dich überhaupt tragen.«

»Jetzt reicht's aber mit den Frechheiten.« Ich drohe ihm spielerisch mit erhobenem Zeigefinger.

Wir lachen. Insgeheim bin ich Papa dankbar, dass er mir den Abschied von der Familie mit seinen Scherzen etwas erleichtert.

»Also, los jetzt.«

Wir stehen auf und quetschen uns in unseren schmalen Altbauflur. Der ist in Sekundenschnelle voll, und es vergehen keine zehn Sekunden, bis irgendwer über irgendeinen Koffer stolpert.

»Habt ihr auch an alles gedacht?«, erkundigt sich Mama wohl zum zwanzigsten Mal. »Und habt ihr genug warme Kleidung dabei?«

»Ja, Mama. Die Reitausrüstung kaufen wir in den USA, das ist viel billiger. Und es gibt mehr Auswahl.«

»Ich will unbedingt einen roten Hut.« Kiki reckt entschlossen das Kinn nach oben. »Ohne roten Hut gehe ich nicht reiten.«

Fabienne und ich verdrehen die Augen. »Du kriegst schon deinen Hut. Lass uns doch erst mal dort sein.«

Papa schnappt sich den Autoschlüssel. »Auf geht's, wir fahren.«

Und dann kommt das Unvermeidliche: der Abschied.

Den Proviant von Mama werden wir vermutlich nicht brauchen, aber ich bemerke ihren flehentlichen Blick und entscheide mich, den Stoffbeutel noch in meine Reisetasche zu quetschen. Ich umarme sie.

»Danke schön, Mama. Was würden wir nur ohne dich machen.«

Sie schnieft an meiner Schulter.

»Mach's gut, meine Kleine. Und ruf an, ja?«

»Na klar. Gleich, wenn wir gelandet sind.«

Als Nächstes nehme ich Tim in den Arm.

»Also, tschüss, mein Kleiner.«

»Ich bin überhaupt nicht klein.«

»Natürlich nicht. Alles klar.«

Tim hebt die Hand zum lässigen »High five«, und ich tue ihm den Gefallen und schlage ein.

»Alles cool?«

Er nickt.

»Klar, Mann.«

Aus dem Augenwinkel registriere ich, dass Mama über seinen Machospruch die Augen verdreht, habe aber keine Zeit, darauf einzugehen.

Ich sehe mich nach Chris um, der lässig im Türrahmen lehnt.

»Chris, altes Haus. Komm her.«

Er bewegt sich keinen Millimeter, also steuere ich auf ihn zu und drücke ihn. Immerhin legt er einen Arm um mich, das ist mehr, als ich erwartet habe.

»Viel Spaß da in Amiland. Und lass dich nicht nerven.«

Wow, so viel Emotionen hat er in den letzten Jahren selten gezeigt.

Hanna hat Tränen in den Augen und reißt mich einfach an sich, ohne ein Wort zu sagen.

Dann sehe ich mich um.

»Wo ist denn Lilli? Sie wird doch nicht kneifen?«

Dass ihr der Abschied schwerfallen würde, war mir bewusst, aber dass sie einfach wortlos verschwindet, hätte ich nicht gedacht.

»Verdünnisieren gilt nicht, Lilli«, rufe ich in Richtung ihres Zimmers, aber es kommt keine Antwort.

»Mist. Ich muss sie suchen.«

»Nein«, greift Papa ein, »wir müssen jetzt los.«

»Okay.« Schweren Herzens nehme ich meine beiden Koffer und schleppe sie in Richtung Wohnungstür.

»Aber ihr müsst mir versprechen, sie ganz lieb von mir zu grüßen.«

Fabienne öffnet die Tür und geht voraus ins Treppenhaus.

»Hier«, ruft sie über die Schulter.

Wir schauen aus der Tür. Tatsächlich, auf Fabiennes Koffer im Treppenhaus hockt Lilli.

»Ich fahre mit zum Flughafen«, verkündet sie und verschränkt die Arme vor der Brust.

Papa stöhnt auf. »Lilli, siehst du diese vielen großen Koffer? Dafür brauchen wir im Auto jeden Quadratzentimeter.«

Aber Lilli schüttelt den Kopf.

»Ich fahre mit!«

Papa seufzt und wuchtet Fabiennes großen Koffer die Treppe hinunter.

Wir winken noch einmal Mama, Hanna und Tim und schleppen die anderen Koffer hinter Papa her nach unten.

Unser Familienvan ist bis oben hin vollgestopft, sodass wir kaum noch aus den Fenstern schauen können. Aber die Fahrt zum Flughafen vergeht wie im Flug. Langsam macht sich in mir die Vorfreude auf die Reittour breit. Klar, danach kommt dann auch noch der Job … Puh, mir geht langsam die Muffe. Na ja, man wächst mit seinen Aufgaben. Wird schon schiefgehen. Jetzt mache ich erst mal meinen Traumurlaub mit meinen besten Freundinnen.

Als wir am Flughafen angekommen sind und alle Koffer ausgeladen haben, umarme ich Papa.

»Danke, dass du uns hergefahren hast.«

»Ist doch klar.«

Papa lächelt und drückt mich an sich. »Alles Gute, meine kleine Tina.« Er klopft mir auf den Rücken. »Du meisterst das schon.«

Als ich mich Lilli zuwende, laufen ihr die Tränen über die Wangen. Es bricht mir fast das Herz, sie so traurig zu sehen.

Sie guckt zu mir hoch. »Du kannst nicht einfach so weggehen.«

»Ich bin im Nu wieder da.«

Ich nehme sie fest in den Arm.

»Du wirst sehen, die Zeit vergeht wie im Flug. Und wir telefonieren. Und whatsappen.«

»Wirklich?«

»Ganz bestimmt. Jeden Tag.«

Lilli schnieft noch einmal. Zum Glück hört sie auf zu weinen.

»Papa?«

»Ja, Lilli?«

Papas Tonfall ist weicher als gewöhnlich, offenbar macht auch ihm Lillis Trauer zu schaffen.

»Kriege ich ein eigenes Smartphone, damit ich mit Tina whatsappen kann? Tim lässt mich seins ja *immer nie* benutzen.«

Papa atmet einmal tief durch. Wir tauschen einen Blick.

»Lilli, das ist Erpressung«, stöhnt Papa.

»Bitte!« Lilli schaut ihn so herzzerreißend an, dass er schließlich seufzt.

»Na gut.«

»Au, prima.« Lilli hüpft ins Auto. »Dann los.«

Kiki und Fabienne lachen über Lillis gelungenen Coup. Papa verdreht die Augen. Aber ich bin insgeheim froh, dass Lilli ihren Abschiedsschmerz auf diese Weise überspielt. Denn dass wir uns jetzt mindestens ein Jahr nicht sehen werden macht ihr zu schaffen, das weiß ich tief in meinem Herzen.

Nachdem wir uns auf dem Weg ins Flughafengebäude noch etliche Male umgedreht haben, um zu winken, wollen wir uns in die lange Schlange am Check-in einreihen, aber Fabienne schüttelt den Kopf und deutet auf den Schalter mit der Aufschrift »First Class«.

»Stimmt, wir sind ja VIPs«, triumphiert Kiki und schreitet hocherhobenen Hauptes auf die Dame am Schalter zu. Kurz bevor sie dran ist, überlässt sie allerdings Fabienne den Vortritt.

»Keine Ahnung, wie man das macht«, flüstert Kiki mir zu. »Bist du schon mal erster Klasse geflogen?«

Ich kichere. »Habe ich eine Gelddruckmaschine im Keller?«

»Au ja, lässt du mich auch mal drucken?«

Wir gackern leise vor uns hin und reißen uns gleich darauf zusammen. Fabienne steht vor uns am Schalter und reicht lässig ihr Ticket über den Tresen.

»In der Öffentlichkeit wirkt sie auf mich immer ein bisschen wie die Queen«, meint Kiki. »So würdevoll.«

Ich kichere. »Aber ob die Queen auch so feiern kann wie Fabienne, ohne zu torkeln?«

Ich reiche der Dame am Schalter meine Dokumente rüber, während Kiki neben mir rot anläuft, weil sie ein Lachen zu unterdrücken versucht. Ich stoße Kiki mit dem Ellenbogen in die Seite, und Fabienne schüttelt lächelnd den Kopf.

»Mit euch kann man echt nicht gesittet verreisen«, sagt sie, und dann müssen wir alle drei laut lachen.

Cody

John und ich holen die Zelte, Schlafsäcke und Küchenutensilien aus der Scheune, um sie für die Tour vorzubereiten. Von drüben vom Haus höre ich Alex und Bea durch das offene Küchenfenster lachen. Ihre fröhliche Art sorgt dafür, dass auch die Gäste sich immer wohlfühlen. Ich hoffe nur, dass ich die Ranch auf Dauer halten kann, denn sonst muss ich die beiden entlassen, so sehr ich das bedauern würde.

Kurz darauf höre ich einen Wagen den Weg heraufbrettern. Ich schaue auf und erstarre. Es ist der rote Sportwagen von Mitch.

»Mach bitte einen Moment allein weiter«, sage ich zu John und gehe Mitch entgegen. Mit ihm habe ich ein Wörtchen zu reden.

Ich erreiche seinen Wagen gerade, als Mitch aussteigt.

»Mitch, was führt dich denn hierher?« Es klingt nicht so neutral, wie ich gehofft hatte.

»Hey, Cody, altes Haus. Alles im Lot?« Mitch grinst, und ich sehe ihm direkt an, dass er etwas im Schilde führt.

»Kann man nicht gerade sagen.«

»Ach nein? Mal wieder Frauenprobleme?«

Ich unterdrücke meine Wut über diese Provokation.

»Ich habe ein Schreiben vom REO bekommen. Du doch sicher auch.«

»Ja …« Mitch macht ein unschuldiges Gesicht. »Und? Was hältst du davon?«

»Du *wusstest* das?« Jetzt werde ich so laut, dass John innehält und zu uns herüberlinst.

Mitch zuckt die Schultern. »Du etwa nicht?«

»Nein! Sonst hätte ich längst was unternommen. Aber jetzt ist die Einspruchsfrist abgelaufen. Hättest du nicht mal ein Wort sagen können? Schließlich ist das unsere Ranch seit fünf Generationen.«

Mitch verdreht die Augen.

»Die Ranch, die Ranch … Leg doch mal 'ne andere Platte auf. Es gibt mehr auf der Welt als diese blöde Ranch. Lass sie uns endlich verkaufen, das Angebot ist super.«

»Was für ein Angebot? Wovon sprichst du?«

»Ach so.« Mitch lächelt betont unschuldig. »Das kam mit einem von diesen Schreiben.«

Er holt eine Mappe aus dem Auto. Wahrscheinlich war das einer von den Briefen, die ich für Werbung gehalten und gleich weggeworfen habe. Ich blättere darin und erkenne Fotos von einem Grundstück und viele Zahlen sowie Berechnungen.

»Das ist das Grundstück, das sie uns als Ausgleich anbieten. Es ist viel größer als das hier. Und auch nicht so abgelegen. Und zusätzlich zahlen sie noch einen Ausgleich. Das ist ein Megadeal, glaub mir.«

»Ah ja? Und was macht dich so sicher?«

»Mein Anwalt hat das gecheckt. Ist 'ne super Sache. Was hältst du davon: Du nimmst das Land und ich das Geld. Auf diese Weise kommen wir endlich mal auseinander … bei dem gemeinsamen Eigentum gibt's doch ständig Stress.«

»Was sicher nicht an mir liegt«, knurre ich.

»Ach, Cody, lass doch die alten Sachen mal ruhen.« Mitch kommt einen Schritt näher und legt mir die Hand auf die Schulter. »Schlag ein, kleiner Bruder. Das hier ist unsere Chance, ins Reine zu kommen und noch einen ordentlichen Reibach zu machen. Da muss man einfach zugreifen.«

Ich muss zugeben, dass mich seine versöhnliche Geste anrührt. Ich würde schon gerne meinen Frieden mit ihm machen.

Also schaue ich etwas genauer in das Exposé des Grundstücks. Es ist tatsächlich sehr groß. Ungewöhnlich groß, selbst für Grundstücke hier in der Gegend, und die Fotos sehen toll aus. Aber wieso bieten die uns so viel an, in so einer guten Lage? Wo ist der Haken? Ich blättere noch ein paarmal hin und her, prüfe, wo sich das Grundstück exakt befindet … und dann weiß ich es.

»Das ist ja am Corner Mine Creek. Da wurde lange nach Gold geschürft.«

»Ja, ist doch super. Vielleicht findest du noch ein paar Nuggets.« Mitch reckt den Daumen in die Höhe.

Jetzt merke ich, wie eine unbändige Wut in mir aufsteigt.

»Mitch, ich weiß nicht, worüber ich mich mehr aufregen soll. Dass du das hinter meinem Rücken eingefädelt hast oder dass du so bescheuert bist, dir ein solches Grundstück andrehen zu lassen.«

»Was stört dich daran?«

»Der Boden ist voller Quecksilber.«

Mitch glotzt mich an. »Was redest du da für 'n Zeug?«

»Quecksilber, vom Goldabbau. Da zu leben, ist reiner Selbstmord.«

»Und woher willst du das wissen?«

»Schon unsere Großeltern haben davon erzählt, falls du dich erinnerst.«

Mitch schnauft verächtlich. »Ach, komm, das ist lange her.«

»Glaubst du etwa, das Zeug löst sich in Luft auf?«

Mitch atmet heftig ein. »Mann, Cody, dann verlangst du eben stattdessen Geld und ziehst in die Stadt.«

»Und versauere in irgendeinem schlecht bezahlten Job in einem staubigen Büro? Vergiss es. Mitch, die Ranch und die Berge, das ist mein Leben!«

»Ja, ein Leben zwischen Matsch und stinkenden Viechern.« Mitch spuckt verächtlich auf den Boden.

Wir visieren uns an wie bei einem Duell.

Mit einer wütenden Bewegung werfe ich ihm die Mappe rüber.

»Das kannst du vergessen. Sag den Typen vom REO, ich werde nicht verkaufen.«

Damit drehe ich mich um und lasse ihn stehen.

Auf dem Weg zur Scheune muss ich innehalten und tief durchatmen, um meinen Ärger runterzuschlucken.

»Was war das denn eben?«, will John wissen, als ich wieder bei ihm ankomme. Wir beobachten, wie die Reifen von Mitchs Sportwagen auf dem Kies durchdrehen.

»Mein Bruder ist ein Arsch.«

»Ja, aber das ist keine neue Erkenntnis, oder?«

»Nein. Aber ein neues Ausmaß.«

John verzieht das Gesicht und werkelt weiter.

Aus dem Augenwinkel sehe ich Alex aus dem Haus kommen. Sie hat ihre Küchenschürze umgebunden und winkt uns zu.

»Hallo, ihr beiden, macht mal Pause. Wir haben Apfelpancakes gebacken. Und Kaffee ist auch fertig.«

Sofort lässt John sich von Alex' guter Laune anstecken, und auch ich merke, dass meine Stimmung sich aufhellt.

Alex wirft mir einen wissenden Blick zu.

»Vielleicht helfen die Pancakes gegen den Ärger.«

»Was mir wohl eher helfen würde, ist ein guter Anwalt«, murmele ich.

»Den gibt es aber nicht mit Vanillesoße.« Sie zwinkert mir zu, um mich aufzumuntern.

»Ach, danke, Alex. Was würde ich bloß ohne dich machen?«

Sie schenkt mir ein warmherziges Lächeln und wir gehen zum Haus.

»Wow, das schmeckt fantastisch«, sage ich, als ich probiert habe, und John nickt zur Bestätigung.

Ich genieße einen Moment die Aussicht über das Tal. Die Pferde grasen heute etwas weiter unten. Außer einem Schnauben hin und wieder und dem Vogelgezwitscher herrscht friedliche Stille. Aber meine Gedanken wandern unentwegt zurück zu dem Brief und dem Streit mit Mitch. In diesem Moment beschließe ich: Was auch immer die vorhaben, ich werde die Ranch um jeden Preis verteidigen.

Tina

Als wir in den Flieger einsteigen, werden wir sofort hofiert. Erste Klasse, das bedeutet, man wird so behandelt, als wäre man ein Rockstar oder wenigstens aus irgendeinem anderen Grund wichtig. Und wir sitzen sogar in der ersten Reihe, haben also niemanden mehr vor uns.

»Guckt mal hier.« Kiki hat die in Leder eingebundene Getränkekarte aus der Halterung vor uns genommen und hält sie hoch wie einen Pokal. »Die ist ja edel.«

»Ja, und hier hat man wirklich viel mehr Platz.« Ich strecke meine Füße so weit aus, dass sie die Wand vor uns berühren.

»Ihr seid ja niedlich.« Fabienne grinst.

»Nun gib mal nicht so an«, sagt Kiki. »Wir wissen den Luxus wenigstens noch zu schätzen.«

»Ach, und ich etwa nicht?«

»Jedenfalls tust du so, als ob das hier ganz normal wäre.« Kiki klappt die Getränkekarte auf und studiert das Angebot.

»Wow, Aperol Spritz in zehntausend Metern Höhe. Man könnte deutlich schlechter in den Urlaub starten.«

Die Stewardessen beginnen mit der Sicherheitsunterweisung, und wir tun wenigstens so, als würden wir ihnen zuhören. Vielleicht liegt es an dem routinierten Tonfall, dass man immer das Gefühl hat, als wäre das alles nicht weiter wichtig. Aber im Ernstfall würde man es dann doch bereuen, nicht zugehört zu haben. Wenn das Flugzeug auf dem Atlantik notlandet, kann man ja schlecht zu der Stewardess gehen und sagen: »Verzeihung, könnten Sie bitte noch einmal wiederholen, was Sie vorhin über das Aussteigen mit der Notrutsche gesagt hatten?«

Bei diesen Gedanken läuft mir ein Schauer über den Rücken, und ich zwinge mich, wenigstens noch den restlichen Erklärungen zu folgen.

»Sag mal, Fabienne, wie ist das eigentlich so, immer in der Welt rumzujetten, heute New York, morgen Paris, übermorgen Tokio?«, fragt Kiki.

Fabienne seufzt. »Hektisch. Und einsam.«

»Aber du hast doch sicher jede Menge Verehrer. Auf dich fliegen doch alle, so wie du aussiehst.«

»Wenn sie sich trauen«, schmunzelt Fabienne. Aber dann wird sie wieder ernst. »Das ist nämlich das Problem. Die meisten denken, weil ich als Model arbeite, habe ich kein Problem, jemanden kennenzulernen. Und daher versuchen sie erst gar nicht, mich anzusprechen. Oder sie müssen sich erst Mut antrinken … und dann sind die meisten Männer nicht mehr ganz so charmant.«

»Apropos Mut antrinken«, sagt Kiki. »Ich finde, wir könnten endlich mal was bestellen.«

Ich kichere. »Wir sind nämlich auch dann noch sehr charmant, wenn wir einen im Tee haben.«

Wir lachen, und Fabienne winkt der Stewardess.

Wenig später, als das Flugzeug seine Reiseflughöhe erreicht hat, haben wir jede einen leckeren Cocktail vor uns, vertilgen Mamas Proviant und genießen den Flug. Die Sonne strahlt über den Wolken durch die Fenster, ein grandioses Gefühl.

Wir stoßen an und schauen aus dem Fenster.

»Abenteuer, wir kommen.«

Kaum eine halbe Stunde nach der Landung am Flughafen in Los Angeles sitzen wir in einem Mietwagen und sind startklar in Richtung Motel. Da Fabienne öfter in den USA ist, haben wir beschlossen, dass sie fahren soll. Souverän steuert sie das Auto in den fließenden Verkehr auf dem Highway und in Richtung Norden.

In der App sieht die Strecke gar nicht so weit aus, aber als wir nach einer Stunde immer noch nicht da sind, wird uns klar, wie riesig Los Angeles ist.

Endlich erreichen wir das Bayview-Hotel und sind erst einmal sprachlos. Der Name ist nicht übertrieben, es liegt auf einem Hügel, von dem aus man einen fantastischen Blick über Los Angeles und den Ozean hat.

»Hier bleibe ich«, verkündet Kiki, »und wenn ihr O-Beine habt vom vielen Reiten, holt ihr mich einfach wieder hier ab.«

»Nichts da«, sagt Fabienne, drückt Kiki ihren Koffer in die Hand und schiebt sie ins Zimmer. »Morgen gehen wir Cowboyklamotten einkaufen und übermorgen reiten!«

Kiki und Fabienne wollen sich vor dem Abendessen noch etwas im Liegestuhl am Pool entspannen, aber ich mache lieber einen Spaziergang, um mir die Gegend anzuschauen.

Die Häuser strahlen in hellem Weiß, in diesem Viertel ist alles extrem aufgeräumt, wie aus einem Immobilienkatalog. Auf den knallgrünen Rasenflächen wächst nicht eine einzige Unkrautpflanze, nicht mal ein Gänseblümchen, und das Gras hat überall die gleiche Länge. Oder ob das etwa Kunstrasen ist? Den Amis ist ja so einiges zuzutrauen ...

Fast jedes Haus hat einen Pool und große Autos vor der Tür. Das sind alles nicht gerade Anzeichen für ein ausgeprägtes Umweltbewusstsein. Aber wir sind hier in Kalifornien, vielleicht ist das in Utah anders. Bei der Planung für das Kraftwerk wurde sogar darauf geachtet, dass seltene Tierarten nicht zu Schaden kommen, zum Beispiel gibt es ein einzigartiges Konzept zur Rettung des seltenen Beifußhuhns. Hoffentlich fällt das alles nicht unter den Tisch mit dem neuen Betreiber ... Einen Moment lang sinkt meine Laune. Doch dann recke ich mein Kinn. Immerhin bin ich Teil des Projekts, und ich kann dazu beitragen, dass es gut wird. Keine Sorge, kleines Beifußhuhn, ich werde für dich kämpfen!

Kapitel 6

Der Parkplatz des Westernausstatters, den Fabienne ausfindig gemacht hat, ist riesig, und der Laden ist so groß wie eine Flughafenhalle. Wir stehen davor und machen große Augen.

»Na dann«, sagt Kiki und stapft zum Eingang. »Auf, auf, Mädels, die Mission ›Roter Hut‹ beginnt.«

Drinnen staunen wir noch viel mehr. Ein Wegweiser zeigt in verschiedene Richtungen, wir stehen im Eingangsbereich von drei riesigen Hallen.

»Guckt mal, die haben eine ganze Halle voller Cowboystiefel.«

»Und hier, eine ganze Halle Jeans ... und Westernsättel.«

»Und da sind die Hüte!« Kiki hat das entsprechende Schild entdeckt und steuert unbeirrt auf den Eingang der Huthalle zu.

Kurz darauf stehen wir vor zahlreichen Regalen mit Tausenden von Cowboyhüten. Fabienne und ich sind einfach nur geplättet, selbst Kiki ist der Text ausgegangen.

»Hammer«, freut sich Kiki nach der Pause und nimmt das nächstgelegene Regal in Angriff. Euphorisch setzt sie einen nach dem anderen auf und bewundert sich in einem bereitgestellten Spiegel.

Wir laufen durch die Reihen und bestaunen all die Formen und Farben.

»Wow. Bis wir die alle anprobiert haben, sind wir in Rente«, sagt Fabienne.

»Hoffentlich gibt es hier auch ein Restaurant, sonst sind wir nämlich vorher verhungert.«

Wir folgen Kiki, die irgendwo im Gewirr zwischen Hutregalen und Hutständern verschwunden ist.

Zwei Reihen weiter entdecken wir sie, wo sie sich mit einem knallroten Hut vor einem Spiegel dreht.

»Wie findet ihr den?«

»Schick«, sage ich. »Rot ist für den Sommer bestimmt angenehmer als ein dunkler Hut.«

»Oh, den gibt's aber auch in Lila.« Kiki hängt den Hut wieder zurück und greift sich einen fliederfarbenen.

»Ist das dein Ernst?« Fabienne guckt skeptisch.

»Der ist doch toll. Aber ich denke, mir steht Rot am besten. Oder, was meint ihr?«

In der kommenden Dreiviertelstunde probiert Kiki gefühlte hundert weitere rote Hüte durch.

Fabienne und ich haben unsere Hüte dagegen schon nach ein paar Minuten gefunden. Ich entscheide mich für einen beigefarbenen Filzhut, Fabienne findet Strohhüte schöner und sucht sich einen aus, der mit einer dunklen Bordüre anstelle eines Hutbandes verziert ist.

»Kiki, wie sieht es mit dir aus?«, frage ich. »Konntest du dich inzwischen mit einem Hut näher anfreunden?«

Aber von Kiki kommt nur ein Stöhnen.

»Was ist?«

»Ich dreh durch. Hier gibt es Hunderte von Rottönen. Wie soll man sich da bloß entscheiden?«

Fabienne und ich sehen Kiki zu, wie sie im Akkord einen roten Hut nach dem anderen aufsetzt.

»Das kann noch eine Weile dauern«, flüstert Fabienne.

»Sollen wir dir beim Aussuchen helfen?«, frage ich Kiki.

»Neeeiiin!« Sie erhöht ihr Hut-Probiertempo noch. »Ich komm klar.«

»Gut«, sagt Fabienne, »wir gehen dann schon mal in die Stiefelhalle.«

»Jaja ...« Kiki verschwindet zwischen den Regalen.

»In diesem Zustand hört sie uns überhaupt nicht, oder?«

Fabienne zuckt die Schultern. »Nein. Aber das macht nichts. Sie wird nicht weglaufen, also holen wir sie später einfach wieder hier ab.« Sie kichert. »Die kleine Kiki möchte aus dem Hüte-Paradies abgeholt werden«, imitiert sie die berühmte Kaufhausdurchsage.

Also stürzen Fabienne und ich uns in Halle drei in das absolute Westernstiefel-Paradies. Sofort komme ich mir so vor wie Kiki eben. Es ist wie ein Rausch, die ganzen Formen und Farben zu erleben. Ein Paar nach dem anderen probieren wir an, stoßen gelegentlich Entzückensschreie aus und müssen über uns selbst lachen.

»Guck mal da, der Schaft ist in Lila mit Gold!«

»Krass. Oder hier, Pink mit Grün!«

»Und die da drüben haben silberne Stiefelspitzen.«

»Hammer.«

»Oder lieber Schlangenledermuster?«

»Ich fass es nicht.«

Nach einer gefühlten Ewigkeit und etlichen anprobierten Stiefeln stehe ich plötzlich vor meinem Traumpaar. Ich sehe sie und weiß: Das sind meine Stiefel! Sie sind aus hellbraunem Leder, haben vorne eine leicht abgerundete Spitze und an ihrem Schaft sind indianische Motive eingenäht, die an alte Höhlenzeichnungen erinnern. Ich nehme sie in die Hand und streiche mit den Fingern über die Figuren. Das Leder ist glatt und weich und die Stiefel duften aromatisch nach Lederöl.

»Das sind sie«, rufe ich und wundere mich, dass Fabienne fast im gleichen Augenblick dasselbe sagt.

Wir sehen uns an und müssen lachen. Das Paar, das Fabienne in der Hand hält, ist schwarz, und auf dem Schaft prangen große pinkfarbene Rosen.

»Das ist ein Traum!« Sie setzt sich schnell auf den nächsten Hocker, um sie anzuprobieren.

Ich setze mich neben sie und schlüpfe auch in mein Paar. Sie passen wie angegossen.

Wir laufen ein paar Schritte, die Stiefel sind tatsächlich äußerst bequem.

»Schade eigentlich, dass man die Verzierungen gar nicht sieht, wenn man die Hosen drüberträgt. Oder kann man die Hosenbeine reinstecken?« Fabienne begutachtet ihre Beine im Spiegel.

Ich schüttele den Kopf. »Hab ich recherchiert, die Hose gehört darüber. Der Schaft ist so was wie ein Geheimnis. Das Design sieht man nur, wenn man die Stiefel auszieht.«

Fabienne grinst. »Oder die Hose.«

Ich schaue sie verblüfft an. So ein Spruch von Fabienne?

»… hätte Kiki jetzt gesagt«, schiebt Fabienne nach und lacht.

»Apropos. Vielleicht sollten wir mal nach ihr sehen.«

Als wir Kiki in der Huthalle finden, erweckt sie den Anschein, als habe sie soeben einen Ringkampf verloren. Ihre Jacke ist offen und hängt schief, ihre Bluse guckt an der Seite aus der Hose und ihr Haar ist zerzaust.

»Das ist ja der reinste Terror hier.« Kikis Blick ist verzweifelt. »Die Amis machen einen fertig mit diesen vielen Modellen. Man hat einfach keine Chance.«

Kiki sinkt auf einen der Hocker, die für erschöpfte Kunden bereitstehen, und atmet tief durch. »Ich glaube, wir müssen woanders suchen.«

»*Woanders*? Du willst das hier noch einmal durchmachen?« Fabienne schüttelt energisch den Kopf.

»Schau mal, wie ist es denn mit diesem?«

Ich nehme einen leuchtend roten Hut von der Halterung und zeige ihn Kiki.

»Hatte ich schon.«

»Und den?«

»Auch.«

»Oder guck mal dieser.«

»Hatte ich ebenfalls.« Kikis Ton wird zunehmend trotziger.

Ich schaue Hilfe suchend zu Fabienne.

Die nimmt einen weinroten Hut, setzt sich neben Kiki und hält ihn ihr unter die Nase.

»Schau mal, Kiki, wie wunderschön die Krempe geschwungen ist. Das Weinrot ist traumhaft und er würde ausgezeichnet zu der Farbe deiner Haare passen. Er ist perfekt.«

»Den hab ich auch schon probiert.«

»Und?«

»Sah irgendwie nicht aus.«

Jetzt ist es Fabienne, die mich ratlos ansieht.

Ich zucke die Schultern.

»Und was machen wir nun?«

»Woanders gucken«, sagt Kiki noch einmal.

Fabienne und ich seufzen.

»Okay.« Fabienne legt sanft ihren Arm um Kiki. »Dann schauen wir woanders.«

»Wenn wir überhaupt noch an einem Laden vorbeikommen«, gebe ich zu bedenken.

Kiki reckt trotzig ihr Kinn. »Na klar. Die Amis haben doch Hutläden wie Sand am Meer.«

Einige Zeit später machen wir uns auf den Weg zur Kasse.

»Vielleicht sollten wir doch lieber wandern gehen«, meint Kiki plötzlich. »Das ist doch total gefährlich mit den Pferden. Vorne beißen sie, hinten treten sie und in der Mitte fällt man runter.«

»Und du hast eins vergessen«, füge ich hinzu. »Wenn man nicht runterfällt, reitet man sich wund.«

»Ehrlich?« Kiki bleibt stehen und macht große Augen. »Das auch noch?«

Fabienne nickt. »Wozu habe ich denn wohl eine Dose Melkfett in meinem Koffer? Das ist das Einzige, was hilft.«

»Mit einem wunden Hintern im Urlaub werde ich mich auf keinen Fall abfinden«, verkündet Kiki. »Und Melkfett … igitt, allein das Wort … das lasse ich auf keinen Fall an meinen Po!«

»Vielleicht solltest du eine von diesen Schaffell-Auflagen für den Sattel mitnehmen.« Ich deute auf ein Regal mit Sattelschonern. »Damit wird dein Allerwertester optimal gepolstert.«

»Gute Idee!«

Kiki geht zu dem Regal und zieht eine der Auflagen heraus. Sie streicht mit der Hand darüber und lächelt.

»Kuschelig. *Das* ist genau das Richtige für meinen Po.«

»Kiki, das war ein Witz!«

»Egal. Das ist mein Ding … *Melkfett*!« Sie verdreht die Augen. »Vielleicht solltet ihr euch auch lieber so einen herrlich flauschigen Po-Schoner mitnehmen.«

Wir schütteln die Köpfe.

»Auf keinen Fall.«

»Das ist unsportlich«, meint Fabienne.

»Na gut, aber nicht, dass mir dann später Klagen kommen.« Kiki grinst, legt den Schaffell-Sattelschoner in den Einkaufswagen und schiebt ihn mit entschlossenen Schritten in Richtung Kasse.

»Tina, mit diesem Fell … die anderen werden sich über sie lustig machen, oder?«, flüstert Fabienne.

»Vermutlich. Aber haben wir eine Chance, sie davon abzuhalten?«

Fabienne schüttelt den Kopf. »*No way.*«

An diesem Tag fahren wir noch weitere Megastores an, um einen roten Hut für Kiki aufzutreiben, aber weder im Super-Special-Season-Sale-Store noch im Cowboyhut-Mega-Outlet findet Kiki einen Hut, der ihr gefällt.

Und so ergeben wir uns am Ende des Tages völlig erschöpft in unser Schicksal und sehen der Tatsache ins Auge, dass wir morgen weiterfliegen müssen und Kiki noch keinen roten Hut hat.

KAPITEL 7

Die Maschine nach Grand Junction hat zwei Propeller. Sie ist im Vergleich zu der Überseemaschine von vorgestern erschreckend klein.

»Hält sich so was überhaupt in der Luft?« Kiki starrt ungläubig auf die Propeller.

»Vielleicht hättest du nicht so viel frühstücken sollen ... nicht, dass wir noch abstürzen«, necke ich sie.

»Hör schon auf, mit so was macht man keine Witze.« Kiki stapft auf die Gangway zu.

»Aber mal ehrlich«, sage ich zu Fabienne, während wir die Treppe hochsteigen, »bist du schon mal in so was ... Kleinem geflogen?«

Fabienne nickt und tätschelt mir den Arm. »Ja, in einem Segelflugzeug. Das war klein. Dieses hier ist dagegen geradezu riesig.«

»Na, das ist ja jetzt sehr beruhigend.« Ich verdrehe die Augen.

Wenig später sitzen wir und sind angeschnallt.

Die Stewardess nimmt das Mikrofon.

»Einige von Ihnen kennen das ja schon: Der Flug über die Rocky Mountains ist wegen der starken Aufwinde über den

Bergen immer ein bisschen wackelig. Aber machen Sie sich bitte keine Sorgen, das ist ganz normal.«

»*Wackelig*?«, fragt Kiki. »Na, das kann ja heiter werden.«

Und tatsächlich, sobald das Flugzeug über den Bergen fliegt, geht es munter auf und ab. Ich fühle mich an eine Achterbahn erinnert. Fabienne nimmt das stoisch hin. Kiki quietscht bei jedem Luftloch.

Aber draußen strahlt die Sonne am wolkenlosen Himmel, und die Berge unter uns sind atemberaubend. Wie majestätisch sie mit ihren schneebedeckten Gipfeln dastehen – seit Tausenden von Jahren.

Obwohl ich manchmal seekrank werde, bin ich von dem Ausblick so fasziniert, dass ich nicht mal daran denke, dass mir schlecht werden könnte. Und nach knapp vier Stunden Flugzeit beginnt auch schon der Anflug auf Grand Junction.

Der Flughafen ist klein und bietet den Blick auf die Rocky Mountains, über die wir gerade geflogen sind. Einige Gipfel sind von Schnee bedeckt, der Himmel ist strahlend blau. Eine grandiose Aussicht.

»Wow«, schwärmt Kiki. »Krass schön hier. Aber so langsam krieg ich Bammel. Was ist, wenn ich vom Pferd falle?«

»Ach, Unsinn, das wird toll.« Fabienne hakt Kiki unter und wir ziehen unsere Koffer über das Rollfeld in Richtung Flughafengebäude.

»Der Ranchbesitzer hat gesagt, jeder bekommt ein Pferd nach seinen Fähigkeiten«, erinnere ich Kiki, während wir gehen.

»Aber meine Fähigkeiten sind auf null oder sogar im Minus. Nach einer halben Reitstunde kannte das Pferd ja nur noch den Rückwärtsgang.«

Fabienne lacht. »Wenn du das auf der Ranch erzählst, geben sie dir vielleicht ein Fahrrad.«

»Haha«, grummelt Kiki und stapft neben ihr her.

Mittlerweile erreichen wir die Ankunftshalle.

»Das ist ja niedlich hier.« Fabienne schaut sich um. »Ungefähr so groß wie meine Dachterrasse.«

Wir schmunzeln. Natürlich übertreibt sie, aber das Flughafengebäude ist wirklich sehr überschaubar.

»So, jetzt müssen wir nur noch Alex finden, der uns abholen soll«, sage ich.

Kiki kichert. »Hoffentlich ist das so 'n hübscher Cowboy, der sich zur Begrüßung an den Hut tippt und ›Ma'am‹ sagt.«

»Du hast eindeutig zu viele schlechte Western gesehen«, sage ich.

»Machen die das eigentlich wirklich, oder ist das eine Hollywood-Erfindung?«

Fabienne späht währenddessen durch die Glastür nach draußen. Ich erwarte fast, einen Cowboy auf einem Pferd heranreiten zu sehen, als ich ihrem Blick folge. Aber da entdecke ich, was sie anvisiert. Einen blauen Van mit der Aufschrift »Torrey Creek Ranch«.

»Da müssen wir hin.« Fabienne deutet auf den Van und wir setzen uns in Bewegung.

Draußen an der Ecke steht tatsächlich ein Mann in Jeans, Hut und Cowboystiefeln. Aber gerade, als wir uns nähern, begrüßt er eine junge Frau, steigt mit ihr in einen Pick-up und fährt davon.

Unser Cowboy Alex ist nirgends zu sehen.

Stattdessen steuert eine blonde Frau in Jeans und Cowboystiefeln auf uns zu, die keinen Cowboyhut trägt, sondern eine pinkfarbene Schirmmütze. Sie bleibt vor uns stehen und lächelt.

»Hallo, ihr seid aus Berlin, nehme ich an? Ich bin Alex.«

Ach so? Ich selbst gucke wahrscheinlich ebenso verblüfft wie Kiki und Fabienne. Alex ist also kein attraktiver Cowboy, sondern eine kleine Frau Mitte dreißig, die ihre blonden Haare zu einem Zopf gebunden hat. Ihre Haut ist von der Sonne gegerbt und sie wirkt sehr durchtrainiert.

Alex streckt uns die Hand hin, wir schütteln sie nacheinander und nennen unsere Namen.

Sie schaut uns an und versucht, unsere Verblüffung zu verstehen.

»Ist alles okay?«

»Oh, bitte entschuldige«, antworte ich. »Wir dachten, Alex sei ein Mann.«

Sie lacht. »Alex kommt von Alexandra. Hat Cody das am Telefon nicht erwähnt?«

Wir schütteln die Köpfe.

»Na, ich hoffe, ihr kommt trotzdem mit.« Sie deutet auf den Van.

»Na klar.«

»Dann los«, sagt Alex. »Soll ich euch mit dem Gepäck helfen?«

Auf der Fahrt sind wir still, aber nicht, weil wir nichts zu sagen hätten, sondern, weil wir beeindruckt sind. Sogar Kiki hält ausnahmsweise mal den Mund.

Die Landschaft ist eine Sinfonie aus Farben. Rotes, gelbes und beigefarbenes Gestein wechselt sich mit zartgrünen Pinien ab, während einige Laubbäume mit ihrem dunklen Grün kräftige Kontraste dazu setzen. Über all dieser Schönheit strahlt der Himmel dermaßen tiefblau, wie ich es noch nie gesehen habe.

»Das ist ja wie in der Werbung«, flüstert Kiki. »Zu schön, um wahr zu sein.«

Wir staunen nur noch. Die Bilder, die wir zu sehen kriegen, sind wie aus einem Hochglanzbildband, egal, wo man hinschaut.

Nach knapp zwei Stunden fahren wir vom Highway ab. Von nun an geht es eine kurvige Landstraße entlang. Hier wird es noch wildromantischer als bisher. Wir passieren ein winziges Dorf mit Campingplatz mit dem Namen Sleepy Hollow, und am liebsten würde ich hier sofort Urlaub machen.

»Können wir vielleicht mal für ein paar Fotos anhalten?«, bitte ich Alex.

»Gerne. Am besten, wir halten in Fruita, da gibt es besonders schöne Motive.«

Bald wird die Straße noch schmaler, weil sie sich durch einen Canyon windet. Nach ein paar Meilen erreichen wir eine Ansammlung von vereinzelten historischen Holzhäusern, die so aussehen, als wären sie die Kulisse für einen Western mit John Wayne.

»So, da wären wir.« Alex parkt den Wagen auf einem Schotterparkplatz vor einem kleinen Museum, wir steigen aus und gucken uns um.

Das alte Dorf selbst liegt im Schatten des Canyons, aber die Sonne scheint oberhalb der Felswände, was atemberaubende Lichteffekte verursacht. Das Licht strahlt selbst hier im Schatten des Canyons viel intensiver, als ich es von zu Hause gewohnt bin. Und der Himmel wirkt so, als ob er sich weiter ausdehnen würde. Das ist natürlich eine Täuschung, aber ich bin fasziniert.

»Fruita ist ein komischer Name«, findet Fabienne.

Alex nickt. »Hier wurde früher Obst angebaut, daher hat es seinen Namen. Bevor die Straßen asphaltiert wurden, kam hier nur selten jemand vorbei. Gelebt haben hier in dem Dorf höchstens zehn Menschen.«

»Wieso sind die alten Häuser so gut erhalten?«

»Das Dorf wurde verlassen. Später hat man es als Museumsdorf wieder restauriert. Vor hundertfünfzig Jahren hat es hier ungefähr so ausgesehen.«

»Und wieso sind damals alle weggezogen?«, fragt Kiki.

»Die Bedingungen hier draußen waren damals sehr hart. Im Winter liegt der Schnee oft zwei Meter hoch. Und man sagt, die Einwohner konnten hier nach einer Dürrezeit nicht mehr genug anbauen.«

Alex deutet in den Canyon. »Wenn ihr da ein paar Schritte reingeht, kommt ihr an einen Wasserfall. Der macht sich gut als Motiv.« Sie schaut auf ihre Armbanduhr. »Ihr könnt euch ruhig ein paar Minuten Zeit lassen.«

Dankbar, uns die Beine ein bisschen vertreten zu können, spazieren wir in den Canyon. Das Rauschen des Wasserfalls wird schon bald lauter, auch wenn wir nur noch langsam vorankommen, weil wir über Felsen klettern müssen. Nach einer Weile haben wir ihn erreicht und bleiben wie gebannt stehen. Das Wasser schießt aus den Felsen und ergießt sich in ein Bassin aus rotem Gestein. Von dort fließt es weiter in einen Bach, der sich seinen Weg durch den Canyon sucht. In diesem natürlichen Pool hat das Wasser eine intensive blaugrüne Farbe, so einladend, dass man am liebsten sofort hineinspringen möchte.

»Ob wir so was auch auf unserer Tour haben?«, fragt Fabienne. »Ich würde zu gerne schwimmen gehen.«

Ich halte meine Hand ins Wasser. Es ist herrlich erfrischend.

Nach ein paar Minuten hören wir Alex rufen. Wir klettern zurück und sind froh, dass der Canyon uns den Weg weist. Sonst könnte man sich in dem Gewirr von Felsbrocken und -spalten leicht verirren.

»Wir sollten weiterfahren«, sagt Alex. »Aber ihr werdet auf der Reittour noch viele Möglichkeiten haben, tolle Fotos zu machen.«

»Und können wir auf der Tour auch schwimmen gehen?«

Alex lacht. »O ja. Wir reiten in ein Gebiet, das heißt Thousand Lake Mountain. Ich glaube zwar nicht, dass jemand die Seen gezählt hat, aber es sind wirklich sehr viele.«

KAPITEL 8

Wir erreichen das Ortsschild von Torrey, von wo aus unsere Tour starten soll. Neugierig schauen wir uns um und sehen flache Wohnhäuser aus Holz, eine Post und eine Kirche, sonst gibt es nicht viel. Einige Firmenschilder weisen auf einen Mountainbike-Verleih hin, auf eine Pferdevermietung und auf River Rafting in Schlauchbooten. Also scheint die Gegend vor allem vom Tourismus zu leben.

Alex hält vor einem Motel mit dem Namen Capitol Reef Barn. Seine hellblau gestrichene Holzfassade ist mit indianischen Symbolen verziert, die an Höhlenmalereien erinnern, ganz ähnlich wie auf meinen neuen Stiefeln. Es sieht von außen sehr gemütlich aus. Einige Holzbänke laden dazu ein, sich auf der Veranda niederzulassen und die grandiose Aussicht zu genießen.

Das Dorf liegt am Rande des Capitol-Reef-Nationalparks am Fuße der Rocky Mountains. Auf der einen Seite wird es gesäumt von roten Felsen, auf der anderen Seite erhebt sich ein majestätisches Gebirge, das mit Bäumen und Pflanzen bewachsen und in ein kräftiges Grün getaucht ist. Dieser Kontrast ist so unwirklich, dass ich mich in eine Filmkulisse versetzt fühle.

»Ist ja irre«, sagt Kiki.

Fabienne schaut sich um und lächelt. »Traumhaft.«

Ich gehe zu den beiden und lege die Arme um sie, während sie gebannt dieses Bergpanorama mit den schneebedeckten Gipfeln betrachten.

»Schön, dass ihr mit mir hier seid.«

Schweigend stehen wir eine Weile so da, als wir hinter uns ein leises Lachen hören.

Alex hat die Koffer aus dem Van geholt und hinter uns abgestellt.

»Oh, bitte entschuldige«, sage ich. »Eigentlich wollten wir dir helfen.«

»Ach, das ist okay. Ehrlich gesagt geht es allen so, die zum ersten Mal herkommen.«

»Das glaube ich.«

»Ein Zimmer ist für euch reserviert. Um neunzehn Uhr kommen wir zur Vorbesprechung her und essen alle zusammen. Ihr lernt dann auch die anderen Teilnehmer kennen und den Chef.«

»Alles klar. Wir freuen uns.«

»Bis später.« Alex steigt wieder in den Van.

Während Alex davonfährt, gehen wir ins Motel und checken ein. Anschließend schleppen wir unsere Koffer in unser Zimmer.

Es ist ein Apartment mit drei Schlafzimmern, Bad und Küche. Vielleicht nicht der modernste Standard, aber es ist sauber und gemütlich. Vor allem die Aussicht aus den rückwärtigen Fenstern ist unglaublich, denn von hier aus blickt man direkt auf die roten Felsen und die grünen Berge dahinter.

Nachdem wir uns umgesehen haben, setzen wir uns auf das Ledersofa und machen ein paar Selfies von uns dreien.

»Vielleicht wird dies das letzte Foto von uns, bevor wir in den Weiten der Rockies verloren gehen«, unkt Fabienne.

»Ja, und nur die Spuren unserer Kreditkarten sind der Beweis, dass wir jemals hier waren.« Kiki lacht herzlich über ihren eigenen Witz.

»Apropos Kreditkarten«, sage ich. »Kiki, du hast immer noch keinen Hut.«

»Stimmt!« Kiki springt auf. »Wir haben vergessen zu fragen, wo man hier Hüte kaufen kann!«

»Wenn man in dieser Einöde überhaupt irgendwas kaufen kann.«

Ich schaue auf die Uhr. »Es ist kurz vor fünf, also haben wir noch Zeit. Habt ihr beim Reinfahren Geschäfte gesehen?«

»Eine Post«, erinnert sich Kiki. »Einen Pferdeverleih und eine Kirche, aber sonst war da nichts.«

»Na, dann suchen wir in der anderen Richtung. Kommt, wir gehen auf die Jagd nach dem roten Hut.«

Torrey wirkt friedlich und verschlafen, es besteht aus einer Hauptstraße und einigen Nebenstraßen. Neben der Straße fließt ein Bach unter großen, Schatten spendenden Platanen.

Bald kommen wir an einem Souvenirladen mit indianischen Kunstgegenständen vorbei.

»Au ja, lasst uns mal reingehen«, schlägt Fabienne nach einem Blick in die Schaufenster vor, aber Kiki zieht sie am Ärmel weiter.

»Nein, erst brauche ich meinen Hut. Guck mal, da drüben.«

Auf der anderen Straßenseite steht ein Gebäude, das an ein Blockhaus in den Bergen erinnert. Über dem Eingang hängt ein großes Schild mit der Aufschrift »Trailhead Store«.

»Das sieht ja urig aus.« Fabienne macht ein Foto mit dem Smartphone.

»Ich glaube, jetzt sind wir wirklich in einem Film gelandet«, sage ich.

Der Laden ist eine Art Tante-Emma-Laden, aber mit einem Sortiment, das direkt aus der Fernsehserie »Bonanza« entsprungen zu sein scheint. Hier kann man so gut wie alles kaufen: Gummistiefel, Hufeisen, Dörrfleisch, Gaskocher für den Campingausflug oder Blumen, und es gibt auch einige Regale mit den wichtigsten Nahrungsmitteln wie Konserven, Milch oder Nudeln.

Ich schnuppere. Der Laden ist in eine Duftwolke aus Zimt und Vanille gehüllt. Mir läuft das Wasser im Mund zusammen.

»Hmm, was ist das denn?«

Ich muss nicht lange suchen, bis ich vor der Quelle des Dufts stehe: ein Backofen, in dem goldbraune Zimtschnecken vor sich hin brutzeln. Und es dauert nur wenige Sekunden, bis auch Kiki und Fabienne neben mir auftauchen. Wir stehen und starren andächtig durch die Glasscheibe auf die Gebäckstücke.

»Mann, da kriegt man ja Hunger«, sagt Kiki.

»Drei Minuten noch, dann sind sie fertig«, hören wir eine männliche Stimme hinter uns. Als wir uns umdrehen, stehen wir einem jungen Mann gegenüber, der Packungen in die Regale einräumt, vermutlich der Ladeninhaber.

»Ah, hallo. Sagen Sie, haben Sie auch Cowboyhüte?« Kiki taxiert den Mann, der in seinen Jeans und Cowboystiefeln recht passabel aussieht.

»Na klar.« Er deutet auf ein Regal in der Ecke.

»Super.« Für einen Moment dachte ich, Kiki würde dem Ladeninhaber einen etwas längeren Blick gönnen, aber jetzt hat sie ihn offenbar sofort vergessen und fasst ihr neues Ziel ins Auge. In Sekundenschnelle ist sie am Regal und probiert Hüte auf.

»Wow, wie ist sie so schnell dahin gekommen?« Fabienne guckt verblüfft.

»Ja, das war wie Flash aus dem Comic, wenn er es besonders eilig hat.«

Fabienne und ich grinsen uns an.

»Hier gibt es wirklich welche in Rot«, frohlockt Kiki.

Jetzt stöhnen wir leise auf. Nach den vielen Hüten, die Kiki schon probiert hat, geht die Wahrscheinlichkeit, dass sie hier einen gut findet, gegen null.

»Und diese Hüte sind so lustig rund oben«, schwärmt Kiki. »So einen hatte doch Hoss in ›Bonanza‹.«

Kikis Stimme ist ein paar Töne höher als gewöhnlich. Das erregt die Aufmerksamkeit des Ladeninhabers. Er kommt zu uns.

»Die Hüte sind alle noch unbearbeitet«, erläutert er. »Das nennt man ›Open Crown‹.«

»Aha?« Kiki sieht ihn ratlos an.

»Man sucht sich ein Design aus und wir formen den Hut dementsprechend. Hier sind ein paar Beispiele.«

Er reicht Kiki ein eingeschweißtes Blatt, auf dem verschiedene Hutformen abgebildet sind.

»Das ist ja toll. Und davon kann ich mir eine Form aussuchen, egal, welche?«

Er nickt. »Das dauert nur fünf Minuten. Wenn Sie wollen, werfe ich schon mal die Shaping-Maschine an.«

»Super.« Kiki nickt ihm zu.

»Das ist doch fantastisch hier«, flüstert sie in unsere Richtung. »Voll authentisch, viel besser als in den großen Läden.«

Der Ladeninhaber geht zu einer Maschine, die einer professionellen Kaffeemaschine ähnelt, nur dass die Düse nach oben gerichtet ist. Er schaltet sie ein, kurz darauf beginnt es im Inneren des Apparats zu blubbern und zu zischen und bald tritt Dampf aus der Düse.

»Diesen nehme ich!« Kiki hat sich tatsächlich einen roten Hut ausgesucht. »Jetzt brauche ich nur noch die richtige Form. Diese vielleicht … Oder, was meint ihr?«

Sie studiert das eingeschweißte Blatt, guckt in den Spiegel und rückt den Hut auf ihrem Kopf hin und her.

»Das wird nie was«, flüstert Fabienne.

»Ich fürchte auch. Sie wird alle durchprobieren, die Form fünfmal ändern lassen, und am Ende fliegen wir aus dem Laden – ohne Hut.«

»Aber bitte nicht, bevor wir uns einen Vorrat von diesen himmlischen Zimtschnecken gesichert haben.«

»Das wäre allerdings eine Katastrophe.«

»Jetzt konzentriert euch mal«, unterbricht Kiki uns. »Was meint ihr, vielleicht steht mir die Farbe doch nicht?«

Kiki betrachtet den weinroten Hut mit skeptischem Blick. Ich atme tief durch und setze gerade an, ihr zu versichern, wie toll der Hut aussieht, aber Fabienne hebt ihren Zeigefinger und schüttelt den Kopf.

Sie geht zu Kiki vor den Spiegel, runzelt die Stirn und betrachtet den Hut.

»Ich weiß nicht. Vielleicht beißt sich die Farbe doch etwas mit dem Rot deiner Haare …«

Kiki schaut sie empört an. »Findest du?«

Ich stöhne auf. Vor meinem inneren Auge sehe ich sowohl den Hut als auch unsere Zimtschnecken den Bach hinunterschwimmen.

Doch in diesem Moment richtet Kiki sich auf, dreht sich noch einmal vor dem Spiegel und marschiert schnurstracks zum Ladeninhaber an die Kasse.

»Diesen Hut möchte ich, und zwar mit dieser Form!«

Energisch tippt sie auf ein Beispiel auf dem Blatt.

»Gute Wahl«, sagt der Inhaber, nimmt Kiki den Hut ab und geht zur Shaping-Maschine. Dort hält er den Hut über den austretenden Wasserdampf und bringt ihn in die Form, die Kiki ausgesucht hat.

Ich sehe Fabienne an und ziehe die Augenbrauen hoch.

»Was war das denn?«

Fabienne zuckt die Schultern.

»Immer, wenn wir ihr zugeredet haben, wollte sie die Hüte nicht kaufen. Da hab ich gedacht, wir probieren mal was anderes.«

»Ah, ich verstehe. Umgekehrte Psychologie.«

Fabienne lächelt verschmitzt, und wir folgen Kiki an die Kasse.

Ich sehe, dass Fabienne nach draußen schaut und die Stirn runzelt. Als ich ihrem Blick folge, stutze ich. Es sieht aus, als ob Winnetou höchstpersönlich auf einem Pferd über die Dorfstraße reitet. Ein großer Mann in typischer Wildlederkleidung und langen dunklen Haaren auf einem gescheckten Pferd.

»Guckt mal da«, sage ich, »ist das nicht der Werbeindianer aus dem Katalog?« Wir schauen ihm nach und staunen.

»Das ist Navajo, der war hier in Torrey einkaufen«, erklärt der Ladeninhaber, als ob es das Normalste der Welt sei. »Jetzt reitet er zurück in die Berge.«

»Wow, was für ein tolles Bild.« Ich bin fasziniert, wie viel Würde und Ruhe seine Erscheinung ausstrahlt.

»Möchten Sie eine Tüte für den Hut?«, fragt der Ladeninhaber.

Kiki schüttelt den Kopf. »Den behalte ich gleich auf. Aber wir brauchen unbedingt noch Zimtschnecken. Mädels, ich schmeiß 'ne Runde, und dann machen wir eine Schneckenparty.«

Der Ladenbesitzer schaut uns an. »Gerne. Drei Stück?«

Kiki schüttelt den Kopf. »Geben Sie uns sechs. Wenn schon, denn schon.«

»Dann werden die Pferde ordentlich was zu schleppen haben«, sage ich.

»Da müssen die durch.« Kiki reckt das Kinn vor und zückt ihre Brieftasche, um zu bezahlen. Energisch setzt sie den Hut auf, schaut noch einmal in den Spiegel und nickt zufrieden.

Wir verlassen den Laden mit einer riesigen Tüte Zimtschnecken. Aber weit kommen wir nicht, denn schon nach ein paar Schritten öffnet Kiki die Tüte, und im Nullkommanichts beißen wir in die ersten drei Schnecken. Sie sind köstlich.

»Hier war ich nicht zum letzten Mal einkaufen«, sage ich mit vollem Mund. Fabienne und Kiki nicken.

Trotz der Zimtschnecken haben wir kurz vor neunzehn Uhr schon wieder Hunger. Das Capitol Reef Barn, in dem wir mit den anderen verabredet sind, ist gut besucht, aber ein größerer Tisch am Fenster ist leer. Ein Reservierungsschild auf dem Tisch trägt die Aufschrift »Torrey Creek Ranch«. Er ist noch unbesetzt, offensichtlich sind wir die Ersten von der Reittour.

Die Gäste im Restaurant scheinen zum Teil Einheimische zu sein, der Kleidung nach zu urteilen, denn sie tragen die üblichen Jeans und Cowboystiefel. Einige haben aber auch kurze Hosen und Sneaker an, vermutlich sind es Touristen.

Eine Kellnerin kommt an den Tisch und lächelt freundlich.

»Guten Abend, Sie gehen auf Tour mit der Torrey Creek Ranch?«

Wir nicken, und sie nimmt unsere Getränkebestellungen auf.

Als sie wieder gegangen ist, schaut Kiki skeptisch.

»Wieso hat die so gegrinst?«

»Sie wollte sicher nur freundlich sein«, sage ich.

»Oder die hat gedacht, wie blöd kann man sein, auf so was reinzufallen. Ich meine, seht euch doch mal um. Das ist doch alles nicht echt hier.« Kiki kichert leise. »Und ist es nicht so, dass wir im Voraus bezahlt haben?«

Ich nicke. »Geht alles auf unsere Kreditkarten.«

»Seht ihr? Wahrscheinlich gibt es diese Ranch gar nicht, sondern wir sind auf eine Abzocke reingefallen. Und die Leute, die sich hier an diesen Tisch setzen, outen sich automatisch als Deppen des Monats.«

»Jetzt hör schon auf«, knurrt Fabienne.

»Genau so eine Betrugsmasche mit Reisen und Vorauszahlung kam gerade neulich in irgend 'ner Sendung. Und jetzt mal ehrlich: Wer um alles in der Welt bucht so eine verrückte Tour? Ich meine, außer uns?«

»Beruhige dich, dir gehen nur die Nerven durch«, sage ich.

Gerade in dem Moment, als sich auch in meinem Kopf ein Funken Zweifel einzunisten beginnt, sehe ich draußen den blauen Van vorfahren.

Kurz darauf steigt Alex aus, nach ihr einige Leute. Sie deutet auf das Restaurant. In dem Augenblick bemerkt sie uns und winkt. Wir winken zurück, und ich bin erleichtert, dass sich Kikis düstere Visionen offenbar doch nicht bewahrheiten.

Wenig später kommen die ersten anderen Gäste an unseren Tisch. Ein Paar um die vierzig stellt sich als Andrea und Carsten aus Hamburg vor.

Zwei hübsche junge Frauen, Marika und Svenja, kommen aus Stockholm, und als Letzte treffen drei junge Männer aus Los Angeles ein: Jeffrey, der strahlend weiße Zähne zur Schau trägt, und seine Freunde Curt und Benny, die neben ihm eher unauffällig wirken. Jeffrey ist durchtrainiert und sieht sehr gut aus, ist für meinen Geschmack aber zu forsch. Schon wie er Beifall heischend in die Runde guckt, mag ich ihn nicht. Innerlich verdrehe ich die Augen, aber ich lächle und lehne mich zurück. Was geht es mich an?

Marika klimpert einmal zu viel mit ihren künstlichen Wimpern, als er sie ansieht. Aha, da haben sich zwei gefunden, denke ich.

Marika trägt hochhackige Schuhe und einen tiefen Ausschnitt. Sie ist hübsch, aber sie scheint sehr bemüht, das auch zu präsentieren.

»*So* will sie auf eine Reittour?«, fragt Fabienne mich leise.

»Vermutlich zieht sie morgen was anderes an.«

Kiki runzelt die Stirn. »Vielleicht hätten wir uns auch ein bisschen aufbrezeln sollen. Man weiß ja nie, wen man so trifft.«

Ich kichere. »Lippenstift am Lagerfeuer – ist das nicht ein wenig übertrieben?«

»Allerdings, aber da fällt mir ein, was meine Oma immer gesagt hat, bevor sie aus dem Haus gegangen ist«, sagt Fabienne.

»Und zwar?«

»Schnall immer deine Sporen an. Du könntest einem Pferd begegnen.«

»Eine weise Frau.« Ich nicke. »Vielleicht sollte man besser für alles gewappnet sein.«

Kiki grinst. »Deshalb trage ich ja auch meinen roten Hut.«

»Okay, wir sind fast vollzählig.« Alex setzt sich. »Es fehlen noch Bea, das ist unsere Köchin, John und Cody. John ist das, was man hier einen Wrangler nennt, also jemand, der bei allen anfallenden Rancharbeiten hilft. Und Cody ist der Chef.«

In diesem Moment macht es »Ping« aus Alex' Handy. Sie schaut auf das Display und nickt.

»Sie sind gleich da.«

Während wir mit Alex und den anderen Gästen plaudern, fährt einige Minuten später draußen ein Pick-up vor. Ich beobachte, wie der Fahrer aussteigt und die Tür hinter sich schließt. Er trägt Jeans und Cowboystiefel, ein kariertes Hemd und einen Cowboyhut. Er sieht aus wie ein waschechter Cowboy, aber besonders die Art, wie er sich bewegt, fasziniert mich. Ein männlicher Gang, kraftvoll, aber gleichzeitig ist er so achtsam, als wolle er sichergehen, niemandem versehentlich Schaden zuzufügen. Es wirkt, als habe er vollkommene Körperkontrolle, wie man sie sonst nur bei Sportlern sieht. Und ich erkenne ihn von dem Foto auf der Internetseite wieder: Das muss Cody sein, mit dem ich telefoniert habe. Der Mann mit der tollen Stimme.

Die anderen beiden Personen, die offenbar auch aus dem Pick-up gestiegen sind, nehme ich erst wahr, als Cody ihnen die Glastür zum Restaurant aufhält und ihnen den Vortritt lässt.

Wenig später stehen die drei an unserem Tisch. Alex lächelt.

»Da seid ihr ja. Liebe Gäste, das ist Bea, die beste Köchin hier in der Gegend, das ist unser Wrangler John und das ist Cody.«

Tatsächlich ist es Cody, der Mann, den ich anstarre, während mein Herz schneller schlägt. Sein Gesicht ist sonnengebräunt, seine Augen sind von Lachfältchen umgeben. Ich kann einfach den Blick nicht von ihm abwenden.

In diesem Moment sieht er zu mir herüber. Ich fühle mich ertappt und lächele schnell. Er lächelt freundlich zurück, aber gleich darauf wendet er den Blick wieder ab, um auch die anderen Gäste zu begrüßen.

Drei Stühle sind noch frei, einer neben mir und zwei am anderen Ende des Tisches.

»Setz dich doch«, sagt Cody zu Bea und deutet auf den Platz neben mir. Er lässt Bea galant den Vortritt, dann geht er mit John an das andere Ende des Tisches und lässt sich dort neben Jeffrey nieder. Damit liegt zwischen uns die maximale Entfernung, die an diesem Tisch überhaupt möglich ist. Na toll.

Während ich das denke, gibt mein Smartphone ein »Ping« von sich. Ich schaue sofort nach, es ist eine WhatsApp von Lilli.

»Hallo, Schwesterlein, guck mal, ich hab ein eigenes Handy. Wie geht es dir?«

Ich bin gerührt. Meine kleine Schwester vermisst mich!

»Super«, schreibe ich schnell. »Und dir?«

»Der Umzug war nervig, alle sind völlig erledigt.«

»Und wie gefällt es dir auf dem Land?«

»Ist voll öde hier. Und Hanna zofft sich mit dem Ost-Opa.«

»Worüber denn?«

»Über seine Socken.«

»Hä?«

»Die haben Löcher. Hanna soll sie stopfen, aber das kann sie nicht. Und vor allem will sie das nicht.«

Ich muss lachen.

»Wieso kauft er sich keine neuen?«, tippe ich eilig.

»Er ist so geizig, echt.« Dahinter ein Smiley.

Ich schicke ihr einen Smiley und ein Herzchen zurück.

So sehr ich mich auf das Abenteuer USA freue, meine verrückte Familie vermisse ich jetzt schon.

Die Distanz über den Tisch hinweg erscheint mir ewig lang. Cody sieht nur selten mal zu mir herüber, und wenn, schaut er gleich darauf wieder weg. Offenbar nimmt er mich gar nicht richtig wahr. Wahrscheinlich ist er verheiratet und hat fünf Kinder. Oder ich bin nicht sein Typ und er hat einfach kein Interesse an mir – oder höchstwahrscheinlich alles zusammen.

Das wäre ja auch kein Wunder. Ich sitze hier neben Fabienne, einer der schönsten Frauen auf der Welt. Sie gleicht einer Elfe. Neben ihr wirkt so gut wie jede Frau wie ein Mauerblümchen … Aber Fabienne sieht Cody auch nicht länger an. Wahrscheinlich hat er also zwei Ehefrauen und zehn Kinder. Wir sind in Utah bei den Mormonen, da soll es das ja geben …

Jetzt ergreift Alex das Wort. »So, da wir nun alle da sind, möchte ich euch sehr herzlich im Namen der Torrey Creek Ranch begrüßen. Mich kennt ihr ja schon, Bea wird auf der Tour für uns kochen, John kümmert sich um die Pferde und Cody ist der Chef.«

»Und Mädchen für alles«, schiebt Cody hinterher und lacht. »Herzlich willkommen. Wir freuen uns sehr auf die Tour und möchten euren Urlaub zu einem unvergesslichen Erlebnis machen. Und wann immer ihr Fragen oder Wünsche habt, sprecht uns gerne an.«

Was für ein sympathischer Mann! Seine Grübchen, seine Lachfältchen um die Augen …

»Tina!«, zischt Kiki neben mir.

»Was denn?«

Ich schaue auf. Die Kellnerin steht neben mir mit einem Block und Stift in der Hand und guckt mich erwartungsvoll an, ebenso wie Kiki, Fabienne und Bea, die um mich herumsitzen.

»Was du essen möchtest.« Kiki verdreht die Augen.

»Ach so … äh … ich habe noch gar nicht … was nehmt ihr denn?«

»Forelle«, sagt Fabienne zu der Kellnerin. »Sie nimmt auch die Forelle mit Gemüse und Salat.«

Die Kellnerin notiert und nimmt die weiteren Bestellungen auf.

»Was ist denn los mit dir?«, flüstert Kiki.

Fabienne schmunzelt. »Oh, ich kenne diesen Blick.«

»Schluss damit«, knurre ich leise. »Ich habe überhaupt keinen *Blick*.«

Kiki folgt Fabiennes Blickrichtung und grinst. »Echt knackig, dein Cowboy.«

Die beiden kichern und ich verdrehe die Augen, weil sie mich so leicht durchschauen.

Ich wende mich Bea zu, die neben mir sitzt.

»Bist du aus der Gegend hier?«

»Nein, aus New York City.«

»Ach, und was hat dich hierher verschlagen?«

»Ich hatte eine Karriere an der Wall Street. Aber ich war total erschöpft von dem ganzen Stress, und vor fünf Jahren war ich hier im Urlaub. Ich habe mich in diese grandiose Natur verliebt.«

Und womöglich in Cody, denke ich.

»Plötzlich konnte ich mir nicht mehr vorstellen, in mein altes Leben zurückzugehen«, erzählt Bea. »Und Cody suchte gerade jemanden, der sich auf den Touren um das Essen kümmert. Und was soll ich sagen, gutes Essen ist meine Leidenschaft.« Bea lacht.

»Und jetzt lebst du auf der Ranch?«

»Nein, ich wohne in Torrey, gleich hier um die Ecke.«

»Wow, hier draußen zu leben … das wär ja was.«

Ich spüre, wie sich mein Puls beschleunigt, wenn ich daran denke. Aber erst mal muss ich mich dem Ernst des Lebens stellen. Geld verdienen, ein eigenes Leben aufbauen, ohne immer am Rockzipfel meiner Familie zu hängen.

Während wir reden, spähe ich immer wieder mal rüber zu Cody. Nach dem Hauptgang hat sich die Sitzordnung etwas gelockert, und die Schwedin Marika, die zunächst neben Jeffrey saß, hat jetzt neben Cody Platz genommen und klimpert mit den Augen.

Ich beiße die Zähne aufeinander.

»Wenn er die gut findet, kannst du ihn eh vergessen«, flüstert Kiki mir ins Ohr, offenbar hat sie meinen Blick registriert.

»Jetzt hör schon auf. Ich guck ja nur.«

Kiki kichert. »Ja, aber ohne Pause. Wenn du ihn weiter so anstarrst, kriegt sein Hemd noch Brandflecken.«

»Lass sie in Ruhe«, wispert Fabienne. »Tina ist zum Arbeiten hier, nicht zum Flirten.«

Ich nicke. »Genau, so ist es.«

Wie peinlich … Hoffentlich ist sonst niemandem aufgefallen, dass ich Cody angaffe. Wahrscheinlich schwärmen die

Frauen auf jeder Tour für ihn, vermutlich ist er vollkommen genervt von all den Avancen.

In diesem Moment steht Cody auf und wendet sich nochmals an alle. Will er der Belagerung durch Marika entfliehen? Ich hoffe jedenfalls, dass es so ist. Oder hat er sich am Ende mit ihr für ein Schäferstündchen verabredet?

»Morgen früh holt Alex euch hier um neun Uhr ab«, sagt er. »Auf der Ranch warten dann die Pferde, und von dort starten wir in die Berge.«

»Boah, ich mach mir in die Hose, wenn ich daran denke.« Kiki trinkt schnell ihren Wein aus und winkt der Kellnerin, um Nachschub zu bestellen.

»Wenn du morgen einen Kater hast, wird das mit dem Reiten nicht besser«, sagt Fabienne und zwinkert Kiki zu.

»Nee, aber dann schwankt sowieso alles, da fällt mir nicht so auf, dass ich auf einem Pferd sitze.«

Cody erhebt sein Glas. »Auf einen schönen Abend und auf einen unvergesslichen Urlaub.«

KAPITEL 9

Fabienne, Kiki und ich sitzen auf einer der Holzbänke auf der Veranda und genießen die Morgensonne. Kiki trägt eine Sonnenbrille sowie ihren roten Hut. Ich vermute, sie hat tatsächlich einen Kater, dafür wirkt sie jetzt aber ganz ruhig.

Die anderen Gäste der Tour sind nur zum Teil da, das Hamburger Paar wartet auf einer anderen Bank, die Schwedinnen stöckeln gerade herbei, die drei Jungs sind noch überhaupt nicht zu sehen.

In diesem Moment entdecken wir Alex' Van auf der Straße.

»Wow, es geht los. Ich freu mich so«, flüstert Fabienne.

Aber Kiki macht ein zweifelndes Gesicht. »Vielleicht kann ich ja mit dem Van neben euch herfahren, wenn ihr reitet.«

Ich streichele Kikis Arm. »Das wird schon werden. Ich erinnere Cody noch mal an das besonders brave Pferd, das er versprochen hat.«

In diesem Moment steigt Alex aus dem Van.

»Guten Morgen! Na, seid ihr bereit?«

»Ja.«

Wir winken ihr zu und räumen unser Gepäck in den Van. Nachdem wir alles verstaut haben, klettern wir auf die Sitzbänke.

»Wo sind denn die Jungs?« Alex sieht sich um.

»Die haben wahrscheinlich zu lange gefeiert«, sage ich. »Jedenfalls haben sie sich beim Frühstück nicht blicken lassen.«

Alex grinst. »Okay, alle passen sowieso nicht in den Van. Wir fahren erst mal los. Bea, du kannst die Jungs mitnehmen.«

Bea nickt. »Dann werde ich die mal wecken gehen.«

Nach etwa einer Viertelstunde Fahrt erreichen wir ein hölzernes Schild über einer Einfahrt mit der Aufschrift »Torrey Creek Ranch«. Das muss also Codys Ranch sein, denke ich. Wie er wohl wohnt?

Alex parkt den Wagen auf einem Parkplatz vor dem Ranchhaus und stellt den Motor aus.

»Da wären wir«, sagt sie. »Euer Gepäck könnt ihr im Auto lassen, das fährt Bea nachher hoch ins Camp.«

Das Ranchhaus ist aus Holz gebaut und wirkt sehr gemütlich. An der Frontseite, die dem Tal zugewandt ist, führen ein paar Stufen zu einer Terrasse hoch. Von dort oben hat man bestimmt eine grandiose Aussicht über die Landschaft. Ein kleiner Hund wuselt um uns herum, offenbar ist er hier auf der Ranch zu Hause.

Links vom Haus sind Paddocks und Weiden abgezäunt, einige Pferde fressen an einer Heuraufe. Weiter oben am Hang ist eine Scheune mit einem Offenstall zu sehen und unter einem hölzernen Unterstand sind Heuballen gelagert. Ein kleiner Holzschuppen, dessen Tür offen steht, gibt den Blick auf einige Westernsättel frei.

Auf einer Weide weiter unten im Tal grasen ebenfalls einige Pferde in der Nähe eines Baches, der durch die Wiese läuft.

Ich breite die Arme aus und atme die frische Luft tief ein.

Auf der anderen Seite vom Wohnhaus warten etwa fünfzehn Pferde, die meisten sind bereits gesattelt und mit Halfterstricken an Holzbalken angebunden. Weiter hinten befindet sich ein umzäunter Reitplatz.

»Hier, euer Proviant für die Mittagspause, den könnt ihr in euren Satteltaschen verstauen.« Alex gibt jedem von uns eine Wasserflasche und eine Papiertüte.

»Danke schön«, sagen wir und linsen neugierig in die Tüten. Darin liegen zwei großzügig belegte Sandwiches, ein Müsliriegel, ein Apfel und eine Zimtschnecke. Fabienne, Kiki und ich schmunzeln.

»Zimtschnecken«, freut sich Kiki. »Was das Essen angeht, sind wir hier auf jeden Fall schon mal richtig.«

Alex schmunzelt. »Schön, dass wir euren Geschmack getroffen haben. Aber wichtiger als das Essen ist hier draußen vor allem Wasser. Geht niemals aus dem Haus ohne eure Wasserflasche. Man weiß nämlich nie, was einem unterwegs so passiert.«

»Wow, das klingt ja abenteuerlich«, sage ich leise zu Kiki und Fabienne.

»*Wasser*!« Kiki kichert. »Ein Flachmann mit Hochprozentigem wäre besser. Falls das Pferd nicht so will wie ich.«

Alex lacht. »Aber das Pferd wird davon torkeln.«

»Ich soll meinen Drink mit dem Pferd teilen? Kommt nicht infrage. Den trinke ich selbst – zum Trost.«

Alex schüttelt belustigt den Kopf. »Gute Idee. Aber hier draußen gibt es in vielen Gegenden kein Wasser. Und wenn man sich dort verirrt, kann die Wasserflasche einem das Leben retten.«

»Oh … Aber wir verirren uns doch nicht, oder?«, fragt Fabienne mich leise.

»Ich glaube kaum. Die kennen sich hier schließlich aus.«

»Na, das will ich doch hoffen«, gibt Kiki ihren Senf dazu. »In dem Fall reicht ein Flachmann nämlich nicht.«

»Ein Navi wäre dann sowieso die bessere Wahl«, sagt Fabienne.

»Oder ein Cowboy, der sich auskennt.« Kiki grinst und stößt mich an.

Insgeheim habe ich schon nach Cody Ausschau gehalten, aber heute bin ich vorgewarnt. Nach außen hin versuche ich, so unbeteiligt wie möglich zu wirken, auch um Kikis Spott zu entgehen. Aber da ich meine Freundin kenne, ahne ich, dass es dafür ohnehin zu spät ist. Jetzt mache ich nur ein unschuldiges Gesicht und lächele Kiki an.

»Schauen wir mal, welche Pferde Cody für euch ausgesucht hat«, schlägt Alex vor, und wir folgen ihr in Richtung Stall.

In dem Moment sehe ich Cody. Er trägt ein Jeanshemd und lederne Chaps wie die Cowboys in den Westernfilmen, und er sieht hinreißend aus. Als wir näher kommen, höre ich seine Sporen bei jedem Schritt leise an seinen Stiefeln klingeln. Mein Körper macht merkwürdige Sachen. Ich fürchte, mir wird schwindelig. Also lehne ich mich gegen einen der Holzbalken, an dem die Pferde angebunden sind. Auf diese Weise fühle ich mich gleich etwas standsicherer. Gleichzeitig sehe ich vermutlich auch lässiger aus ... hoffe ich jedenfalls. Die Hutkrempe meines neuen Huts gibt mir das Gefühl, unbeobachtet zu sein, ähnlich wie der Effekt einer Sonnenbrille.

Cody nimmt einen Westernsattel von einem der Holzbalken, legt ihn auf den Rücken eines Pferdes und zieht den Sattelgurt fest, danach hängt er eine Trense über das Sattelhorn. Damit ist das letzte Pferd gesattelt. Cody dreht sich zu uns Gästen um.

»Guten Morgen.« Er lächelt in die Runde. »Na, seid ihr bereit?«

»Und wie. Wir freuen uns«, antwortet Fabienne.

Kiki sagt gar nichts, sondern versteckt sich hinter ihrer Sonnenbrille, und ich lächele stumm. Ich will mich in Codys

Anwesenheit nicht zu weit vorwagen, sonst liegt Kiki mir nachher den ganzen Tag in den Ohren.

»Dann wollen wir mal!« Cody wendet sich an die blonde Schwedin. »Marika? Für dich habe ich Max ausgesucht.« Er deutet auf ein fuchsfarbenes Pferd mit einer schmalen weißen Blesse auf der Nase.

»Kann ich nicht lieber ein schwarzes Pferd haben?« Marika klimpert mit den Augen in Richtung Cody.

Er stutzt eine Sekunde. »Ich denke, Max wird sehr gut zu dir passen. Probier ihn am besten mal aus, dann sehen wir weiter.« Sein Blick bleibt an Marikas Stiefeln mit den hohen Absätzen kleben. »Aber du solltest dir unbedingt andere Schuhe anziehen. Wir wollen nicht, dass du damit im Steigbügel hängen bleibst.«

»Und wie lange reiten wir denn immer so pro Tag?« Marika fragt ungerührt weiter.

»Ungefähr drei bis vier Stunden. Wir warten mal ab, wie es euch mit dem Reiten so ergeht, das wird sich nach ein paar Tagen einpendeln.«

»Und wann sehen wir die Bisons?«

»Man weiß nie genau, wo sie sich gerade aufhalten. Aber meistens finden wir sie nach ein paar Tagen.«

Und so geht es weiter, während Cody den Sattelgurt von Marikas Pferd festzieht und das Pferd auftrenst. Cody lächelt freundlich und antwortet, aber ich kann nicht deuten, was er von ihr hält.

»Was stellt die denn für blöde Fragen?«, wispert Fabienne.

»Bestimmt ist sie nervös und versucht, das zu überspielen.«

»Nervös? Meinst du?«

Ich zucke die Schultern. »Vielleicht ist sie noch nicht so oft geritten.«

»Apropos nervös, vielleicht sollten wir mal nach Kiki sehen.«

Während Marika im Hintergrund ihren Koffer auspackt und Spitzenunterwäsche im Gras verteilt, weil sie nach festen Schuhen sucht, schlendern wir zu Kiki.

Sie sitzt an einen Holzstamm gelehnt im Gras mit ihrem roten Hut und ihrer Sonnenbrille und wirkt so, als würde sie die Sonne genießen.

»Na, Kiki, alles okay?« Ich lächele ihr aufmunternd zu.

»So weit es die Umstände zulassen.«

»Aha. Und welche Umstände sind das genau?« Fabienne runzelt die Stirn.

»Es ist sehr früh am Morgen, ich trage eine Sonnenbrille und bald muss ich auf ein Pferd. Andererseits habe ich eine Zimtschnecke in meinem Lunchpaket. Also könnte es doch noch ein guter Tag werden.«

»Bravo. Das nenne ich eine Optimistin.« Ich klopfe ihr auf die Schulter.

Im Hintergrund bereitet Cody ein Pferd nach dem anderen vor, hilft den Gästen in den Sattel und dirigiert sie zum Reitplatz, damit sie sich mit den Pferden vertraut machen können. Bald reiten Andrea, Carsten, Svenja und Marika in Richtung Reitplatz.

Währenddessen kommt jetzt auch Bea mit den amerikanischen Jungs angefahren. Sie klettern aus dem Auto und sehen mehr als mitgenommen aus.

Cody kümmert sich zunächst um sie, sodass Kiki, Fabienne und ich am Ende die Einzigen sind, die noch nicht auf ihren Pferden sitzen.

Ich mache ein Foto von den Pferden und schicke es Lilli.

»Schau mal, Schwesterlein, wo ich gerade bin.«

»Waaahnsinn. Bringst du mir so ein Pony mit, bitte?«

Ich schicke ihr einen lachenden Smiley zurück. »Das passt leider nicht ins Flugzeug.«

»Du kannst ja ein kleines aussuchen.«

In diesem Augenblick kommt Cody zu uns. Mein Herz klopft wie wild.

»So, da haben wir ja noch die Berlin-Crew.« Schon erscheinen wieder diese tollen Lachfältchen um seine Augen. »Kann es losgehen?«

Wir nicken. Fabienne und ich reichen Kiki eine Hand und ziehen sie aus dem Gras hoch, was Cody mit einem noch breiteren Lächeln quittiert.

»Fabienne? Du hast ja schon einige Reiterfahrung, oder?«

Fabienne nickt.

»Gut. Sieh mal, das hier ist Morris. Ich glaube, ihr werdet gut miteinander zurechtkommen.«

Cody deutet auf einen schwarzbraunen Wallach mit üppiger Mähne und püppchenhaften Augen. Er hat einen rührenden Blick, sodass man ihn sofort ins Herz schließen muss. Cody nimmt ihm das Halfter ab und trenst ihn auf. Ich bin angenehm überrascht, wie willig Morris das Maul öffnet, um das Gebiss zu nehmen.

Nachdem er den Kehlriemen geschlossen hat, zieht Cody den Sattelgurt fest und führt das Pferd ein paar Schritte vom Anbinder weg. Freundlich nickt er Fabienne zu.

»Okay, du kannst aufsteigen.«

Fabienne greift mit der linken Hand an das Sattelhorn, stellt den Fuß in den Bügel und schwingt sich in den Sattel. Es sieht so leicht aus, als habe sie die Erdanziehung mal kurz außer Kraft gesetzt.

Kiki beugt sich etwas zu mir herüber.

»Wie macht sie das bloß, dass bei ihr immer alles so elfengleich aussieht?«

»Keine Ahnung. Muss was Genetisches sein.«

Kiki seufzt. »Dagegen sind wir doch die reinsten Bauerntrampel.«

Ich knuffe sie in die Rippen. »*Du* vielleicht, ich nicht.«

Wir kichern, und plötzlich steht Cody vor uns.

»Oh, tut mir leid«, sage ich schnell. »Wir haben nur einen Witz gemacht.«

»Und ich dachte schon, ihr lacht mich aus.« Cody schaut mir kurz in die Augen und verursacht einen Aufruhr in meinem Bauch.

»Ähm, nein, also … wirklich nicht, das war bloß so eine Art Running Gag …«

Ich beiße mir auf die Zunge und bemerke zu spät das Grinsen, das sich auf Codys Gesicht breitmacht.

»Ich hab auch nur einen Scherz gemacht. Es freut mich, dass ihr so guter Laune seid.«

Der Mann hat auch noch Humor. Ich bin verblüfft. Kiki versucht, sich ein Lachen zu verkneifen.

»Tina, für dich habe ich Luke ausgesucht.«

»Ah, schön … toll«, stammele ich.

Was rede ich für einen Unsinn, denn ich habe ja keine Ahnung, was das bedeutet, was für ein Pferd Luke überhaupt ist. Vielleicht ist es ja ein bockendes Ungetüm, das ich lieber heute als morgen auf den Mond schießen, in die Prärie schicken oder sonst irgendwie loswerden möchte. Aber sei's drum, ich habe eh keine Wahl.

Also folge ich Cody zu einem Braunen, ziemlich hübsch mit einem wachen Blick, kräftiger Muskulatur und geraden Beinen. Er ist ebenso wie die anderen Pferde in guter Verfassung. Sein Fell glänzt, die Hufe sind gepflegt. Er macht einen zufriedenen und gelassenen Eindruck. Offensichtlich geht es den Pferden hier bei Cody gut.

»Er ist noch jung, daher ist es prima, dass du eine erfahrene Reiterin bist.« Cody streicht dem Pferd über den Hals. »Am besten, du lenkst ihn übers Bein, dafür brauchst du die Zügel fast gar nicht. Nur zum Anhalten hebst du einfach die Zügelhand ein wenig an.«

»Okay. Muss ich sonst noch etwas beachten?«

»Er ist gut ausgebildet und kennt seinen Job. Wenn wir bergab reiten, achte darauf, dass er im Schritt bleibt. Die jungen Pferde wollen dann immer gerne galoppieren.«

»Aber das strapaziert die Gelenke«, murmele ich.

Cody schaut mich von der Seite an und lächelt.

»Oh, eine Frau mit Pferdeverstand?«

»Ist das denn so ungewöhnlich?«, gebe ich spontan zurück und ärgere mich sofort. Warum muss ich bloß immer gleich mit meinen Gedanken herausplatzen?

»Na ja, hier in der Gegend haben die meisten Frauen andere Interessen als Pferde.«

Cody wendet sich Luke zu, sodass ich seine Mimik nicht deuten kann. War das auch ein Scherz? Hoffentlich ist er nicht einer von diesen Machos, die denken, Frauen könnten nicht reiten.

Ach, was für Interessen denn so, will ich fragen, aber dieses Mal schlucke ich das herunter, ich will mich ja nicht gleich mit Cody anlegen.

Kiki zieht die Augenbrauen hoch, als wollte sie sagen: Was geht denn hier ab?

Aber Cody lächelt nur.

»Na, dann mach dich mal mit ihm bekannt.«

Ich gehe zu Luke und lasse ihn zur Begrüßung an meiner Hand schnuppern. Er wendet mir den Kopf zu, also scheint er zumindest nicht abgeneigt zu sein. Vorsichtig streichele ich seinen Hals und meine dabei, Codys Blicke auf meinem Rücken zu spüren. Ich prüfe, ob der Sattelgurt fest genug sitzt, ziehe ihn zwei Löcher nach und nehme Lukes Trense vom Sattelhorn. Bei den anderen Pferden hat Cody die Trense selbst ins Maul gelegt, also schaue ich ihn über die Schulter an. Er nickt aufmunternd. Offenbar will er testen, wie ich mich anstelle.

Das macht mich sofort ein bisschen nervös. Luke entgeht das nicht, denn er scharrt spontan mit dem Huf. Aber ich lasse ihn einen Schritt vortreten und das lenkt ihn ab, sodass er sich wieder beruhigt. Auch Luke nimmt die Trense bereitwillig ins Maul. Ich schließe noch den Kehlriemen und bin fertig zum Aufsteigen.

Ich stelle meinen Fuß in den Steigbügel, freue mich, dass Luke nicht allzu groß ist, und schwinge mich in den Sattel. Das sieht vielleicht nicht ganz so elfengleich aus wie bei Fabienne vorher, aber ich plumpse auch nicht gerade in den Sattel wie ein Kartoffelsack.

Der Westernsattel kommt mir sofort angenehm bequem vor. Das ist auch gut, denn wenn wir wirklich mehrere Stunden am Tag reiten, ist ein komfortabler Sattel ein Segen. Man möchte schließlich keine Blasen am Hintern haben, wenn man im Bikini in den See steigt – unter den Augen seines Traummannes und einer blonden Rivalin.

Ich schiele zu Cody, aber der hat sich bereits zu Kiki umgedreht.

Das war's also? Kein Kommentar, nicht mal einen Seitenblick gönnt er mir? Aber was habe ich auch erwartet – Applaus, nur weil ich es geschafft habe, auf ein Pferd zu steigen? Ich muss über mich selbst grinsen.

»So, Kiki, dein Pferd steht hier drüben.« Cody deutet auf ein braun-schwarz-weiß getüpfeltes Pferd, offensichtlich ein Appaloosa, der gelassen an seinem Anbinder wartet.

Fabienne und ich beobachten von unseren Pferden herab, wie Kiki wohl klarkommen wird. Fabienne wirft mir einen skeptischen Blick zu.

»Hoffentlich läuft das nicht so wie mit den Hüten.«

»Wieso, am Ende hat sie doch einen gefunden«, erwidere ich leise.

»Ja, aber hier gibt es keine zweihundertfünfzig Pferde zum Durchprobieren.«

»Das ist es also«, sagt Kiki mit Grabesstimme leise zu uns, während Cody auf das Pferd zugeht. »Findet ihr nicht auch, dass es irgendwie … verschlagen guckt?«

Fabienne und ich betrachten das Pferd. Es hat die Augen halb geschlossen, entlastet ein Hinterbein und beginnt jetzt, vor Langeweile an seinem Halfterstrick zu lutschen.

»Ich finde, es guckt ganz entspannt«, sage ich und hoffe, Kiki damit zu beruhigen.

»Ich weiß nicht, Kiki«, sagt Fabienne. »Vielleicht hast du recht.«

»Pst, bist du verrückt«, zische ich ihr zu. »Deine umgekehrte Psychologie hilft vielleicht bei Hüten, aber hier machst du es nur schlimmer.«

Und tatsächlich, Kiki reißt die Augen auf und tritt einen Schritt zurück.

Cody sieht sich nach ihr um.

»Kiki, ist alles in Ordnung?«

»Jaja, kein Problem.« Kikis Stimme klingt schrill. Sie schaut uns an. »Also steige ich da wohl mal rauf, oder?«

Sie geht ein paar schnelle Schritte auf ihr Pferd zu, das urplötzlich aus seiner entspannten Haltung hochschreckt. Es reißt den Kopf hoch und tritt hektisch ein paar Schritte beiseite. Offensichtlich hat es vor Kikis Bewegungen Angst.

Kiki und das Pferd sehen sich an. Während das Pferd sich langsam wieder entspannt, steht Kiki da wie angewurzelt. Cody macht ein skeptisches Gesicht.

»Hm, vielleicht sollten wir dir doch lieber ein anderes Pferd geben.«

»Wieso, was stimmt denn mit diesem nicht?« Jetzt überschlägt sich Kikis Stimme fast.

»Na ja … vielleicht hat es heute einen schlechten Tag. Ich hole dir schnell den Monty.«

Kiki dreht sich zu uns um.

»Ich sag doch, das guckt gefährlich. Habt ihr diesen Blick gesehen, als ich darauf zugegangen bin?«

»Beruhige dich«, sagt Fabienne. »Er holt dir ja schon ein anderes.«

Ich nicke. »Vertrau ihm. Er weiß, was er tut.«

»Was hab ich denn sonst für eine Wahl?« Kiki wirkt extrem unglücklich.

Während wir auf Cody warten, überdenke ich, wie er mit der Situation umgegangen ist. Anstatt Kiki darauf hinzuweisen, dass ihre hektischen Bewegungen das Pferd erschreckt haben, sucht er nach einem Ausweg, ohne ihr ein schlechtes Gefühl zu geben. Wow, ein Mann mit Einfühlungsvermögen, denke ich.

In diesem Moment sehe ich ihn mit einem mausgrauen Vierbeiner wiederkommen, der bereits gesattelt ist. Er sieht den anderen Pferden ähnlich, allerdings unterscheidet ihn eine Eigenschaft: Er hat verdächtig lange Ohren.

Cody und der Vierbeiner bleiben vor Kiki stehen.

»Schau mal, Kiki, das hier ist Monty. Er ist der Liebste und Zuverlässigste, den es auf der ganzen Welt gibt.«

Codys Worte klingen so sanft, dass ich dahinschmelze. Wenn er auch nur eine Sekunde so mit mir sprechen würde, würde ich auf jedes erdenkliche Tier klettern, das er mir gesattelt hinstellt – selbst auf ein Nilpferd.

Aber Kiki steht immer noch stocksteif da.

»Wirklich?«

Cody nickt. »Für Monty lege ich meine Hand ins Feuer.«

Kiki sagt nichts und starrt Monty an.

Und Monty schaut zurück. Seine Augen sind warm und vertrauenerweckend. Behutsam streckt er seine Nase vor, ganz langsam, und stupst Kiki sanft an den Arm.

Kiki zögert noch einen Moment, aber langsam weicht die Anspannung aus ihrem Körper. Sie hebt zögernd die Hand, dann streichelt sie Monty über die Nase.

Cody steht daneben und beobachtet, wie die beiden sich kennenlernen.

»Und? Wie fühlt sich das an?«, fragt er nach einer Weile.

Kiki schaut Monty noch einmal in die Augen.

»Gut. Den mag ich.«

»Prima. Er mag dich auch.«

Kiki guckt noch etwas ungläubig, aber nach einer Weile lächelt sie endlich und streichelt Montys Hals.

»Der hat ja ganz flauschiges Fell.«

»Was meinst du, wollen wir es versuchen?«

Kiki nickt.

Cody zieht den Sattelgurt fest und zeigt Kiki, wie sie aufsteigen muss. Sie klettert in den Sattel, und als sie glücklich oben sitzt, gibt Cody ihr die Zügel in die Hand.

»Es funktioniert ganz einfach. Wenn du losreiten willst, schnalzt du einmal mit der Zunge. Zum Anhalten nimmst du deine Zügelhand ein bisschen höher und sagst ›Whoa‹. Probier mal.«

Kiki schnalzt einmal, und Monty setzt sich gemächlich in Bewegung.

»Whoa!«, sagt Kiki nach einigen Metern, und Monty hält an.

»Das funktioniert ja wirklich!« Kiki guckt, als ob sie es gar nicht glauben könne.

Cody lächelt. »Und Lenken geht wie mit einem Joystick. Spielst du manchmal an der Konsole?«

Kiki nickt. »›Red Dead Redemption‹ und so was.«

Cody grinst.

»Gut. Genauso kannst du ihn lenken. Hand nach links, dann geht er nach links, und umgekehrt.«

Er zeigt ihr die entsprechenden Handbewegungen.

»Okay?«

Kiki nickt, schnalzt wieder mit der Zunge und Monty trottet ohne Zögern los. Kiki lenkt nach links, danach nach rechts. In einem Bogen reitet sie wieder zu Cody zurück.

»Whoa!« Spontan bleibt Monty stehen.

»Das klappt super.« Kiki strahlt.

»Prima!« Cody nickt. »Ich denke, ihr beide seid füreinander geschaffen.«

Kiki streichelt Monty vom Sattel aus den Hals.

Fabienne beugt sich zu mir rüber und flüstert: »Das scheint ja gut zu funktionieren … aber das, worauf sie da sitzt, ist doch kein Pferd, oder?«

»Sag jetzt bloß nichts!«, zische ich ihr zu. »Dieser Monty ist offensichtlich genau das, was sie braucht.«

»Jaja, schon gut. Ich lerne dazu.«

Fabienne grinst und macht ein Foto von Kiki auf ihrem Maultier.

Als Kiki das bemerkt, posiert sie mit ihrem neuen roten Hut.

»Habt ihr das gesehen? Monty versteht mich. Ich reite!«

Sie schnalzt mit der Zunge und lenkt Monty in gemütlichem Tempo in Richtung Reitplatz.

»Wow. Toll, wie Cody das gemacht hat«, sage ich zu Fabienne und bemerke zu spät, dass Cody in diesem Moment neben meinem Pferd steht und mich ansieht.

Er lächelt und ich spüre, wie mir heiß wird. Bevor ich womöglich noch rot anlaufe, schnalze ich ebenfalls mit der Zunge, und Luke setzt sich in Bewegung.

Fabienne und ich lenken unsere Pferde hinter Kiki her in Richtung Reitplatz, während ich in einem Gefühlschaos stecke. Dieser Mann macht mich nervös auf eine Art, wie ich es noch gar nicht kenne.

»Ein Mann mit Gefühl.« Fabienne schmunzelt, während wir nebeneinander her reiten. »Und: Er *spricht.*«

Fabienne spielt auf unseren Running Gag an, dass die meisten Männer nicht viel von sich geben.

»Ja, erstaunlich. Sagt man nicht, dass Cowboys noch weniger reden als andere Männer?«

»Hab ich auch gehört. Aber dafür sollen sie gut küssen können.«

»Ach ja? Woher weißt du ...« Fabiennes Grinsen registriere ich zu spät. »Hör auf, mich zu veräppeln.«

»Wieso?«, sagt Fabienne und guckt ganz unschuldig. »Kennst du denn nicht den Schlager? ›Ich will 'nen Cooooooowboy als Mann‹«, singt sie leise und trabt mit ihrem Pferd davon.

»Na toll«, murre ich halblaut. »Diesen Ohrwurm hab ich jetzt den ganzen Tag.«

Ich versuche, mich auf Luke zu konzentrieren, und stelle fest, dass ich ihn ohne Probleme zwischen den anderen Pferden hindurchmanövrieren kann. Aber auch die anderen Gäste scheinen sich mit ihren Pferden einigermaßen zu verständigen, denn alle sehen entspannt und zufrieden aus.

Nach ein paar Runden suche ich mir eine Ecke, in der nicht so viel los ist, um anzutraben. Dazu spanne ich meine Waden leicht an. Nach meiner Erfahrung ist es bei fremden Pferden besser, vorsichtig anzufangen. Zunächst sollte man herausfinden, wie sensibel sie sind, sonst sitzt man, je nach Pferdetyp, schnell mal auf einem bockenden Ungetüm oder auf einer vierbeinigen Rakete.

Und tatsächlich, die leichte Spannung reicht aus, um Luke in den Trab zu versetzen. Er hat schöne Bewegungen. Ich kann auch im Trab sehr bequem sitzen und ihn mit leichten Hilfen lenken. Nach ein paar Runden werde ich mutiger. Ob wir auch galoppieren dürfen? Cody hat nichts Gegenteiliges gesagt … also gebe ich die Hilfe zum Galopp, und tatsächlich klappt die Verständigung sofort. Ich drehe einige herrliche Runden und pariere danach wieder zum Schritt durch. Unwillkürlich muss ich grinsen vor Freude, dass Cody mir so ein tolles Pferd gegeben hat.

Fabienne lenkt ihr Pferd ebenfalls mit kaum sichtbaren Hilfen über den Reitplatz.

Ich reite zu ihr rüber.

»Und? Scheint ja gut zu klappen.«

Fabienne reckt den Daumen nach oben. »Morris ist richtig gut. Das Lenken geht ganz leicht, fast wie mit Gedankenübertragung.«

»Aber kannst du auch bremsen?« Ich frage, um Fabienne zu necken, aber anstelle einer Antwort hält sie spontan an, ohne dass man überhaupt eine Einwirkung erkennen konnte.

»Wow. Das ist wirklich fantastisch.«

Fabienne nickt. »Sag ich doch. Er ist supersensibel. Hätte ich gar nicht gedacht, bei Pferden, die dauernd Touristen durch die Gegend tragen.«

Ich nicke. »Meiner macht auch echt Spaß.«

Wir schauen zu Kiki. Sie ist die Einzige hier mit einem roten Hut und fällt einem immer sofort ins Auge. Sie hat

Monty am Rand des Reitplatzes angehalten, stützt sich lässig auf das Sattelhorn und sieht den anderen zu.

Wir reiten zu ihr.

»Na, Kiki, alles okay?«

»Super. Ich komme mir vor wie John Wayne. Sagt mal, gab es im Wilden Westen eigentlich auch Frauen als Revolverheldinnen?«

»So, dann kommt mal zusammen«, ruft Cody in diesem Moment.

Wir reiten zu ihm rüber und versammeln uns um ihn.

»Ist jeder mit seinem Pferd glücklich?«, fragt Cody in die Runde.

Alle nicken.

»Gut, dann reiten wir los.«

Cody geht zu dem kräftigen dunkelgrauen Pferd, das er als letztes gesattelt hatte. Er schwingt sich in den Sattel und winkt uns, ihm zu folgen. Ich sehe, dass die blonde Marika sich gleich hinter Cody einreiht. John sitzt ebenfalls schon auf seinem Pferd, aber er wartet, bis wir alle an ihm vorbeigeritten sind, und übernimmt den Schluss. Alex sucht sich einen Platz in der Mitte.

Bea bleibt zurück und winkt uns nach.

»Bea, reitest du denn nicht mit?«, rufe ich.

»Ich fahre mit dem Van voraus und kümmere mich schon mal um das Abendessen. Ich wette, ihr habt ordentlich Hunger, wenn ihr da oben ankommt.«

KAPITEL 10

Der Weg ist so breit, dass wir zu dritt nebeneinander reiten können. Fabienne und ich nehmen Kiki in die Mitte.

»Ist er nicht süß, der Monty?«, sagt Kiki. »Und so flauschig. Sein Fell ist viel länger als das von euren Pferden.«

Kiki streichelt Montys Mähne und lächelt.

Fabienne bedeutet mir mimisch so etwas wie »Merkt sie das wirklich nicht?«, aber ich drohe ihr mit hochgezogenen Augenbrauen, Kiki die Freude nicht zu verderben.

»Ja, er ist wunderhübsch«, bekräftigt Fabienne daraufhin ganz diplomatisch und lächelt.

»So ist es brav«, sage ich und meine damit nicht nur die Pferde, sondern auch Fabienne.

Bald wird der Weg schmaler und auch steiler, sodass wir hintereinander reiten müssen. Aber die Pferde machen einen munteren Eindruck, die Steigungen scheinen ihnen nichts auszumachen. Vor allem wundere ich mich, wie trittsicher sie auf dem steinigen Weg vorankommen.

An einem ausgetrockneten Fluss ist ein Warnschild aufgestellt, das Wellen zeigt und vor einem reißenden Fluss warnt.

»Schwer zu glauben, dass hier mal Wasser geflossen ist!« Fasziniert betrachte ich den rissigen Untergrund im Bachbett.

Kiki kichert. »So trocken, wie das hier ist, sollten sie eher vor einer Staublunge warnen.«

Alex, die in Hörweite reitet, wendet sich uns zu.

»Man sieht es ihnen zwar nicht an. Aber wenn es in den Bergen regnet, können diese schmalen Bäche in Minuten anschwellen. Sie reißen dann alles mit, was sich ihnen in den Weg stellt.«

Cody unterhält sich mit den anderen Teilnehmern, die vorne reiten. Schade eigentlich, dass wir uns so weit hinten einsortiert haben, denke ich. Da war ich mal wieder nicht auf Zack … Die blonde Schwedin mit den klimpernden Wimpern ist da ganz anders. Sie schmeißt sich an Cody ran, sodass ihm keinesfalls entgehen kann, wie sie ihn findet. Und wahrscheinlich hat sie Erfolg mit dieser Taktik und die beiden haben längst angebandelt. Wieso muss ich eigentlich in solchen Situationen immer so zurückhaltend sein?

Aber so oder so, ich reite durch diese grandiose Landschaft mit meinen beiden besten Freundinnen. Was kann es Schöneres geben?

In diesem Moment kommt ein »Ping« aus meiner Tasche. Es ist eine WhatsApp von Lilli.

»Huhu, Tina, schick mal ein Foto von den Pferden! Oder besser ganz, ganz viele!«

Schnell mache ich ein Foto von der Gruppe, die vor mir reitet, und schicke es ihr.

Aber eine Antwort bekomme ich nicht, denn gleich nachdem die Nachricht rausgegangen ist, haben wir keinen Empfang mehr. Gerade als ich das Handy wieder einstecke, fange ich einen Blick von Cody auf. Runzelt er etwa die Stirn, weil ich das Smartphone hier draußen benutze? Das würde ich sonst nicht machen, aber bei meiner kleinen Schwester muss es sein. Mich eine ganze Woche lang nicht bei ihr zu melden würde ich nicht übers Herz bringen. Rechtfertigen muss ich mich ja wohl nicht. Wäre ja noch schöner!

»Schaut mal hier«, höre ich Cody nach einer Weile von der Spitze der Gruppe rufen. Er hält sein Pferd an einem Laubbaum an und deutet auf den Stamm. Wir schließen zu ihm auf und sehen, dass in etwa anderthalb Metern Höhe die Rinde des Stamms großflächig abgezogen ist. Lediglich an einigen Stellen hängen noch ein paar Fasern.

»Wer macht denn so was?«, frage ich, und alle gucken ratlos.

»Das war ein Bär«, erklärt Cody.

»Hier gibt es Bären?« Marika scheint erschrocken.

»Ja, sie schärfen ihre Krallen an den Bäumen.«

»Wow. Wie eine Katze am Kratzbaum.« Kiki macht ein Foto von dem malträtierten Baum.

»Na, der hier war offenbar um einiges größer als eine Katze«, meint Jeffrey. Er schaut zu Marika rüber und lässt seine weißen Zähne sehen. Marika lächelt zurück, offenbar ist das ihre Standardreaktion.

»Dieser Bär war sogar vergleichsweise klein, vermutlich ein Jungtier.« Cody deutet auf eine Stelle etwa einen Meter über den Kratzspuren. »Wenn sich ein ausgewachsener Bär auf die Hinterbeine stellt, landen seine Krallen irgendwo da oben.«

Ich schlucke und hoffe, dass uns eine Begegnung mit solch einem Riesen erspart bleibt.

»Und was macht man, wenn man so einen trifft?«, fragt der sonst eher zurückhaltende Curt.

»Glücklicherweise gehen die meisten Bären den Menschen aus dem Weg, sodass das nur selten passiert«, sagt Cody. »Aber wenn man doch mal einen trifft, ist die beste Taktik, sich tot zu stellen. Dann beschnuppert er einen nur und verliert bald das Interesse.«

Bei der Vorstellung, dass ein Bär an mir schnuppert, während ich hier irgendwo in den Bergen liege, laufen mir kalte Schauer über den Rücken.

»Da würde ich doch lieber flüchten«, meint Benny.

»Das hat sich nicht bewährt«, sagt Cody. »Alles, was wegrennt, weckt erst so richtig seinen Jagdinstinkt.«

»Und so ein Bär ist vermutlich schneller als wir.« Fabienne sieht sich unwillkürlich um, als würde der Bär schon hinter dem nächsten Felsen lauern.

Cody nickt. »Sehr viel schneller.«

»Und wenn ich auf dem Pferd sitze?«, fragt Kiki.

Cody wiegt den Kopf. »Ja, auf dem Pferd hätten wir eine Chance.«

»Na, das ist ja sehr beruhigend«, sage ich und meine es ironisch.

»Dann steige ich auf keinen Fall mehr ab.« Kiki kichert und streichelt Montys Hals. »Obwohl, Monty, du musst ja auch mal freihaben.«

Als wir weiterreiten, schließt John mit seinem Pferd zu uns auf.

»Was Cody allerdings nicht gesagt hat …« Er guckt verschwörerisch. »Der Staat Utah nimmt die Problembären aus dem Yellowstone-Nationalpark auf und lässt sie hier oben frei.«

»Und was bedeutet das für uns?«, fragt Kiki.

»Wenn sie einmal Menschen attackiert haben, machen sie das immer wieder. Sie haben gelernt, dass ihnen nichts passiert.« John lacht. »Wir stehen zwar nicht auf ihrem natürlichen Speiseplan … aber wer weiß, vielleicht schmecken wir doch ganz lecker.«

Marika ist mit ihrem Pferd in der Reihenfolge zurückgefallen und hat mitgehört. »Und dann laufen diese Bären hier herum?« Sie reißt die Augen auf.

John grinst, das bedeutet offensichtlich »Ja«.

»Und wenn so ein Bär kommt, was muss ich dann tun, damit Monty ganz schnell wird?«, fragt Kiki.

»Küsschen geben.«

»Was? Das dauert doch viel zu lange. Ich müsste ja absteigen, ihn küssen und dann wieder rauf ... Bis dahin hat der Bär doch uns beide gefressen.« Kiki guckt ratlos.

John lacht. »Nein, kein echter Kuss, nur das Geräusch von einem Küsschen. So etwa.« Er macht ein Kussgeräusch, und tatsächlich galoppiert sein Pferd an.

»Wow.« Kiki guckt beeindruckt. »Ob das bei Monty auch klappt?«

Sie spitzt die Lippen, aber lässt es dann doch.

»Na, das probiere ich vielleicht lieber später. Morgen ... oder übermorgen oder so.«

»Ja, lass es lieber erst mal langsam angehen«, rät ihr Fabienne, und Kiki holt schon Luft, um etwas zu erwidern.

»Was gibt es denn sonst noch für Tiere hier oben außer den Bisons und den Bären?«, wende ich mich schnell an John, um vom Thema abzulenken.

»Wapitihirsche, Elche, und manchmal sieht man auch einen Berglöwen. Aber die sind alle ungefährlich ... es sei denn, man kommt ihren Jungtieren zu nahe.«

»Aha.«

»Mit den Bären ist auch ohne Babys nicht zu spaßen.« Damit trabt er davon an die Spitze der Gruppe.

»Der will uns nur Angst machen, oder?«, fragt Fabienne uns leise.

»Ich hoffe es.« Kiki streichelt schon wieder Montys Hals.

»Also, nun reißt euch mal zusammen«, sage ich. »Die kennen sich hier aus. Wenn wir in Gefahr wären, würde Cody uns das sagen.«

Bei dem Namen Cody fangen Fabienne und Kiki an zu kichern. Fabienne legt ihre Zügel über den Hals ihres Pferdes und formt ein Herz mit den Fingern. Kiki macht einen Kussmund, um mich zu ärgern. Um das noch zu steigern, macht sie ein Küsschen-Geräusch, aber jetzt kippt sie fast vom Pferd, weil Monty durchstartet und ein paar Sprünge galoppiert.

»Whoa, whoa!«, ruft Kiki, und gleich darauf steht Monty wieder.

»Das ist die gerechte Strafe für deinen Spott.« Ich reite grinsend an ihr vorbei.

Gegen Mittag erreichen wir eine weitläufige Wiese, die sehr malerisch am Hang gelegen ist.

Cody hält sein Pferd an und steigt ab.

»Das ist ein guter Platz für unsere Mittagspause. Lockert bitte die Sattelgurte, zwei bis drei Loch, aber nicht mehr, damit die Sättel nicht runterrutschen, wenn die Pferde sich mal schütteln.«

Wir steigen ab und strecken unsere Beine.

»Ihr könnt die Pferde am Halfterstrick festhalten und sie grasen lassen. Wenn ihr euch setzen wollt, bindet sie am besten an einen Baum oder Busch. Aber bitte nur an Zweigen und Ästen festmachen, die noch grün sind.«

»Wieso denn das?«, fragt Marika.

»Vertrocknete Äste brechen ab, wenn das Pferd daran zieht. Das Pferd erschrickt vor dem Geräusch und läuft weg.«

»Und dann?«

Cody zuckt die Schultern.

»Dann musst du zu Fuß weitergehen.«

Ich unterdrücke ein Lachen und stelle mir die Schwedin vor, wie sie in hochhackigen Stiefeln durch die Rocky Mountains stöckelt.

Ich schaue mich um: Berge und Wiesen, so weit das Auge reicht. Es sind wahrscheinlich vierzig oder fünfzig Kilometer in jede Richtung, bis man das nächste Dorf erreicht. Wenn einem hier das Fortbewegungsmittel wegläuft, wäre das wirklich äußerst unangenehm.

Ich entscheide mich, Luke am Halfterstrick grasen zu lassen, also nehme ich ihm die Trense ab und hänge sie über das Sattelhorn. Kaum habe ich das Gebiss aus seinem Maul entfernt, versenkt er seine Nase im grünen Gras. Ich nehme mein Lunchpaket aus der Satteltasche und merke erst jetzt, dass ich schon wieder Hunger habe.

Kiki steigt neben mir ab und dehnt jetzt ihre Beine.

»Wow. Jetzt weiß ich, warum die Cowboys im Film immer so breitbeinig laufen.« Sie kichert.

»Aber du scheinst echt gut klarzukommen.«

Kiki nickt. »Monty ist super. Aber hilfst du mir nachher, das Schaffell auf dem Sattel festzumachen?« Kiki reibt sich die Pobacken. »Nicht, dass ich doch noch Fabiennes Melkfett brauche.«

»Na klar.«

»Himmlisch!« Kiki hat sich neben Fabienne im Gras niedergelassen und beißt in ihre Zimtschnecke. Daraufhin erscheint Codys kleiner Hund Ernie, setzt sich vor Kiki hin und beobachtet jeden Bissen.

»Nix da.« Kiki schüttelt entschieden den Kopf. »Zimtschnecken teile ich mit niemandem. Da kannst du mich noch so herzerweichend ansehen.«

Ich blicke immer wieder verstohlen zu Cody. Er sitzt gerade bei Andrea und Carsten aus Hamburg. Die drei Jungs sind ein wenig wortkarg, sie scheinen nach wie vor einen Kater zu haben.

Während wir beim Essen mit Alex und John plaudern, steht Cody auf und kommt zu uns.

»Wie haltet ihr euch? Kiki, ist alles okay?«

»Ja, nur mein Hintern tut ein bisschen weh.« Kiki lacht.

Ich beneide sie um ihren unbekümmerten Tonfall Cody gegenüber. Ich selbst wäge ja inzwischen jedes Wort sorgfältig ab.

»Fabienne?«

Sie nickt. »Alles fein.«

»Und Tina, wie geht es dir?«

Er schaut mir in die Augen, und mein Gehirn setzt schlagartig aus.

»Gut ... gut!«

»Gut.« Cody nickt und geht weiter zu den amerikanischen Jungs.

Gut?! Donnerwetter, so kann man auch eine eloquente Unterhaltung führen, schelte ich mich innerlich. Was ist bloß mit mir los? Ich bin doch sonst nicht auf den Mund gefallen. Und jetzt scheine ich Cody auch noch anzustecken.

»Achtet bitte darauf, kein Papier oder andere Abfälle zurückzulassen«, ermahnt uns Alex. »Wir sind hier im Nationalpark, da sollten wir keine Spuren hinterlassen.«

John, Alex und Cody kontrollieren die Sattelgurte und helfen den Gästen beim Auftrensen der Pferde.

Kiki holt ihr Schaffell aus der Satteltasche und hält es über ihren Sattel.

»Guck mal, Tina, wie rum gehört das denn?«

»Lass mal sehen.«

Ich helfe Kiki, das Schaffell auf ihrem Sattel zu befestigen.

»Danke, Tina. Da freue ich mich richtig drauf.«

»Ein Sattelfell, das gibt's ja gar nicht. Wer macht denn so was?« Die blonde Schwedin Marika schaut von ihrem Pferd aus mitleidig auf Kiki herab.

»Zum Beispiel Leute, die keine Hornhaut an ihrem Hintern züchten wollen«, sagt Kiki, und wir grinsen.

»Tsss!« Marika verdreht die Augen, wendet ihr Pferd und reitet betont lässig weiter zu Cody, den sie sofort in ein Gespräch verwickelt.

»Eins muss ich dir lassen, Kiki. Du bist echt schlagfertig.«

Kiki grinst. »Und spätestens morgen wird sie mich um dieses flauschige Ding beneiden.«

»Und wir vermutlich auch!« Fabienne ächzt ein wenig, als sie wieder aufs Pferd steigt.

Nach einer Weile erreichen wir einen überhängenden Felsen, der ungewöhnlich geformt ist. Er erinnert an überdimensionales Gesicht, das eigenartig verzerrt ist.

Cody, der vorne reitet, hält sein Pferd an und dreht es zu uns um. Wir versammeln uns um ihn.

»Das hier ist der Stein der Dämonen, zumindest haben die Trapper und Cowboys ihn so genannt. Bei den Indianern ist er heilig. Sie glauben, dass ihre Geister sich hierhin zurückziehen, wenn sie müde sind und in Ruhe schlafen wollen.«

»Brr, Geister, wie gruselig«, höre ich Marika neben mir.

Ich schmunzele in mich hinein.

»Was denn?« Sie sieht mich forschend an, offenbar hat sie mein Lächeln registriert.

»Na ja, ich würde lieber so einem versteinerten Geist begegnen als einem hungrigen Bären.«

Nach einigen Stunden, in denen wir immer wieder spektakuläre Ausblicke über die Berge und Täler genießen, erreichen wir ein Lager, das aus einigen Zelten und einer Feuerstelle besteht. Im Zentrum stehen zwei große Zelte, mehrere kleine sind am Rande zwischen den Bäumen verteilt.

Cody hält sein Pferd an.

»Herzlich willkommen in unserem Camp. Ihr könnt schon mal absteigen, aber wartet bitte noch ein bisschen bei euren Pferden. John und ich helfen euch beim Absatteln.«

Ich schwinge mich von Luke herunter, nehme ihm die Trense ab und streichele seinen Hals.

»Das hast du super gemacht, Luke. Vielen Dank.«

Hinter mir höre ich das Lachen einer Frau. Ich drehe mich um und schaue in das grinsende Gesicht von Marika.

»Das ist ein Pferd. Das wird dich wohl kaum verstehen.«

»Na und? Es tut ja nicht weh, sich zu bedanken, oder?«

Sie verdreht die Augen und reitet rüber zu Cody.

Was für eine blöde Tante, denke ich. In diesem Moment fange ich Codys Blick auf. Hat er etwas davon mitbekommen? Aber ich habe keine Zeit, mir weiter Gedanken zu machen, denn John kommt zu mir.

»Lass uns mit Luke da rüber zu der Plane gehen, dann müssen wir den Sattel nicht schleppen.«

Ich führe Luke zu der am Boden liegenden Zeltplane, John nimmt den Sattel ab und verstaut ihn darunter.

»Falls es heute Nacht regnet. Du kannst Luke schon mal in den Korral da drüben bringen.«

Er deutet auf ein abgezäuntes Areal zwischen Bäumen unweit des Camps.

Nachdem ich Luke von seinem Halfter befreit habe, senkt er sofort seine Nase und geht in Kreisen suchend umher. Danach dreht er sich dreimal um die eigene Achse und legt sich anschließend grunzend in den Sand. Er nimmt ein ausgiebiges Staubbad, indem er sich mehrmals genüsslich hin und her wälzt, bevor er aufsteht und sich schüttelt. Anschließend spaziert er zu einem Bach, der durch den Korral fließt, trinkt eine ordentliche Portion und wendet sich einem der bereitliegenden Heuhaufen zu. Während ich ihn beobachte, wird mir bewusst, wie sehr er mir schon nach diesem einen Tag ans Herz gewachsen ist.

»Na, der hat ja ordentlich Hunger«, höre ich plötzlich Codys Stimme dicht neben mir.

»Ja, aber erst musste er sich wälzen und dann trinken.«

Cody lacht leise. »Ja, so sind seine Prioritäten. Alle anderen würden als Erstes fressen.«

»Und wieso ist es bei ihm anders?«

»Er ist halt was ganz Besonderes.«

Cody lächelt mich noch einmal an und geht zu John, um mit ihm die restlichen Sättel unter der Plane zu verstauen. Ich bleibe zurück mit einem kribbeligen Gefühl im Bauch. Wenn ich bloß wüsste, ob er zu mir nur professionell freundlich ist und in Wahrheit auf Marika steht. Oder ist es am Ende umgekehrt? Schluss jetzt, Tina, aufhören! Du bist zum Urlaubmachen hier und anschließend zum Arbeiten, und das war's.

»Okay, John und ich füttern die Pferde«, sagt Cody in die Runde. »Ihr könnt schon mal zur Küche rübergehen, dann zeigt Alex euch das Camp.«

Er deutet auf das Indianerzelt auf der Lichtung. Während wir uns auf den Weg machen, füllen Cody und John Futterschüsseln mit Kraftfutter.

Ich überlege noch einen Moment, ob ich meine Hilfe anbieten soll, aber ich will auch nicht zu offensichtlich Codys Nähe suchen. Also trotte ich hinter den anderen her.

Als wir zur Feuerstelle kommen, die zwischen den beiden großen Zelten mit Steinen eingefasst ist, steckt Bea den Kopf aus dem Indianerzelt.

»Da seid ihr ja. Habt ihr Hunger?«

»Und wie!« Curt klopft sich demonstrativ auf den Bauch. Offenbar hat er sich inzwischen von dem gestrigen Gelage erholt.

»Prima. In einer halben Stunde ist das Essen fertig.«

Alex kommt aus dem kleinen Wäldchen hinter dem Küchenzelt mit einem Armvoll Brennholz. Sie legt es an der Feuerstelle ab und stapelt ein paar Stücke aufeinander.

»Los geht's mit der Camp-Besichtigung, okay?« Alex schaut in die Runde, und als alle nicken, deutet sie auf das Indianerzelt. »Das Tipi hier ist unsere Küche, also Beas Reich. Da drinnen bestimmt sie, und ihr Wort ist Gesetz.«

»Allerdings!«, ruft Bea aus dem Zelt, und wir lachen.

»Da drüben ist das Wohn- und Esszimmer, falls es mal regnet.«

Das zweite große Zelt hat die Form eines normalen Campingzelts mit einer größeren Grundfläche als beim Tipi. Neben dem Wohnzimmerzelt sind unsere Koffer und Taschen gestapelt, die Bea mit dem Van hergebracht hat.

»Strom gibt es hier oben nicht, aber wir haben ein Not-Solarmodul dabei, falls ihr euer Handy aufladen möchtet. Aber viel Empfang gibt es hier oben sowieso nicht.«

Alex deutet auf die kleinen Zelte, die am Rande des Camps zwischen den Bäumen verteilt sind.

»In den kleinen Zelten schlafen wir, es sind sozusagen die Einzelzimmer. Ihr könnt euch schon mal eins aussuchen und eure persönlichen Sachen unterbringen. Später treffen wir uns wieder hier und ich zeige euch das Badezimmer.«

»Badezimmer, na, da bin ich mal gespannt, wie das aussieht«, murmelt Fabienne.

»Lasst uns unbedingt Zelte aussuchen, die etwas abseits liegen«, schlägt Kiki vor. »Bestimmt schnarchen die drei Jungs wie die Hölle, da möchte man nicht in der Nähe sein.«

Wir kichern und gehen zielstrebig zu den drei Zelten, die am weitesten von der Lichtung entfernt sind.

»Andererseits«, sage ich, »wenn der Bär am Camp vorbeikommt, wen wird er wohl als Erstes verschnabulieren?«

Kiki reißt die Augen auf. »Hör schon auf, Tina, sonst mache ich die ganze Nacht kein Auge zu.«

»Aber im Schlaf läufst du ja nicht vor ihm weg, also ist das kein Problem«, spottet Fabienne.

»Daran werd ich dich erinnern, wenn der Bär in deinem Zelt brummt«, unkt Kiki. Sie marschiert zu dem nächstgelegenen Zelt. »Das hier ist jedenfalls meins.« Energisch zieht sie den Reißverschluss auf.

Drinnen liegt eine dicke Schaummatratze und darüber zwei Schlafsäcke und Kopfkissen, die ganz leicht nach einem Lavendelwaschmittel duften.

»Wow, himmlisch.« Kiki lässt sich auf ihr »Bett« fallen und schließt die Augen. »Bär hin oder her, hier bleib ich liegen.«

Fabienne und ich besetzen unsere Zelte und machen es Kiki nach. Es ist tatsächlich herrlich bequem, aber vor allem ist die Aussicht grandios: Von meinem Zelteingang aus habe ich einen unglaublichen Blick zwischen einigen Tannen hindurch ins Tal. Weit unten erstreckt sich ein Canyon mit rotem Gestein, das in allen möglichen Rot- und Brauntönen schimmert. Wow, denke ich. Hier möchte ich am liebsten für immer bleiben. Ich mache ein Foto für die Familie.

»Wenn wir den ganzen Tag an der frischen Luft sind, werden wir bestimmt schlafen wie die Steine«, sagt Fabienne von draußen.

»Ich könnte ehrlich gesagt gleich schlafen. Wenn nur der Blick nicht so schön wäre.«

»Und das Abendessen sollten wir auch nicht verpassen. Aus dem Küchenzelt hat es nämlich sehr gut geduftet.«

Nachdem wir unser Gepäck in den Zelten verstaut haben, spazieren wir zurück zum Wohnzimmerzelt, wo Alex und Bea gerade Geschirr und Besteck auf einen langen Tisch stellen.

»Das wird das Buffet«, verkündet Bea, und ich bin überrascht. Auch wenn wir uns hier mitten in der Wildnis befinden, haben die beiden doch an alles gedacht, selbst Servietten liegen bereit.

»So, dann kommt mal mit zur Badezimmerbesichtigung.«

Alex geht voraus und wir folgen ihr in ein Wäldchen etwas abseits des Camps.

Wir erreichen ein weinrotes längliches Zelt, das am Ast eines Baumes aufgehängt ist.

»Was ihr hier seht, ist unsere Dusche.«

Alex öffnet den Reißverschluss und wir schauen hinein. Oben ist eine Gießkanne mit einem Strick an einem Ast aufgehängt, ein weiterer Strick ist an der Tülle befestigt.

»Oh. Sehr schick.« Wir schmunzeln.

»Das neueste Modell.« Alex lacht. »Aber es funktioniert zuverlässig. Ihr könnt jederzeit duschen, wir haben immer einen Kessel warmes Wasser im Feuer. Aber aufgepasst: Im Feuer wird der Kessel sehr heiß, daher liegt neben der Feuerstelle ein Paar Lederhandschuhe. Und ihr müsst natürlich mit kaltem Wasser mischen, damit ihr euch nicht verbrüht.«

»Oh, Duschwasser selbst mischen.« Kiki kichert. »Das ist ja wirklich Abenteuer pur.«

»Ihr befüllt einfach die Gießkanne, und schon kann es losgehen. Wenn ihr euch eingeseift habt, einfach hier ziehen.« Alex zieht an dem Strick an der Tülle, und tatsächlich ergießt sich Wasser aus der Gießkanne. »Meist reicht eine Füllung, aber ihr könnt euch vorsichtshalber noch diesen Eimer bereitstellen.«

»Und wenn das auch nicht reicht?«

»Du kannst dir gerne mehr Wasser holen.« Alex lächelt.

»Oder du lässt dir noch etwas bringen, und zwar von einem knackigen jungen Mann«, flüstert Kiki.

Ich grinse und stoße sie mit dem Ellenbogen in die Seite.

»Kiki, dir gefällt es hier offenbar«, sagt Fabienne leise zu ihr.

»Allerdings. Ich hätte nicht gedacht, dass eine Reittour so spaßig sein kann.«

»So, und jetzt zeige ich euch noch die Toilette«, meldet sich Alex wieder zu Wort.

Wir schauen uns an.

»Okay, jetzt wird's spannend.«

»Vielleicht eine Art Dixi-Klo?«

Wir folgen Alex um einige Bäume herum. Zwischen einigen Tannen steht keine Kabine, sondern ein Toilettensitz auf vier Metallbeinen, darunter ist ein Loch in die Erde gegraben. An einem Ast der Tanne ist eine Rolle Toilettenpapier mit einer Schnur befestigt.

»Oh.«

»Ah ja.«

»Och, na ja. Sieht sehr bequem aus.«

Allgemeines Gekicher.

Alex hält ein Schild hoch, auf dem »Besetzt« steht.

»Hier, das hängen wir an diesen Baum um die Ecke. Denkt daran, es umzudrehen, wenn ihr auf dem Örtchen lieber ungestört sein wollt.«

»Na, dann wollen wir mal hoffen, dass der Bär das auch lesen kann«, witzelt Kiki. »Nicht, dass er vorbeikommt und mir in den Hintern beißt.«

Zurück im Camp versammeln wir uns um das Küchenzelt herum. Offenbar haben die anderen Gäste auch schon wieder Hunger.

Cody steht an der mit Feldsteinen eingefassten Feuerstelle. Es lodert ein gemütliches Feuer. Obwohl es noch hell ist, vermitteln die Flammen sofort eine romantische Atmosphäre. Ich liebe den Geruch von Holzfeuer, daher gehe ich näher ran und atme den würzigen Duft ein.

Gerade hebt Cody den Deckel von einem schwarzen Gefäß, das wie ein gusseiserner Wok aussieht.

»Kann ich vielleicht etwas helfen?«

»Ah, Tina.« Er schaut mich an. »Das wäre nett. Könntest du die Kannen für Tee und Kaffee aus dem Küchenzelt holen?«

»Gut.« Schon wieder dieses eine Wort. Wenn das so weitergeht, entwickle ich mich noch zu einem Kommunikationsgenie. »Das mache ich«, setze ich nach und komme mir genauso bescheuert vor. Ich werfe Cody einen Blick zu und sehe, dass er schmunzelt. Ich sehe zu, dass ich davonkomme.

Aus dem Küchenzelt wehen mir wunderbare Düfte entgegen.

Drinnen steht Bea an einem Gasherd und rührt in einem Topf.

»Essen ist gleich fertig.«

Das Tipi ist überraschend groß, es hat vier oder fünf Meter Durchmesser. An der Seite ist eine große Arbeitsplatte aufgebaut, einige Metallkisten sind offen und geben den Blick auf Gemüse frei. Auf dem Gasherd brutzelt es in zahlreichen Töpfen und Pfannen.

»Hm, lecker. Lass mich mal gucken.«

»Gucken ist erlaubt, Naschen verboten.«

»Nein, nein, ich komme in Frieden.« Ich hebe demonstrativ die Hände und wir lachen. »Cody fragt nach den Kannen für Tee und Kaffee.«

»Ah, stimmt, die habe ich noch gar nicht rausgestellt. Schau mal da hinten in der Kiste.«

Ich folge Beas Blick und krame in einer Kiste, in der sich Töpfe, Pfannen, Besteck und auch zwei große Emaille-Kannen befinden.

»Die schwarze ist für Kaffee, die blaue für Tee. Kaffeepulver und Teebeutel sind in den Dosen auf dem Tisch.«

»Okay. Und wo kann ich Wasser holen?«

»Aus dem Bach. Gleich hinter dem Zelt ist eine flache Stelle, wo man gut rankommt. Etwa fünfundzwanzig Meter geradeaus, dort hörst du ihn schon.«

Ich gehe mit den Kannen ein paar Schritte, bis ich ein Plätschern zwischen den Bäumen wahrnehme. Der Bach, der weiter unten auch durch den Pferdepaddock fließt, schlängelt sich hier über eine Wiese. Ich bleibe kurz stehen. Um mich herum duftet es nach Gras und Kräutern. Die Strahlen der tief stehenden Sonne scheinen durch die Bäume, einige Libellen schwirren umher und Vögel zwitschern. Ich atme einige Male tief ein und genieße die frische klare Luft.

Nachdem ich ein paar Schritte hinunter zum Bachbett geklettert bin, halte ich meine Hand in das Wasser. Dabei merke ich, wie der Stress des Studiums und des Stadtlebens mit einem Mal von mir abfällt. Ich setze mich auf einen Stein und sehe einfach dem Wasser zu, wie es fließt. Unwillkürlich muss ich lächeln.

Ich könnte hier ewig so sitzen und den Bach anlächeln, aber dann besinne ich mich auf meine Aufgabe. Also halte ich eine Kanne in den Bach und lasse Wasser hineinlaufen. Nachdem ich beide Kannen gefüllt habe, mache ich schnell ein Foto für Lilli.

Anschließend trage ich die gefüllten Kannen zu Cody, der gerade Klappstühle um die Feuerstelle herum platziert.

»Vielen Dank.« Er nimmt mir die Kannen ab und stellt sie am Rand ins Feuer.

»Es kommt mir eigenartig vor, Wasser aus einem Bach zu holen. In der Stadt kennen wir Trinkwasser ja nur aus der Leitung.«

»Ja, wir vergessen manchmal, dass alles, was wir essen und trinken, letztlich aus der Natur stammt.«

Als Städterin fühle ich mich hier draußen ein wenig fremd, als würden in dieser Welt andere Gesetze gelten als in Berlin.

Sicherlich ist das auch so, und hier draußen bin ich ein echtes Greenhorn. Aber Codys Tonfall ist freundlich ohne jede Herablassung. Das ermutigt mich weiterzufragen.

»Kann man das Wasser hier oben generell trinken, auch wenn man es nicht kocht?«

»Aus diesem Bach schon, er entspringt direkt aus einer Quelle da oben.« Cody deutet auf den Berggipfel oberhalb unseres Camps. »Es gibt nichts Besseres als reines Quellwasser. Probier mal.«

Er gießt mir einen Schluck Wasser in einen der Emaille-Becher, die am Feuer bereitstehen.

Ich probiere. »Ja, das schmeckt wirklich gut.«

»Merkst du, wie weich es ist?«

Ich nicke.

»Möchtest du noch einen Schluck?«

Cody zieht die Lederhandschuhe über und gießt mir noch mal nach.

»Aber man muss darauf achten, nur aus fließenden Gewässern zu trinken. Die Pferde trinken auch aus dem See, aber wir würden davon ordentlich Bauchschmerzen bekommen.«

Nach und nach erscheinen auch die anderen Gäste am Feuer.

»Was hast du denn da?« Kiki linst neugierig in meinen Becher.

»Probier mal.« Ich reiche ihr den Becher.

Sie nimmt einen Schluck.

»Bäh«, macht Kiki. »Das ist ja Wasser. Ich dachte, du probierst einen Whiskey oder so was.«

»Den verkosten wir nach dem Essen.« Fabienne schmunzelt.

»Echt, du hast einen Whiskey mitgebracht?« Kiki guckt verblüfft.

»Essen ist fertig!«, ruft Bea jetzt aus dem Küchenzelt.

Bea und Alex tragen Töpfe und Pfannen aus dem Tipi hinüber ins Wohnzimmerzelt und stellen sie auf Warmhalteplatten, die mit Teelichtern betrieben werden. Außerdem stehen mehrere Schüsseln mit verschiedenen Salaten bereit.

Wir gehen hinüber an das Buffet. Ich staune, wie reichhaltig es ist. Es gibt verschiedene Salate, Chili con Carne, Gemüse, Folienkartoffeln mit Sour Cream und als Nachspeise rote Grütze mit Vanillesoße.

Beim Anblick der roten Grütze muss ich unwillkürlich an Hanna und meine Familie denken. Wie es ihnen wohl ergeht? Ob sie die Umzugskisten schon ausgepackt haben?

»Am ersten Tag koche ich immer etwas weniger aufwendig, weil ich nicht so viel Zeit habe«, sagt Bea in diesem Moment. »Ich hoffe, es schmeckt euch trotzdem.«

»Einfach nennst du das? Das ist purer Luxus«, erwidert Curt, und Bea lächelt.

»Greift ordentlich zu, es ist noch Nachschub in der Küche.«

Wir nehmen uns eine Portion und setzen uns auf die Klappstühle um das Feuer.

Cody zieht sich die ledernen Handschuhe über und hebt jetzt nochmals den Deckel des gusseisernen Woks im Feuer an.

»Die Brötchen sind jetzt auch fertig.«

Neugierig spähen wir in den Behälter, aus dem zahlreiche kleine runde Brötchen duften.

»Was ist denn das für ein Gerät?«

»Man nennt es Dutch Oven«, erklärt Alex. »Damit kann man in der Wildnis so gut wie alles kochen und backen.«

Nach einem allgemeinen »Guten Appetit« herrscht erst mal Stille und wir genießen das Essen, das wirklich ausgezeichnet schmeckt.

Kiki, Fabienne und ich sitzen mit dem Rücken zum Waldrand, sodass wir den Sonnenuntergang über dem Tal beobachten können.

»Das ist ja ganz schön romantisch«, sagt Fabienne leise.

Ich nicke. »Finde ich auch.«

Beide schauen wir automatisch zu Kiki und warten auf einen frechen Spruch, aber sie lächelt nur.

»Was habt ihr denn?«, fragt sie, als sie unsere Blicke bemerkt.

»Findest du den Sonnenuntergang auch romantisch?«

»Und wie.«

»Heißt das, wir drei sind uns wirklich mal einig?« Ich bin geplättet.

Wir schauen uns verblüfft an.

»Ich glaube, das gab's noch nie«, stellt Kiki fest.

Nach und nach sind alle mit dem Essen fertig und unterhalten sich über dies und das. Wo wir herkommen, was wir so machen …

Ich spähe immer mal zu Cody, aber möglichst unauffällig. Leider hat Marika sich neben ihn gesetzt und ihn in ein Gespräch verwickelt. Da sie uns gegenübersitzen, verstehe ich nicht genau, was sie sagen, aber ich schnappe ab und an Worte wie »Schauspielerin« und »Film« auf. Wahrscheinlich erzählt sie von ihrem glamourösen Leben als Filmstar, um Cody zu beeindrucken. Hm, ich bin nicht sicher, ob mir das gefällt.

Inzwischen kommt Benny mit einer Gitarre ans Feuer. O nee, denke ich erst, aber als er zu spielen beginnt, höre ich, dass er ziemlich gut ist.

In diesem Moment knufft Kiki mich in die Seite und reißt mich aus meinen Beobachtungen.

»Halt mal.« Sie drückt mir einen Emaille-Becher in die Hand, in den Fabienne jetzt Whiskey eingießt. Daraufhin stoßen wir an und trinken einen Schluck.

»Auf unseren tollen Urlaub!«

»Wow, ist der gut. Ist das ein Scotch?«, frage ich.

»Pst, nicht so laut! Mit schottischem Whiskey machen wir uns hier keine Freunde.« Fabienne zwinkert uns zu. »In Amiland wird ja nur Bourbon getrunken, da verstehen die keinen Spaß ... Aber: ja. Den habe ich aus einer kleinen Destillerie am Loch Ness mitgebracht.«

»Was hast du denn am Loch Ness gemacht?« Kiki guckt verblüfft.

»Ein Shooting. Die Farben sind da besonders intensiv, das gibt tolle Fotos.«

Ich schüttele den Kopf. »Fabienne, ich bewundere dich. Wo du schon überall gewesen bist ...«

»Aber hier oben war ich definitiv noch nicht.« Fabienne lacht.

»Ist ja auch ganz schön abgelegen«, sagt Kiki.

»Manchmal denke ich, das muss dir doch irgendwann zu viel werden, immer unterwegs zu sein«, sage ich.

Fabienne seufzt. »Reisen ist schön, und ich verdiene ja auch sehr gut. Aber ich habe das Gefühl, ich möchte nicht überall nur durchreisen, sondern auch mal irgendwo ankommen.«

»Du Arme!« Kiki grinst. »Musst dauernd Schampus im Flieger trinken.«

»Andererseits ... Mit dem Job kann man sich einen schottischen Whiskey für hundertsechzig Pfund die Flasche gönnen.« Fabienne grinst und schenkt uns noch mal nach.

Ich gucke in meinen Becher. »Willst du damit sagen, wir trinken hier gerade einen Hundertsechzig-Pfund-Whiskey aus *Emaille-Bechern*?«

Fabienne zuckt die Schultern. »Ich denke, das schadet ihm nicht. Ich hatte ihn eigentlich für meine Berliner Dachterrasse gekauft, aber vielleicht passt sein Aroma sogar besser hierher ans Lagerfeuer.«

Kiki schüttelt den Kopf. »Wenn du verschiedene Sorten teuren Whiskey für verschiedene Orte hast, bist du ein echter Snob.«

»Das nennt man Stil, meine liebe Kiki«, sagt Fabienne lächelnd.

»Nun hört schon auf«, mische ich mich ein. »Was ihr beide damit meint, ist, dass der unheimlich lecker schmeckt.«

Wir trinken einen Schluck und genießen das unvergleichliche Aroma.

»Kiki, wir müssen übrigens noch mit dir reden«, sage ich nach einigen Momenten.

»Stimmt. Und zwar, bevor du es von den anderen erfährst.« Fabienne legt ihre Hand auf Kikis Arm.

»Hab ich was falsch gemacht?« Kiki guckt betreten.

»Nein, nein … nur dein Monty …«

»Auf den lass ich nichts kommen!«

»Er ist ja auch toll …«, stimme ich ihr zu.

»Allerdings!«

»Aber er ist eigentlich nicht wirklich ein Pferd … sondern ein Maultier«, sage ich schnell, um den Mut nicht noch zu verlieren.

»So, nun ist es raus!« Fabienne guckt so, als sei sie erleichtert, dass ich es ausgesprochen habe.

Kiki schaut zwischen uns beiden hin und her. »Und das bedeutet *was*?«

»Na ja …« Fabienne und ich sehen uns gegenseitig an.

»Ja, was bedeutet das eigentlich?«, fragt Fabienne und guckt mich an, damit ich die unangenehme Botschaft überbringe.

»Er ist eine Kreuzung zwischen Pferd und … Esel«, erkläre ich so vorsichtig wie möglich, um Kikis Gefühle nicht zu verletzen.

Kiki überlegt einen Moment, und innerlich wappne ich mich schon gegen eine heftige Schimpftirade. Aber Kiki zuckt die Schultern und grinst.

»Was auch immer er ist, er ist ganz zauberhaft.«

Fabienne und ich lehnen uns zurück und atmen tief durch. Das ist ja gerade noch mal gut gegangen.

»Und außerdem ist er viel hübscher als eure Pferde. Er ist so flauschig.« Kiki setzt einen schwärmerischen Gesichtsausdruck auf.

»Ja, wo die Liebe hinfällt«, meint Fabienne und schenkt uns noch mal nach.

Wir stoßen an. »Auf die Liebe.«

In diesem Moment steht Jeffrey vor Fabienne und reicht ihr die Hand. Sie guckt ihn ein wenig perplex an.

»Darf ich bitten?«

Im Hintergrund spielt Benny auf der Gitarre gerade ein schnelles Stück, das tanzbar klingt.

Fabienne lächelt. »Warum nicht?«

Sie steht auf und die beiden legen eine ziemlich gekonnte flotte Sohle auf die Bergwiese.

»Ist sie nicht toll«, flüstert Kiki mir zu. »Fabienne ist immer so souverän, sie lässt sich einfach nicht aus der Ruhe bringen.«

Ich nicke. »Das wirkt so. Ihr Beruf bringt das ja auch mit sich. Aber bist du sicher, wie es in ihrem Inneren aussieht?«

»Wieso, was meinst du damit?«

»Manchmal denke ich, dass wir bei ihr etwas übersehen. Sie ist immer so leise und sie nimmt sich oft zurück. Aber vielleicht ist sie im Herzen einsamer, als wir denken.«

»Tina, was willst du mir denn damit mitteilen? Du meinst sicherlich, ich bin nicht so leise …«

»Ach, Kiki.« Ich nehme sie in den Arm. »Du bist einzigartig. Du bist ein Schatz. Und ich hab dich sehr lieb.«

Kiki guckt mich verblüfft von der Seite an.

»Was ist denn los, Tina? So was Nettes hast du mir noch nie gesagt.«

Ich lache. »Das muss an der Lagerfeuerromantik liegen.«

»Oder am Whiskey«, spottet Kiki. »Wenn so was dabei rauskommt, solltest du öfter davon trinken.«

Ich schüttele den Kopf. »Hundertsechzig Pfund, das kann ich mir leider nicht leisten.«

»Och, dann war's das schon wieder mit den Nettigkeiten?«

Ich nicke. »Ich fürchte, ja.«

»Verdammt.«

Kiki kichert, aber dann nimmt sie mich in den Arm und drückt mich ganz fest.

Aus dem Augenwinkel beobachte ich, dass Cody aufsteht.

»Ich sehe mal nach den Pferden«, sagt er zu John und verschwindet in der Dunkelheit.

Marika erhebt sich kurz danach ebenfalls und verabschiedet sich aus der Runde. Na toll, das ist der Beweis, wahrscheinlich haben sie sich verabredet, so »ganz unauffällig«. Das hätte ich ja nicht gedacht, dass er gleich mit der Erstbesten anbändelt. Was bin ich doch für eine naive Kuh! Ich trinke noch einen großen Schluck Whiskey, verschlucke mich und bekomme einen Hustenanfall.

Nach ein paar Minuten kommt Fabienne zurück, erschöpft vom Tanzen.

»Ich muss unbedingt ein bisschen schlafen. Wie ist es mit euch?«

Kiki nickt. »Ich komme mit. Nicht, dass du auf dem Weg zum Zelt verloren gehst«, kichert sie.

»Ich sitze hier noch ein paar Minuten und genieße das Feuer und den Sternenhimmel«, sage ich. »Vor dem Badezimmer wird sich ja sowieso eine Zahnputzschlange bilden.«

Auch die anderen Gäste ziehen sich nach und nach zurück, und ich merke, dass mich die frische Luft, das Reiten und die Aufregung ganz schön müde gemacht haben. Außerdem muss ich den Schock mit Cody und Marika erst mal verkraften.

Schließlich sitzen am Feuer außer mir nur noch Andrea und Carsten, die sich auf ihren Klappstühlen zurückgelehnt haben und in den Sternenhimmel schauen. John, Alex und Bea sind im Küchenzelt verschwunden und klappern dort mit Geschirr, vermutlich waschen sie ab.

Ich will gerade aufstehen, um dann doch mal meine Zahnbürste aus dem Zelt zu holen und bald in meinen gemütlichen Schlafsack zu kriechen, als Cody aus der Dunkelheit ans Feuer zurückkommt.

Mein Herz setzt für einen Moment aus, weil er sich neben mich auf den freien Stuhl setzt.

»Na, wo hast du denn Marika gelassen?«, platzt es aus mir heraus.

Er blickt mich an und runzelt die Stirn.

»Keine Ahnung. Ich glaube, sie wollte duschen gehen. Sie hat darauf bestanden, dass Jeffrey und die Jungs sie begleiten, falls ihr ein Bär auflauert.« Cody grinst.

Ich bin sprachlos. Lag ich falsch oder redet er sich gerade raus?

»Ist das denn wahrscheinlich?«, frage ich. »Ich meine, dass ein Bär hinter dem Duschzelt auf uns wartet?« Ich lächele, um es wie einen Scherz klingen zu lassen, für den Fall, dass die Frage total bescheuert ist.

»Ich glaube kaum, bei all dem Lärm, den wir machen. Und den Geruch von Feuer meiden die Bären auch … Also eher nein.«

»Gut«, sage ich schon wieder und würde am liebsten noch etwas Geistreiches äußern, aber mein Kopf ist auf einmal so leer.

Also bin ich lieber still, und als Cody auch nichts von sich gibt, sitzen wir einfach da und starren eine Weile ins Feuer.

»Und, Tina, wie hat dir der erste Tag hier gefallen?«, unterbricht er plötzlich das Schweigen.

»Ehrlich gesagt, ich bin hingerissen«, höre ich mich antworten und beiße mir im gleichen Moment auf die Zunge. Schnauze, Tina, das ist viel zu dick aufgetragen!

Cody lacht leise. Der Schein des Feuers taucht seine Gesichtszüge in ein warmes Licht, und ich muss ihn schon wieder ansehen.

»Ja, die Landschaft hier kann einen ganz schön beeindrucken, nicht wahr?«

Ich nicke und danke im Stillen allen indianischen Geistern in diesem ominösen Geisterfelsen dafür, dass er offenbar nicht denkt, ich könnte ihn gemeint haben.

Cody nimmt sich einen Emaille-Becher, zieht die Lederhandschuhe an und holt die Kaffeekanne aus dem Feuer.

»Möchtest du auch einen?«

Ich weiß ganz genau, dass ich die ganze Nacht kein Auge zutun werde, wenn ich jetzt auch nur einen einzigen Schluck Kaffee trinke.

»Sehr gerne«, erwidere ich wie ferngesteuert.

Er gießt uns ein und stellt die Kanne wieder ins Feuer. Anschließend reicht er mir meinen Becher und wir trinken schweigend.

Über uns funkeln die Sterne am Nachthimmel so hell, wie ich sie niemals zuvor gesehen habe. Hingerissen zu sein erscheint mir in diesem Moment wie die Untertreibung des Jahrhunderts.

KAPITEL 11

»Meine Güte, das hier ist das Paradies«, schwärmt Fabienne, die gerade neben mir aus ihrem Zelt krabbelt. Ich strecke mich und lasse meinen Blick ins Tal schweifen. Ein Pferd wiehert, aus dem Küchenzelt höre ich das Klappern von Geschirr.

Ich nicke. »Ja, und wir sind mittendrin.«

Kiki kommt dazu und reibt sich den Rücken. »Aber mir hat keiner gesagt, dass man im Paradies so einen monströsen Muskelkater bekommt.«

»Du kannst gerne von meinem Melkfett haben.« Fabienne hält ihr die weiße Dose entgegen.

Kiki wirft ihr einen strafenden Blick zu. »Nie und nimmer schmiere ich mich mit so was Ekligem ein.«

Fabienne zuckt die Schultern. »Du weißt nicht, was du verpasst.«

»Ich weiß nicht, wie es euch geht«, sage ich, »ich habe jedenfalls Hunger.«

Alex ist gerade dabei, Holz nachzulegen. Die Kannen stehen schon im Feuer und es duftet herrlich nach Rauch und Kaffee.

»Guten Morgen. Na, wie habt ihr geschlafen?«, fragt sie.

»Ganz ausgezeichnet.«

»Frühstück ist fertig.«

»Ah, sind wir die Ersten?«

»Der frühe Vogel …«

»… ist besonders hungrig«, ergänzt Kiki.

Alex grinst. »Na, dann legt los, es steht alles auf dem Buffet. Und nach dem Frühstück könnt ihr euch auch schon Sandwiches für die Mittagspause schmieren.«

Auf dem Frühstücksbuffet gibt es Brot, selbst gemachte Marmeladen, Wurst, Käse, Obst und auch wieder die frisch gebackenen kleinen Brötchen aus dem Dutch Oven. Außerdem hat Bea Rührei, Würstchen und frische Waffeln aufgefahren, sodass ich mich fühle wie im Schlaraffenland. Wir nehmen uns Frühstück und setzen uns wieder ans Feuer.

Es schmeckt herrlich, und wir langen ordentlich zu, aber mir geht der gestrige Abend nicht aus dem Kopf. Ich schaue immer mal wieder auf, aber zu meiner Enttäuschung ist Cody nicht zu sehen. Wahrscheinlich kümmert er sich um die Pferde.

Nachdem ich mein Frühstück beendet habe, beschließe ich, mal nach Luke zu schauen, aber erst schreibe ich Lilli.

»Hallo, meine Kleine, na, gibt's was Neues von Opas Socken?«

Zu meiner Überraschung kommt sofort eine Antwort.

»Hanna hat sie weggeworfen.«

»Hahaha! Typisch Hanna. Und dann?«

»Sie hat ihm neue gekauft.«

»Und was sagt Opa?«

»Die sind anders als seine alten, er sagt, sie kratzen. Nun will er barfuß in die Schuhe.«

»Ach, komm.«

»Doch, echt. Wir vermissen dich.«

»Ich euch auch.«

Komisch, gestern hatte ich noch das Gefühl, dass mir meine Familie extrem fehlt. Heute Morgen kommt es mir schon gar nicht mehr so schlimm vor. Vielleicht ist es gar nicht so schlecht, mal eine Weile wegzubleiben.

Nach dem Frühstück gehe ich rüber zum Korral, wo John damit beschäftigt ist, die Pferde zu bürsten.

»Guten Morgen, Tina. Wie geht's?«

»Sehr gut. Ich wollte mal nach Luke sehen.«

»Och, der hat sich gerade ordentlich am Heu bedient. Willst du mir helfen?«

Ich nicke, und John wirft mir eine Bürste zu. Ich gehe zu Luke, der zunächst an der Bürste schnuppert, um sie ausgiebig zu untersuchen. Dann striegele ich sein Fell, das vom Liegen an einigen Stellen staubig und verklebt ist. Er scheint es zu genießen, denn er wackelt mit seiner Oberlippe hin und her, als wolle er ein imaginäres anderes Pferd kraulen. Und als ich seinen Hals bürste, wendet er sich mir zu und massiert voller Wonne meinen Arm mit seiner Oberlippe. Ich muss lachen, weil er dabei lustig aussieht.

Plötzlich spüre ich, dass Cody neben mir steht. Ich habe ihn noch gar nicht richtig gesehen, aber ich fühle seine Anwesenheit.

»Wie er das genießt.« Ich schiele zu Cody.

»Verständlich, oder?« Er grinst.

Wie meint er das? Im Allgemeinen, oder ist das eine Anspielung auf mich bezogen? Ich blicke ihn an, aber er hat sich schon abgewendet.

Wenig später kehrt Cody zurück, über dem Arm hat er mehrere Sattelpads, die unter die Sättel gelegt werden. Er reicht mir eins rüber und geht weiter zum nächsten Pferd. An dem Muster des Pads erkenne ich, dass es das von Luke ist, und lege es auf seinen Rücken, während er weiter sein Heu mümmelt.

Kurz darauf kommt Cody mit Lukes Sattel wieder.

»Soll ich ihn selbst satteln?«

»Gerne.«

Cody übergibt mir den schweren Westernsattel und kommt mir dabei so nahe, dass ich die Wärme seines Körpers spüre. Mir laufen reihenweise Schauer den Rücken herunter.

Bevor mir noch schwindelig wird und ich samt Sattel in den Sand sinke, stemme ich den schweren Westernsattel in die Höhe, um ihn über Lukes Rücken zu hieven. Vorsichtig lege ich ihn dort ab und korrigiere den Sitz des Sattelpads, damit später keine Falte in Lukes Rücken drückt.

Cody nickt mir kurz zu und geht einfach weg, um den nächsten Sattel zu holen.

Ich bin verdutzt. Bei den anderen Teilnehmern kommentiert er viel mehr, ob alles richtig sitzt, ob die Trense korrekt verschnallt ist, nur bei mir verliert er über solche Dinge kein Wort.

Was hat das zu bedeuten?

Heute ist es wärmer als gestern und ich versuche, mir auf dem Pferd die Jacke auszuziehen. Das ist gar nicht so einfach mit einer Hand, ohne die Zügel loszulassen. Aber schließlich habe ich es geschafft und verstaue die Jacke in meiner Satteltasche. Gut, dass wir Hüte aufhaben, sonst würden wir uns sicherlich einen Sonnenbrand einfangen.

Wir reiten einige Stunden durch eine großartige Landschaft. Ich staune, wie viele Täler es hier gibt, die man für die Wasserkraft nutzen könnte. Vor meinem geistigen Auge sehe ich lauter unterirdische Turbinen, die sauberen Strom erzeugen, während man oberirdisch fast gar nichts von ihnen erkennt. Was für eine tolle Technologie, denke ich gerade, als Alex sich an die Spitze der Gruppe setzt und Cody sich zurückfallen lässt, bis er neben mir reitet.

Luke geht daraufhin ein bisschen schneller und ich wundere mich. Sollte er wirklich merken, dass mich Codys Anwesenheit nervös macht? Ich muss an meine Reitlehrerin denken, die mich oft ermahnt hat, an meine Bauchatmung zu denken. Wie um alles in der Welt können die Pferde durch den Sattel hindurch merken, ob ich in den Bauch atme oder nicht? Aber immer wieder hat sich das bestätigt, also ahne ich, dass das jetzt der Grund ist.

»Na, alles in Ordnung?« Cody mustert mich aufmerksam.

»Ja, es macht wirklich Spaß. Wie alt ist Luke eigentlich?«

»Vier. Er hat gerade erst seine Grundausbildung hinter sich.«

»Trainierst du die Pferde selbst?«

»Ja, das meiste lernen sie ganz nebenbei. Bei kleineren Gruppen lassen wir immer mal ein Jungpferd mitlaufen. So lernen sie die Berge kennen, bevor wir sie anreiten.«

»Das scheint ja gut zu funktionieren.«

»Gibt es in Deutschland eigentlich auch Westernpferde?«

»Ja, klar. Quarterhorses, Paints ... und Appaloosas.«

Cody guckt erstaunt. »Das wusste ich gar nicht.«

»Deutschland ist vielleicht kleiner als die USA, aber deshalb sind wir noch lange keine Hinterwäldler.«

»Und offensichtlich seid ihr nicht auf den Mund gefallen.« Cody grinst. »Aber wenn ich an Deutschland denke, denke ich nicht unbedingt ans Westernreiten.«

»Sondern?«

»An Lederhosen, Oktoberfest ... und Kuckucksuhren.«

Ich lache. »Das gibt es nur ganz im Süden. Bei uns im Norden würde niemand Lederhosen tragen.«

»Auch kein Dirndl?« Cody zieht demonstrativ ein bedauerndes Gesicht.

Ich hole Luft, um mich über die Anspielung aufzuregen, aber da sehe ich es wieder um seine Mundwinkel zucken.

Ich grinse. »Eine Frau im Dirndl, das hättest du wohl gerne.«

Er lacht. »Das sieht doch toll aus. In Salt Lake City gibt es ein großes Oktoberfest, da tragen die Frauen alle Dirndl.«

Inzwischen schließen Fabienne und Kiki zu uns auf.

»Ein Oktoberfest in Salt Lake City?«, frage ich.

Cody nickt. »Es leben viele Einwanderer aus Deutschland hier in der Gegend. Und die lassen sich das nicht nehmen. Geht ihr denn zum Oktoberfest?«

Fabienne schüttelt vornehm den Kopf. »Zu viele Leute für meinen Geschmack.«

»Ich war schon mal da, aber danach hatte ich ordentlich Kopfschmerzen.« Kiki verzieht das Gesicht bei dieser Erinnerung.

Wir lachen.

»Das wusste ich ja gar nicht.« Ich runzele die Stirn.

»Ist auch besser so. Ich bin nicht auf alles stolz, was ich da getan habe.« Kiki schmunzelt in sich hinein.

»Erzähl mal.« Fabienne knufft sie in die Seite.

»Auf keinen Fall. Das flüstere ich vielleicht in Montys lange Ohren, aber für eure ist das nichts.«

Cody lacht, lässt sein Pferd antraben und setzt sich wieder an die Spitze der Gruppe.

»Schick, schick!« Kiki schaut Cody nach.

»Hm, wenn du Zeit hast, nach Männern zu gucken, geht es dir offenbar gut auf deinem Monty?«, fragt Fabienne.

»Es könnte nicht besser sein«, gibt Kiki zurück. »Vor allem mein Schaffell ist spitze. Ich sitze wie auf einem Sofa.«

Als wir zurück ins Camp kommen, ist es später Nachmittag. Wir haben noch zwei Stunden Zeit bis zum Abendessen.

»Wer hat Lust, Lasso werfen zu üben?« Alex hält demonstrativ ein Lasso hoch und wir gehen zu ihr. »Ein echter Cowboy muss ein Rind mit einem Lasso fangen können. Oder wenigstens ein Kalb für den Anfang.«

»Und gilt das auch für Cowgirls?«, erkundigt sich Kiki.

»Allerdings. Das ist der Eignungstest.«

143

»Ah, so etwas wie ein Ostfriesen-Abitur in den Rockies.«
Kiki kichert.

Die beiden Schwedinnen scheinen nicht besonders begeistert zu sein, denn sie setzen sich abseits in die Sonne, aber die drei Amerikaner sind sofort Feuer und Flamme.

»John macht es euch vor.« Alex übergibt das Lasso an John.
Der baut sich vor uns auf und räuspert sich.

»Also, das geht so. Ihr fasst das Lasso hier, lasst es über eurem Kopf kreisen, um Schwung zu holen. Wenn der richtige Moment gekommen ist, werft ihr es mit Schwung in die Richtung. Habt ihr getroffen, zieht ihr es fest. So.«

John zeigt uns, was er meint, und fängt einen der Klappstühle, die am Feuer stehen. Tatsächlich sieht das ganz einfach aus.

»Na, das sollte doch machbar sein«, meint Fabienne.

»Aber wir sollten vielleicht den Stuhl vom Feuer wegholen«, sage ich. »Sonst gibt es ganz schnell mal ein Röst-Lasso.«

Kiki und Fabienne kichern und wir schnappen uns einen Klappstuhl, den wir weit genug entfernt aufstellen. John verteilt Lassos und dann üben wir.

Schon bei meinem ersten Versuch merke ich, dass das alles andere als einfach ist. Das Material des Lassos ist überraschend fest, und beim Schwingen des Lassos über meinem Kopf haue ich es mir schon bald an die Stirn. Das tut so weh, dass ich beschließe, in Zukunft besser aufzupassen.

John geht zwischen uns Lasso schwingenden Gästen herum und erklärt die richtige Handhaltung. Es dauert eine ganze Weile, bis wenigstens das Kreisen über dem Kopf einigermaßen klappt.

Danach kommt das Werfen. Und wenn das Kreisenlassen schon schwierig war, ist das Werfen die Hölle. Sobald man nicht in genau dem richtigen Moment loslässt, landet die Schlinge irgendwo weit weg von ihrem Ziel.

So kichern und fluchen wir eine ganze Weile; vereinzelt ist immer noch ein »Aua« zu hören, wenn mal wieder jemand das Lasso an den Kopf gekriegt hat. Aber nach einer Weile ertönen auch erste Freudenschreie.

Bei uns ist Kiki die Erste, die endlich den Klappstuhl trifft.

»Ich hab ihn, ich hab ihn!«

Kiki macht einen kleinen Freudensprung und wir klatschen Beifall.

»Du bist unsere Lassofee«, lobt sie Fabienne. »So, komm, Tina, das können wir nicht auf uns sitzen lassen.«

»Genau. Das schaffen wir auch.«

»Nur zu«, sagt Kiki lässig, »das schafft ihr sowieso nicht.«

Wir üben und üben, aber wir werfen entweder daneben oder zu weit, zu flach, zu schräg … Doch dann endlich scheine ich die ideale Flugbahn erwischt zu haben.

Das Lasso fliegt, und die Schlaufe segelt durch die Luft, schwebt hernieder und ist schon fast über dem Klappstuhl, doch in diesem Moment kommt Cody mit einem Armvoll Feuerholz vorbei. Ich halte die Luft an … und das Lasso verfehlt ihn nur um Haaresbreite.

Cody guckt verdutzt.

»Ähm, entschuldige bitte, dass ich dich fangen wollte«, stammele ich und ernte einen Sturm Gelächter von den anderen.

»Das ist ja bedenklich, offenbar hältst du mich für ein Rindviech«, sagt Cody und lacht. Schlagfertig ist er also auch.

»Oder für einen Klappstuhl«, prustet Kiki, und wieder lachen wir alle.

Wir haben noch eine Weile Spaß beim Üben. Bald fange ich endlich meinen ersten Klappstuhl. Ein Rind einzufangen, das sich auch noch bewegt, erscheint mir allerdings ziemlich unmöglich.

Ich beobachte Kiki und Fabienne, wie sie mit den Lassos hantieren und sich amüsieren. So wohl wie hier habe ich mich selten in meinem Leben gefühlt.

Noch schöner könnte es nur noch sein, wenn ich mal etwas Zeit mit Cody allein verbringen könnte. Ich würde ihn zu gerne näher kennenlernen. Worüber denkt er nach? Was interessiert ihn? Wie sieht er die Welt? Und was denkt er von mir?

Vielleicht sollte ich das langsam mal herausfinden.

Ich schlendere zu ihm rüber und setze mich auf einen freien Klappstuhl am Feuer.

»Und, Cody, wie geht es dir?«

»Danke, ganz okay«, antwortet er, aber es klingt nicht sehr überzeugend. Hoffentlich nerve ich ihn nicht. Ich warte einen Moment, ob er noch etwas sagt, aber er schweigt.

Vielleicht sollte ich das Gespräch langsam mal darauf lenken, dass ich nach der Reittour hier in der Nähe bleiben werde.

»Ich finde die Gegend ja wirklich schön hier …«

In diesem Moment kommt Marika zu uns rüber, setzt sich auf die andere Seite neben Cody und fährt mit der Hand durch ihr langes blondes Haar. Einen Moment lang will ich schon wieder aufstehen und gehen, aber das würde jetzt auch merkwürdig aussehen.

»Cody«, flötet Marika, »sag mal, wie bist du denn eigentlich dazu gekommen, so eine Ranch zu betreiben? Ich meine, das ist ja ein ganz schön … exotischer Beruf.«

Cody runzelt die Stirn. »Ich bin hier aufgewachsen. Ich finde das ganz normal.«

»Ach, deshalb machst du das so … souverän.« Sie klimpert wieder mit den Augen.

»Danke. Aber ihr seid ja auch nette Gäste.«

Wenn das so weitergeht, ergehen sich die beiden in gegenseitiger Bewunderung, während ich stumm dabeisitze.

»Und hast du noch Geschwister?«, frage ich, um überhaupt mal etwas zu sagen.

»Ja, einen Bruder.« Das klingt so schroff, als wolle er mir mitteilen, dass mich das nichts angeht. Er trinkt seinen Becher leer und steht auf. »Gute Nacht.« Damit verschwindet er in der Dunkelheit.

Ich schaue ihm verblüfft nach.

Marika sieht mich von der Seite an.

»Na toll«, sagt sie und verdreht die Augen, als ob ich etwas falsch gemacht hätte, steht ebenfalls auf und geht ihm hinterher.

Cody

Wieso klingelt mein Telefon, und dann auch noch um diese Zeit? »Debbie« steht auf dem Display. Was um alles in der Welt will sie von mir?

»Hallo, Debbie.«

Ich höre sie am anderen Ende der Leitung weinen.

»Debbie, was ist denn los?«

»Mitch ist weg«, schluchzt sie.

»Schon wieder?«

»Dieses Mal für immer. Seine ganzen Sachen sind weg … alle Schränke sind leer.« Wieder schluchzt sie. »Und er hat meinen Schmuck mitgenommen.«

»Der Mistkerl! Das tut mir leid, Debbie.«

Was kann ich sagen, um sie zu trösten? Dass sie zehn Jahre mit einem miesen Typen verschwendet hat, der auch noch mein Bruder ist? Das ist vermutlich nicht sehr hilfreich.

»Debbie, hör zu. Bestimmt überlegt er es sich noch anders. Er wird wiederkommen. Und wenn ich ihn treffe, werde ich ihm ordentlich den Kopf waschen.«

»Danke.« Debbie schnieft in den Hörer. »Ich wollte nur, dass du das weißt. Mach's gut, Cody.«

»Ja, du auch.«

Nach dem Anruf von Debbie kann ich nicht einschlafen. Ich versuche es stundenlang, aber es hat keinen Zweck. Also stehe ich wieder auf, ziehe mir etwas über und gehe zu den Pferden. In ihrer Nähe zu sein beruhigt mich.

Aber dieses Mal kreisen meine Gedanken weiter. Was mache ich, wenn das REO mich tatsächlich zwingen kann, die Ranch zu verkaufen? Dann müsste ich John, Alex und Bea entlassen und die Pferde verkaufen. Und wovon soll ich leben? Nicht auszudenken …

Und heute war ich sogar unfreundlich zu den Gästen, das ist mir vorher noch nie passiert. Offenbar gehen langsam meine Nerven mit mir durch. Ich habe Tina einfach so stehen lassen, nur weil sie mich nach Mitch gefragt hat.

Vielleicht sollte ich mich bei ihr entschuldigen und ihr alles erklären. Andererseits bringt das auch nichts, ich will sie ja nicht mit meinen Problemen belasten. Vielleicht sage ich am besten gar nichts. Schließlich soll sie ihren Urlaub genießen …

Ich gebe es zu, es macht mich irre, dass sie dauernd an ihrem Smartphone hängt. Anscheinend kann sie keinen Tag ohne Liebesbotschaften aus der Heimat durchhalten. Aber was geht es mich an? Bin ich etwa eifersüchtig? Ach Quatsch, ich bin einfach nur gestresst.

KAPITEL 12

Heute Morgen dürfen wir unsere Pferde selbst satteln, Cody und John überprüfen nur, ob alles richtig sitzt und die Sattelgurte genügend festgezogen sind.

Cody sieht müde aus. Am liebsten möchte ich ihn fragen, was los ist. Aber wer weiß, vielleicht hat er die Nacht damit verbracht, sich von Marika trösten zu lassen, und hat deshalb jetzt solche Augenringe.

Die Gäste stellen sich beim Satteln mehr oder weniger geschickt an. Mit klammheimlicher Freude sehe ich zu, wie Marika sich abmüht, den schweren Westernsattel aufs Pferd zu wuchten. Sie will ihn mit Schwung auf den Pferderücken hieven, aber in diesem Moment tritt ihr Pferd einen Schritt beiseite und sie lässt den Sattel zu früh los, sodass er im Staub landet.

»Verdammt!« Marika stampft mit dem Fuß auf und bemerkt meinen Blick.

»Was denn?«, zischt sie mir zu.

Ich lächele. »Soll ich dir helfen?«

»Vielen Dank, kein Bedarf!«

Offenbar ist sie wütend. John kommt dazu, um ihr zu helfen, und sofort schaltet sie wieder auf charmante junge Frau.

Ich zucke die Schultern und führe Luke auf die Lichtung zu den anderen, um aufzusteigen, als wir plötzlich von einem Knall zusammenzucken.

Alex verdreht die Augen.

»Jäger«, stöhnt sie.

»Ja, es ist Jagdwochenende, wir müssen daran denken, unsere Westen anzuziehen.« Cody kramt grell-orange Warnwesten aus einer Kiste hervor und verteilt sie an alle.

»Wozu das denn?« Ratlos betrachten wir die Westen.

»Wir wollen nicht, dass uns die Jäger mit Wild verwechseln.«

»Heute reiten wir nach Paradise Valley«, erklärt Alex, als wir uns auf dem Pferd um sie versammelt haben. »Darauf freuen wir uns immer besonders.«

»Aha, und was ist das Besondere daran?«

»Es gibt indianische Höhlenzeichnungen, die sind einzigartig in dieser Gegend.«

»In dieses Tal schafft man es nur zu Fuß oder mit dem Pferd. Nicht mal die Mountainbiker trauen sich hier runter.«

»Mit dem Hubschrauber kommt man überall hin«, widerspricht Jeffrey lässig. »Ich bin in solchen Canyons schon geflogen.«

Marika macht große Augen.

»Wir sind hier im Nationalpark, da sind Hubschrauber verboten.«

Codys Tonfall ist neutral, ich wundere mich, dass er nicht von Jeffreys Angeberei genervt ist. Aber Jeffrey gegenüber ist er gleichbleibend freundlich. Genervt scheint er nur von mir zu sein, so wie gestern Abend.

Nach einer Weile gelangen wir an einen Pfad, der durch einen schmalen Felsenkessel ins Tal hinunterführt. Er ist etwa zwei Meter breit und liegt voller großer Felsbrocken und Feldsteine.

Cody wendet sein Pferd, reitet uns ein Stück entgegen und wir halten an.

»Okay, das ist Paradise Valley, jetzt wird es etwas steinig. Ich möchte euch bitten, die Zügel lang zu lassen. Die Pferde kennen den Weg, sie wissen genau, wo sie langgehen müssen. Lasst euch einfach tragen.«

Alle nicken, und Cody kommt nach hinten zu uns.

»Kiki, sieht das für dich okay aus?«

Kiki nickt. »Na klar, Monty macht das schon.«

»Ja, er klettert wie eine Bergziege.«

Cody reitet zu mir und hält neben Luke und mir an. Er schaut mich an und seine Gesichtszüge sind jetzt ganz weich. Keine Spur mehr von Ärger.

»*Da* sollen wir mit den Pferden runter?«, frage ich leise, sodass es die anderen nicht hören können.

Cody nickt. »An einer Stelle müssen wir absteigen. Aber im ersten Teil ist noch alles gut.«

Ich sehe ihn an. Meine Zweifel sind mir offenbar ins Gesicht geschrieben.

Er zwinkert mir zu. »Vertrau mir.«

»Okay.« Ein intensiver Blick zwischen uns, und Cody reitet wieder zur Spitze der Gruppe. Oh, was war denn das jetzt auf einmal? In meinem Bauch kribbelt es. Es fühlt sich an wie ein kleines Geheimnis zwischen uns.

Nach einer Weile bergab wird es immer felsiger.

Ich bin erstaunt, wie gut die Pferde tatsächlich klettern können. Luke schaut sich den Weg vor ihm ganz genau an und setzt seine Füße sorgfältig.

Ich drehe mich zu meinen Freundinnen um. Kiki sitzt auf ihrem Maultier und hält sich am Horn fest, lächelt aber entspannt. Fabienne thront so elegant auf ihrem schwarzen Pferd wie eine Elfenkönigin. Ihre langen Haare wehen leicht in der aufkommenden Brise. Wie kann man sich in diese Frau nicht auf der Stelle verlieben?

Plötzlich hält Luke an. Vor uns steht das Pferd von Andrea, und ich sehe, dass auch die anderen Pferde angehalten haben.

Cody ruft von vorne. »So, hier müssen wir ein Stück zu Fuß gehen. Lasst die Pferde trotzdem ihren Weg selbst suchen. Passt nur auf, dass ihr vor ihnen bleibt, damit sie euch nicht auf den Fuß treten.«

Also steigen wir ab und klettern vorsichtig weiter.

So viel wie an Steinen und Felsen jetzt auf dem Weg liegt, da hätte ich es nicht für möglich gehalten, dass man hier mit Pferden unterwegs sein kann. An einigen Stellen müssen wir von einem riesigen Feldstein zum nächsten springen.

»Tatsächlich, wie eine Bergziege.« Kiki lacht, während sie sich nach Monty umsieht, wie er eine besonders schwierige Passage meistert.

Glücklicherweise ist dieser extreme Abschnitt des Weges nicht allzu lang und wir gelangen endlich auf den Boden des Tals, der mit Sand bedeckt ist.

»Puh, keine Felsen mehr in Sicht«, stelle ich fest, und Kiki und Fabienne nicken dankbar.

»Das war ganz schön anstrengend. Aber schaut mal, wie krass schön das hier ist.« Kiki deutet auf das Tal.

Eine wüstenähnliche Vegetation, Sand und Kakteen, das Tal ist eingerahmt von Felsen in allen möglichen roten, beige- und orangefarbenen Schattierungen. Über uns strahlt der Himmel tiefblau.

Irgendetwas an diesem Ort erscheint mir ungewöhnlich, aber noch zusätzlich zu den einzigartigen Farben. Ich überlege, was es ist, aber ich komme nicht drauf.

Während wir uns ein bisschen ehrfürchtig umsehen, kommt Cody zu uns nach hinten.

»Seid ihr okay?«

Wir nicken einträchtig, offenbar haben alle die Steinpassage gut gemeistert.

»Gut. Jetzt müssen wir noch ein bisschen Slalom reiten. Seht ihr die Kakteen, die so aussehen, als ob sie einfach so auf dem Sand liegen?«

Wir nicken.

»Reitet möglichst weiträumig drumherum. Sonst bleiben sie in den Pferdebeinen stecken.«

»Und dann?«, fragt Marika.

Cody grinst. »Es pikst, die Pferde bocken, und dann fällt man schon mal runter. Und danach müsst ihr die Pferde wieder einfangen und die Stacheln rausziehen.«

»Und bestimmt lachen sich dann alle schlapp«, sagt Kiki leise.

»Sehr wahrscheinlich«, gibt ihr Fabienne recht. »Gut, dass der Sandboden hier so tief ist, nur für den Fall der Fälle.«

»Aber ich reite trotzdem lieber um die Kakteen herum. Monty, so was wie Bocken, das machen wir doch nicht. Oder?« Kiki tätschelt ihm den Hals.

Cody sieht mich an. »Tina, könntest du am Ende der Gruppe reiten und aufpassen, dass keiner verloren geht?«

»Klar, kein Problem.«

»Wenn irgendwas passiert, rufst du, okay?«

Cody wirft mir noch mal ein Lächeln zu und setzt sich wieder an die Spitze der Gruppe.

Wir reiten los und alle richten ihre Blicke auf den Sandboden und die dort wachsenden Kakteen.

Allerdings scheint Luke das mit den piksenden Kakteen schon zu kennen, denn er läuft von selbst Schlangenlinien, um ihnen aus dem Weg zu gehen. Daher kann ich mich gemütlich tragen lassen und die Landschaft genießen.

Ich nutze die Gelegenheit, um die grandiosen Aussichten und die vor mir reitende Gruppe zu fotografieren.

Etwa nach einer Viertelstunde hält die Gruppe an. Wir sammeln uns um Cody und John. Wir sind am Ende des Tals angekommen. Vor uns erheben sich majestätische rote Felswände.

»Warum heißt das Paradise?«, will Marika wissen.

»Na, weil es so schön ist natürlich.« Der überhebliche Tonfall von Jeffrey lässt mich mit den Zähnen knirschen. Was für ein arroganter Schnösel!

Marika guckt beleidigt, aber Cody lächelt milde.

»Das könnte man denken. Aber die Cowboys früher hatten einen Sinn für Ironie. Daher sind Namen in dieser Gegend oft das Gegenteil von dem, was sie in Wahrheit sind.«

Wir schauen uns um. »Aber es ist wirklich paradiesisch schön hier«, meint Kiki, und plötzlich lächelt Marika sie zum ersten Mal an.

Cody nickt. »Das schon, aber im Sommer gibt es keinerlei Wasser, nur diese kleine Pfütze hier.«

Er deutet auf ein kleines Bassin unterhalb eines überhängenden Felsens, in dem sich etwas Wasser gesammelt hat, das aber ziemlich trübe aussieht. Dies mag mal ein kleiner Teich gewesen sein, jetzt erinnert es allerdings mehr an eine matschige Pfütze.

»Im Winter, wenn hier Schnee liegt, ist das Tal nicht ganz so unwirtlich. Die Tiere können dann Schnee fressen, wenn sie Durst haben.«

Wie zur Bestätigung trinkt Codys kleiner Hund Ernie ein paar Schlucke aus der Pfütze, aber er sieht nicht sehr begeistert aus. Wahrscheinlich schmeckt das abgestandene Wasser nicht besonders.

»Das reicht nicht für die Pferde, die müssen mit dem Trinken warten, bis wir wieder zurück sind.«

Und plötzlich weiß ich auch, was in diesem Tal anders ist als sonst hier oben in den Bergen.

Ich will schon in die Runde fragen, ob ich mich täusche, aber verkneife es mir. Ich werde die Gelegenheit nutzen, Cody alleine darauf anzusprechen. Vielleicht kann ich die Stimmung zwischen uns weiter verbessern.

Jetzt deutet Cody auf die Felswand. »Die indianischen Zeichnungen befinden sich in der Höhle hier und überall an den Felswänden.«

Wir steigen ab und gehen näher ran. Tatsächlich sind auf dem Gestein etliche indianische Felsmalereien zu erkennen: verschiedenste Tiere, Pflanzen und Menschen. Staunend gehen wir umher und machen Fotos, während die Pferde uns dabei zusehen. Hier auf dem Sandboden haben sie natürlich kein Gras, das ihnen die Wartezeit versüßen könnte.

»Und wenn ihr in diese Felsspalte da hinten reinklettert, gibt es noch etwas Einzigartiges: die Wand der hundert Hände. Aber da ist es sehr schmal, das ist nichts für Leute mit Angst vor engen Räumen.«

»Oh, dann lasse ich das besser«, entscheidet sich Fabienne.

Die anderen Gäste zieht es in die Höhle, und sie drängen sich am Eingang. Ich beschließe, mir zunächst die hundert Hände anzusehen, und quetsche mich in den schmalen Canyon, der nur knapp einen halben Meter Breite hat.

Kaum, dass ich ein paar Schritte zwischen den Felswänden geklettert bin, umgeben mich etliche Darstellungen von menschlichen Händen. Einige sind in Originalgröße, aber es gibt auch viele kleinere und auch einige, die viel größer sind. Ich schaue mich um und kann mich gar nicht sattsehen. Die Stimmen und das Lachen der anderen wehen nur in Fetzen herüber. Obwohl ich nur ein paar Meter von ihnen weg bin, fühle ich mich hier wie in einer eigenen, fernen Welt. Ich mache Fotos und freue mich, immer mehr Hände zu entdecken, selbst in den schmalsten Felsspalten wurden noch welche in den Felsen geritzt.

»Steckst du fest?«, höre ich plötzlich Codys Stimme hinter mir und drehe mich um. Er steht neben mir, und wegen des engen Canyons sind wir sehr nahe beieinander. Mein Herz klopft so laut, dass ich meine, die Felswände müssten das Echo zurückwerfen.

»Frechheit.« Ich lache. »So dick bin ich ja nun auch wieder nicht.«

Cody lächelt. »Nein, im Gegenteil. Aber an dieser Stelle ist tatsächlich schon mal einer unserer Gäste stecken geblieben.«

»Und dann?«

»Wir haben ihn hiergelassen, bis er abgemagert war und wieder rauskonnte«, sagt Cody, und die Lachfältchen erscheinen wieder um seine Augen herum. Ein Scherz, also scheint seine Stimmung heute besser zu sein.

»Haha. Aber mal im Ernst. Wie kam es zu diesen Zeichnungen?«

»Das waren die Fremont-Indianer. Ungefähr 700 nach Christus haben sie hier gelebt, irgendwann um 1200 sind sie verschwunden.«

Er macht eine Pause und ich habe den Eindruck, er möchte mir etwas mitteilen.

»Tina, wegen gestern Abend …«, fängt Cody leise an.

»Wo seid ihr denn?« Die Stimme von Marika unterbricht ihn. »Geht es hier noch weiter?«

Ich schwöre, wenn ich jetzt hier etwas an die Wände malen würde, wäre es keine Hand, sondern eine geballte Faust.

»Ja«, antwortet Cody über die Schulter zu Marika, »aber warte einen Moment, mehr passen hier nicht rein.«

Damit dreht er sich um und klettert aus dem Canyon.

Als ich ebenfalls aus dem Canyon zurück bin, will ich natürlich auch einen Blick in die Höhle werfen. An ihren Wänden finden sich ebenfalls zahlreiche Höhlenzeichnungen, aber hier gibt es keine Darstellung von Händen.

Nachdem ich mich umgeschaut und einige Fotos mit Blitzlicht gemacht habe, suche ich Cody. Er steht neben seinem Pferd und holt gerade seine Wasserflasche aus der Satteltasche. Ich gehe zu ihm und überlege fieberhaft, wie ich einen eleganten Einstieg finde, um an das Gespräch von vorhin anzuknüpfen.

»Etwas ist hier im Tal anders.« Wow, eine Meisterleistung an subtiler Gesprächsführung!

Cody guckt mich überrascht an.

»Aha. Und was?«

»Ich musste überlegen, was es ist, aber ich glaube, jetzt weiß ich es.«

Meine Güte, Tina! Ich bin versucht, mit dem Fuß aufzustampfen über meine eigene Blödheit, aber das habe ich gerade noch unter Kontrolle. Also lächele ich lieber.

»Die Stille«, sage ich. »Man hört überhaupt keine Vögel.«

Cody schaut mich einen Tick länger an als in einem normalen Gespräch üblich. »Das stimmt. Da es hier kaum Wasser gibt, existieren auch keine Insekten. Und sie fehlen als Nahrung für die Vögel.«

»Aha.« Okay, damit ist dieses Thema wohl erschöpft.

»Gibt es einen Grund, warum die Hände nur in dem schmalen Canyon sind?« Wieder so ein eloquenter Satz.

»Vermutlich ja, aber die Archäologen streiten darüber. Wahrscheinlich konnte der Künstler nur Hände, und sie haben ihn deshalb nur in der Felsspalte malen lassen.«

Wir lachen. Auf diese Weise löst sich auch meine Anspannung.

»Na, was macht ihr denn hier?«

Herrgott noch mal, Marika, was für ein Timing! Wir reagieren beide nicht sofort auf sie, sondern tauschen noch eine Sekunde lang einen Blick.

»Etwas an diesem Tal ist anders. Ist dir das aufgefallen?«, fragt Cody an Marika gewandt.

Sie sieht sich suchend um.

»Es ist alles voller Sand, meinst du das?«

Ich wende mich ab und gehe zurück zu den anderen, meine Nerven halten das nicht aus. Aber zumindest haben Cody und ich uns ein wenig angenähert. Ob er sich für gestern Abend entschuldigen wollte?

»Hast du ein bisschen mit ihm geflirtet?«, fragt Kiki, als ich bei ihr angekommen bin.

»Pst.« Ich lege einen Finger auf den Mund.

»Das heißt: *Ja*«, sagt Fabienne leise zu Kiki.

»Ruhe jetzt«, unterbreche ich sie. Beide grinsen.

Ich drehe mich zu Luke, um meine Wasserflasche aus der Satteltasche zu holen. Als es keiner sehen kann, muss auch ich lächeln. Obwohl ich mich unbeholfen und unsicher in Codys Nähe fühle, scheint er heute doch wieder zugänglicher zu sein. Vielleicht ist doch noch nicht alles verloren.

Auf dem Rückweg zum Camp kommen wir an einer gigantischen Gesteinswand vorbei, aus der große Brocken Fels und Sand herausgebrochen sind. Die einzelnen Gesteinsschichten sind gut zu erkennen.

Cody hält sein Pferd an.

»So, wir betreten jetzt wieder den Nationalpark. Ab hier gilt das Motto: Wir lassen nichts zurück, außer Fußspuren. Wir nehmen nichts mit, nur Fotografien. Also achtet bitte darauf, nichts wegzuwerfen, und nehmt auch keine Andenken mit.«

»*Andenken*?« Marika schnaubt leise und schaut sich um. »Was soll hier schon sein, außer einer Handvoll oller Steine?«

»Hm, offenbar entgeht ihr die subtile Schönheit der Natur«, flüstert Fabienne neben mir.

»Oder sie ist einfach genervt, weil ihr der Hintern wehtut.«
Kiki grinst, setzt sich betont gerade hin und trabt demonstrativ
lässig an Marika vorbei nach vorne.

Fabienne und ich folgen ihr, als Cody gerade vom Pferd
steigt und etwas aufhebt.

»Schaut mal hier.«

Wir bemühen uns, den kleinen schwarzen Gegenstand zu
erkennen, den er hochhält.

»Sieht aus wie eine Pfeilspitze«, meint Curt.

»Genau. Der Pfeil, zu dem sie mal gehörte, ist längst ver-
wittert, aber das Gestein bleibt. Hier können wir Mittagspause
machen. Wenn ihr euch umschaut, werdet ihr allerlei archäolo-
gische Fundsachen finden. Versteinerte Knochen und Schuppen
oder auch andere Dinge.«

Während wir im Gras sitzen und unsere Sandwiches essen,
sehen wir den Pferden zu, wie sie Gras rupfen.

»Ist das nicht herrlich? Braucht man eigentlich mehr als das
hier?«, frage ich.

Fabienne nickt langsam, das ist ein Zeichen dafür, dass sie
nachdenkt.

»Früher haben die Leute generell so gelebt. Dann gab es
den ganzen Fortschritt und den Überfluss, und heute müssen
wir auf so eine Tour gehen, damit wir erleben, wie schön es früher mal war.« Sie seufzt. »Das ist doch irgendwie absurd, oder?«

Ich lasse Fabiennes Worte eine Weile auf mich wirken. Ob
die Menschen früher glücklicher waren?

Auf dem Weg bergauf erreichen wir die Baumgrenze. Ab hier
gibt es nur noch Gras und vereinzelte Felsen.

Plötzlich halten alle an und schauen angestrengt in eine
Richtung. Einige holen Ferngläser aus ihren Satteltaschen. Und
dann sehe ich sie. Die Bisons! Mein Herz schlägt höher. Eine
Herde mit etwa zwanzig Tieren, darunter sind einige Kälber.

Durch das Fernglas beobachte ich ein Kalb, wie es bei der Mutter saugt.

»Das ist höchstens zwei oder drei Tage alt«, erklingt Codys Stimme neben mir, und mir läuft mal wieder ein wohliger Schauer über den Rücken. Ich reiche ihm das Fernglas und er schaut hindurch.

»Es sieht gesund aus. Schön, dass sie sich wieder so gut vermehren.«

»Sind sie denn gefährdet?«

»Gejagt werden sie nicht, aber sie gehen den Menschen aus dem Weg.«

»Ist vermutlich keine schlechte Idee«, überlege ich.

»Kommt ganz auf die Menschen an«, sagt Cody.

Ich werfe ihm einen Seitenblick zu und bemerke ein leises Zucken um seine Mundwinkel.

»Machen die Bisons da Unterschiede?«

»Da bin ich nicht sicher. Aber die Pferde. Nicht jedes Pferd kann mit jedem Reiter.«

Ich freue mich einen Moment, dass Luke und ich so gut miteinander zurechtkommen.

»Darf ich dich noch etwas fragen?«

»Na klar.«

Ich vergewissere mich, dass Kiki uns nicht zuhört.

»Dass Kiki und Monty gut zueinander passen, ist offensichtlich. Aber was hättest du gemacht, wenn nicht?«

»Ich war mir ganz sicher mit den beiden. Dafür habe ich einen sechsten Sinn.«

»Ah, du bist also von Beruf so etwas wie ein Maultierflüsterer«, sage ich und kichere.

Cody lacht leise. »Du bist ganz schön frech!« Dabei schaut er mich an, als ob ihm das gefallen würde.

KAPITEL 13

Die Pferde sind bereits gesattelt und mümmeln friedlich ihr Frühstücksheu.

Plötzlich höre ich das Geräusch eines Motors und wundere mich. Wer fährt hier oben in den Bergen herum? In hohem Tempo kommt ein vierrädriges Quad in unsere Richtung geschossen.

Auf dem Quad sitzt ein Mann in grüner Tarnkleidung mit einem Gewehr über der Schulter. Er bremst ab und schaut zu den Pferden hinüber. Ich frage mich gerade, was er wohl hier will, als er sein Gewehr von der Schulter nimmt und es in Richtung der Pferde anlegt. Ich halte das für einen makabren Scherz, aber als ich Alex schreien höre und sehe, dass sie vom Camp aus auf ihn zurennt, begreife ich, dass die Lage ernst ist.

»Stopp, stopp!«, brüllt Alex, »das sind Pferde!«

»Was?« Der Jäger schwankt ein wenig und versucht aber, sein Ziel ins Visier zu nehmen. Ich folge seinem Blick und erkenne … sein Ziel ist Luke, der gesattelt und nichts ahnend an seinem Heu steht.

Ohne zu überlegen, rase ich los.

»Halt! Mein Pferd! Nicht auf mein Pferd schießen!«

Ich renne so schnell, wie ich noch nie in meinem Leben gerannt bin.

»Pferd? Das ist ein Hirsch«, lallt der Jäger und zielt erneut.

In diesem Moment habe ich ihn erreicht, greife von der Seite nach dem Gewehrlauf und reiße ihn nach oben. Der Schuss knallt so laut in meinen Ohren, dass ich einen Moment denke, ich werde für den Rest meines Lebens taub sein.

Der Jäger torkelt rückwärts, stolpert über einen Stein und fällt auf den Hintern. Ich muss fast lachen, aber Alex und Cody, die uns jetzt außer Atem erreichen, lachen überhaupt nicht.

Alex zieht mich aus der Schusslinie beiseite, und Cody reißt dem Jäger das Gewehr aus der Hand. Er nimmt schnell die restlichen Patronen aus dem Lauf, bevor der verdutzte Jäger das mitbekommt.

Der Typ reibt sich das Hinterteil.

»Hab ich getroffen?« Mühsam rappelt er sich auf.

Ich sehe Cody an. Sein Gesicht ist vor Wut verzerrt und er ballt seine Faust. Ich denke schon, er haut dem Jäger eine rein, aber dann atmet er einmal sehr tief durch und wirft dem Jäger seine Flinte mit einer ärgerlichen Bewegung zu. Der fängt sie ungeschickt auf und fällt fast wieder hintenüber.

»Sei froh, dass der Schuss daneben ging«, knurrt Cody. »Sonst hättest du mir jetzt ein sehr teures Pferd bezahlen müssen.«

»Ein Pferd? Das ist ein Hirsch.«

Jetzt platzt Alex der Kragen. Sie packt den Jäger am Ärmel und zerrt ihn rüber zu den Pferden.

»Hey, lass das«, probiert der betrunkene Jäger, sich zu wehren, aber Alex ist in Rage und lässt sich nicht aufhalten.

»Hast du schon mal einen Hirsch gesehen mit einem Sattel auf dem Rücken?«, schreit sie ihn an.

Und jetzt bemerkt auch der Jäger trotz seines Alkoholpegels seinen Irrtum.

»Oh, stimmt«, lallt er. »Tut mir leid.«

Und damit torkelt er davon. Aber nach ein paar Schritten bleibt er stehen.

»Mein Auto. Wo ist denn mein Auto?«

Wir sehen ihm zu, wie er auf sein Quad klettert und es anlässt. Nach ein paar mühsamen Wendemanövern hat er es in Richtung Hauptweg bugsiert und fährt davon.

»Anzeigen sollte man den Mistkerl!«, schnaubt Alex.

Cody wendet sich mir zu.

»Tina, bist du verletzt?« Mit einer heftigen Bewegung reißt er mich in seine Arme, wie um sich zu vergewissern, ob wirklich alles gut gegangen ist. »Einem besoffenen Jäger vor die Flinte zu laufen, das war sehr unvernünftig!«

»Ich weiß.« Ich spüre die Wärme seines Körpers, atme seinen Duft ein und bekomme weiche Knie. Kommt das von dem Schreck oder davon, dass er mich festhält? Und warum riecht er bloß so gut?

»Und sehr mutig«, sagt Cody leise in mein Ohr. »Aber mach das bitte nie wieder, es wäre nämlich sehr schade um dich.«

Hastig löst er sich von mir, dreht sich abrupt um und geht zu den Pferden.

Ich blicke ihm einen Moment nach und weiß nicht, was mich mehr aufwühlt, die Szene mit dem Jäger oder die unerwartete Nähe zu Cody. Nachdenklich gehe ich zu den anderen zurück, aber Kiki und Fabienne kommen mir schon entgegengelaufen.

»Bist du verrückt geworden?« Kiki reißt mich ebenfalls in ihre Arme.

»Tina, du hättest tot sein können.« Fabienne boxt mich in die Seite, die Stirn in vorwurfsvollen Falten.

»Sollte ich vielleicht zulassen, dass er Luke erschießt? Oder eins der anderen Pferde?«

Aber ich klinge schon nicht mehr ganz so mutig. Mein Adrenalinspiegel sinkt und ich merke jetzt erst, wie mir die Knie schlottern.

»Du bist ja ganz blass!«, ruft Fabienne. »Komm, setz dich mal einen Moment.«

Es tut wirklich gut, sich zu setzen. Fabienne reicht mir eine Wasserflasche, aber in diesem Moment kommt Alex zu uns und gibt mir einen Flachmann in die Hand.

»Hier, in so einem Moment brauchst du was Stärkeres.«

Ich trinke einen großen Schluck Hochprozentiges.

»Danke. Das tut gut. Hast du den immer dabei?«

Alex zwinkert mir zu. »Hier oben weiß man nie, wann man den mal braucht.«

Energisch klopft sie mir auf die Schulter. »Gut gemacht.«

Ich nehme noch einen Schluck aus der Flasche und beruhige mich so langsam.

Cody kommt dazu. »Können wir?«

»Na klar.« Ich stehe auf und fühle mich noch ein wenig wackelig auf den Beinen.

»Tina, willst du heute lieber im Camp bleiben?« Alex zieht die Stirn in Falten.

»Auf keinen Fall! Ich werfe mich doch nicht in die Schussbahn, um Luke zu retten, damit er dann einen freien Tag hat.«

Alle lachen befreit über meinen Scherz. Die Erleichterung darüber, dass die Szene gut ausgegangen ist, steht allen ins Gesicht geschrieben.

Auf der heutigen Tour reiten wir an einem See vorbei, der still am Fuße eines Berges liegt und von Bäumen eingerahmt ist. Während ich meinen Blick schweifen lasse, entdecke ich etwas am anderen Ufer. Erst denke ich, es ist ein Bär, der auf zwei Beinen steht, aber bei genauerem Hinsehen ist es ein Mann. Ein sehr großer Mann, und er ist in eine Art Decke gehüllt. Er steht bewegungslos da und schaut zu uns herüber.

Ich lasse Luke antraben und reite nach vorne zu Cody.

»Am anderen Seeufer steht jemand und beobachtet uns.«

Cody dreht kaum merklich den Kopf und schaut hinüber.

»Das ist Navajo, zumindest nennen ihn alle so. Er lebt hier draußen.«

»Hier, in den Bergen?«

Cody nickt.

»Hat er eine Hütte oder ein Haus?«

»Nein, ich glaube nicht. Ehrlich gesagt, ich weiß gar nicht, ob er eine feste Bleibe hat. Ich begegne ihm alle paar Wochen mal, aber er ist sehr eigen.«

»Inwiefern?«

»Er spricht nicht viel. Ich denke, er mag Menschen nicht besonders.«

Eine Weile reiten wir schweigend nebeneinander. Ich grübele darüber nach, was Cody gesagt hat, und vergesse fast, dass die anderen noch da sind.

»Es ist doch merkwürdig«, sage ich nach einer Weile. »Wir machen uns doch meistens gar keine Gedanken, warum wir Menschen mögen oder nicht.«

Cody schaut mich von der Seite an.

»Aber das ändert sich, wenn wir schlechte Erfahrungen machen.«

»Oder gute.«

Cody scheint nachzudenken. Plötzlich hält er sein Pferd an und ruft den anderen zu: »Wir machen hier Mittagspause.«

Wir steigen ab und ich löse Lukes Sattelgurt. In dem Moment wendet Cody sich mir wieder zu.

»Um jemandem zu vertrauen, braucht es viele gute Begegnungen. Aber es reicht eine schlechte Erfahrung ... ein Verrat, und die Zuneigung ist zerstört.«

Er schaut hoch in die Berge, und ich ahne den Schmerz in seinem Blick.

»Es kommt darauf an ...«

»Worauf?« Jetzt sieht er wieder mich an.

»Ob der andere die Absicht hatte, dich zu verraten. Ob es ihm bewusst war.«

Cody lässt seinen Blick über das Tal schweifen. Nach einer Weile nickt er.

»Wahrscheinlich hast du recht. Vielleicht darf man nicht fragen, was die Menschen tun, sondern warum.«

Er lächelt noch einmal in meine Richtung, dann geht er zu den anderen.

Ich hole mein Lunchpaket aus Lukes Satteltaschen und sehe ihm nach. Sein Duft, seine Stimme, seine ganze Erscheinung lösen bei mir einen ganzen Wirbelsturm an Gefühlen aus. Und ich habe den Eindruck, dass er tiefergehende Themen auf dieser Tour nur mit mir bespricht. Oder bilde ich mir das nur ein?

Während Bea im Küchenzelt mit Töpfen und Pfannen klappert, helfen Fabienne, Kiki und ich Alex dabei, Salat für das Abendessen zu schnippeln. Kurz darauf kommt auch Marika dazu. Da Cody schon eine Weile nicht zu sehen ist, dachte ich, sie hätte sich wieder an seine Fersen geheftet. Sie nimmt sich einen Kaffee aus der Kanne und guckt uns beim Schnippeln zu.

Alex kommt noch mal auf die Szene mit dem Jäger zu sprechen.

»Die ballern auf alles, was sich bewegt«, schimpft sie und schüttelt den Kopf.

»Was für Idioten!«, schnaubt Fabienne.

»Jedes Jahr werden hier oben zehn oder zwanzig Kühe erschossen«, berichtet Alex. »Manche Rancher schreiben auf ihre braunen Kühe sogar mit weißer Farbe ›Kuh‹, damit sie nicht verwechselt werden.«

Ich muss lachen bei der Vorstellung, wie ein Rancher mit Pinsel und Farbeimer hinter seinen Kühen herläuft.

»Unglaublich«, sage ich und denke an den Morgen zurück. Aber die Erinnerung an die Szene mit dem Jäger verblasst gegenüber dem Moment, in dem Cody mich in die Arme genommen hat.

Ich betrachte das Farbspiel, das der Sonnenuntergang in die Felsen im Tal zaubert.

»Wie heißt eigentlich dieses bunte Felsengebiet da unten?«, fragt Fabienne in diesem Moment, als ob sie meine Gedanken erraten hätte.

»Das ist das Capitol Reef, das Land des schlafenden Regenbogens. Die Indianer sagen, er schläft hier, wenn er nicht gerade am Himmel erscheint.«

Ich schaue über das Tal und bin immer noch so beeindruckt wie am ersten Tag.

»Man erzählt sich, der Regenbogen sei auf der Suche nach einer Heimat gewesen und überall am Himmel erschienen, um sich die Welt von oben genau anzusehen. Aber die Menschen dachten, er sei wertlos. Zwar hübsch anzuschauen, aber sonst zu nichts zu gebrauchen.«

»Wie Marika«, flüstert Kiki mir ins Ohr.

»Du bist gemein«, wispere ich, aber ich muss doch grinsen.

»Das machte den Regenbogen unglücklich, und viele Monate war er gar nicht mehr am Himmel zu sehen. Doch als er einmal über dem Capitol Reef aufleuchtete, waren die Navajos entzückt. Sie dankten ihm, dass er sie mit seiner Schönheit bezauberte, und verehrten ihn. Da entschied sich der Regenbogen, dass er hier wohnen wolle. Er ließ sich im Capitol Reef nieder und tauchte die Felswände in Tausende von Farbtönen. Und seitdem nennt man diese Gegend eben das Land des schlafenden Regenbogens.«

Ich bin sonst nicht sehr gefühlsduselig und vielleicht ist es nur das Lagerfeuer oder die grandiose Natur oder alles zusammen, aber ich bin ergriffen von der Geschichte.

In diesem Moment reißt mich ein »Ping« in meiner Tasche aus meinen Gedanken. Ich lese die Nachricht von Lilli.

»Opa hat jetzt Blasen an den Füßen :D«

»Geht er wirklich nur noch barfuß in seinen Schuhen?«, tippe ich.

»Ja!«

»Was für 'n Sturkopf.«

»Echt. Hanna musste ihn zum Arzt fahren.«

»Wegen Blasen am Fuß? Was für ein Weichei.«

»Hanna meint, er wollte in Wahrheit nur so Medizin abholen.«

»Was schluckt er denn?«

»Keine Ahnung. Aber seine Laune wird dadurch nicht besser.«

»Oder vielleicht wäre sie ohne Medizin noch schlimmer?«

Während ich tippe, dringt die Stimme von Marika in mein Bewusstsein.

»Musst du eigentlich dauernd mit deinem Smartphone rumspielen, selbst hier mitten in der Wildnis?«

»Meine kleine Schwester schreibt mir«, sage ich so sanft, wie ich kann. »Sie ist erst zwölf, und sie vermisst mich.«

»Aber das nervt …«

Ich lächele sie an. Ich habe keine Lust auf Diskussionen und stehe deshalb auf und gehe ein paar Schritte durch das angrenzende Wäldchen.

Während ich tippe, konzentriere ich mich darauf, nicht über die Baumwurzeln am Boden zu fallen.

Ich durchquere das kleine Wäldchen zum Korral, wo John und Cody dabei sind, Heu an die Pferde zu verteilen.

Cody dreht mir den Rücken zu.

»Vergiss es«, sagt er plötzlich laut, und jetzt erst sehe ich, dass er telefoniert. »Nein, kommt überhaupt nicht infrage. Ich habe dir gesagt, dass ich das nicht mache, und dabei bleibt es!«

Er klingt ärgerlich und drückt das Gespräch einfach weg.

In diesem Moment dreht er sich um und steht mir direkt gegenüber. Auf seiner Stirn zeichnet sich eine steile Falte ab.

»Tut mir leid, ich habe nicht gesehen, dass du telefonierst«, erkläre ich schnell. Nicht, dass er noch denkt, ich hätte bewusst zugehört.

»Kein Problem.«

»Hast du Ärger?«

Cody winkt ab. »Es gibt einfach zu viele Egoisten auf der Welt. Jeder denkt nur an sich.«

Ich nicke und helfe ihm dabei, Heu zu verteilen. Cody hält inne und sieht mir einen Moment zu, wie ich mich mit dem Heuballen abmühe.

»Aber gib Monty etwas weniger, sonst wird er zu dick.«

»Das wird er sicherlich nicht gerne hören«, keuche ich. »Und Kiki erst recht nicht.«

Cody grinst. »Monty wird sogar schon dick, wenn er nur den anderen beim Fressen zuschaut.«

Ich lache und freue mich, dass es mir offenbar gelungen ist, Cody von seinen düsteren Gedanken abzulenken.

Doch da klingelt Codys Telefon wieder und er wendet sich ab, um das Gespräch anzunehmen. Und dieses Mal mache ich, dass ich davonkomme, um nicht indiskret zu erscheinen.

Cody

»Vielleicht solltest du lieber einen Anwalt nehmen«, sagt John, als ich das Küchenzelt betrete. »Nicht, dass Mitch noch mit seinen Schweinereien durchkommt.«

Alex und Bea gucken mich erwartungsvoll an, offenbar haben sie auch gerade über das Thema gesprochen.

»Ich war bei einem Anwalt in Richfield.« Bei der Erinnerung an das Gespräch spüre ich, wie der Ärger wieder in mir hochsteigt.

»Und was sagt er dazu?«

Ich zwinge mich zu einem ruhigen Tonfall. »Er prüft die Sachlage, und das kann dauern.« Aber jetzt packt mich doch noch die Wut. »Verdammt noch mal, diese Warterei macht mich ganz irre.«

John sieht mich von der Seite an.

»Und wenn du doch verkaufst?«

»Und die Ranch aufgeben? Ist dir dein Job denn so wenig wert? Wenn du keinen Bock mehr hast, kannst du jederzeit kündigen!« In dem Moment, wo das raus ist, bereue ich es.

»Ich hab dir bloß helfen wollen«, brummt John.

Verdammt, warum muss mir in letzter Zeit immer gleich der Kragen platzen? Ich war doch früher nicht so reizbar. Aber früher war meine Welt auch noch in Ordnung.

»John ... Tut mir leid.«

»Schon gut«, brummt John. »Cody, ich versteh ja, dass du angespannt bist. Aber es bringt doch nichts, sich hier oben zu verstecken. Die Probleme im Tal lösen sich nicht in Luft auf, während du durch die Berge reitest.«

Ich registriere aus dem Augenwinkel, wie Alex den Zeigefinger an ihre Lippen hält, um John zum Schweigen zu bringen. Offenbar macht sie sich Sorgen, dass wir in Streit geraten.

»Halt die Klappe«, knurre ich in Richtung John und weiß trotzdem, dass er recht hat. »Und ich kann ja schlecht die Tour abbrechen.«

»Abbrechen nicht«, sagt Alex sanft. »Aber wenn du das klären möchtest, würden wir mit den Gästen auch ohne dich klarkommen. Wenigstens für ein paar Tage.«

Ja, hier kommen offenbar alle ohne mich klar, denke ich und spähe zu Tina rüber, die gerade wieder etwas in ihr Smartphone tippt. Ihr Freund kann sich glücklich schätzen, so oft, wie sie ihm schreibt.

»Kommt überhaupt nicht in die Tüte! Ich lasse mir doch nicht die Tour versauen, weder von Mitch noch von den REO-Betrügern. Das wäre ja noch schöner.«

John klopft mir auf die Schulter. »Wird schon werden.«

»Du sagst es. Denen werde ich's zeigen«, knurre ich und gehe zu Sonny, um ihn zu satteln.

Ich muss weg von hier, ein wenig allein sein und nachdenken.

Tina

Cody ist den ganzen Abend nicht da und kommt nicht mal zum Abendessen. Hoffentlich ist er nicht doch sauer, dass ich in sein Gespräch geplatzt bin. Obwohl ich das Gefühl hatte, dass er sich danach wieder beruhigt hatte.

Am Lagerfeuer entspinnt sich eine Diskussion über das Leben, Glück und Zufriedenheit. Es stellt sich heraus, dass die meisten Gäste in ihrem Leben mehr oder weniger unzufrieden sind, nur Jeffrey behauptet, bei ihm sei »alles cool«.

Bea hat ihren alten Beruf als Bankerin komplett aufgegeben, aber sie hat auch genug Rücklagen, um sich »diesen Luxus hier«, wie sie es nennt, leisten zu können. Alex ist im Hauptberuf Krankenschwester. Im Winter arbeitet sie in einer Klinik in Loa, da die Sommersaison auf der Ranch nicht ausreicht, um sie zu ernähren.

Ich selbst bin zu müde und auch zu sehr von meinen Gefühlen hin- und hergerissen, um sagen zu können, ob ich glücklich bin. Also höre ich lieber den anderen beim Diskutieren zu und merke, wie meine Gedanken unentwegt um Cody kreisen.

KAPITEL 14

»Heute wird es heiß. Wie wär's mal mit einem Picknick am See?«, schlägt Alex nach einem Blick in den Himmel beim Frühstück vor.

»Au ja.« Sie erntet allgemeine Begeisterung und viele Daumen nach oben.

Alex lacht. »Na, dann nehmt eure Badesachen mit, wir packen ein paar Decken ein.«

Die Gegend, durch die wir heute reiten, wird von Nadelbäumen, Wiesen und Seen dominiert. Schroffe Felsen sind hier unten eher selten, sodass die Landschaft einen lieblichen Charakter hat. Und immer wieder gibt es diese fantastischen Ausblicke.

Während wir an einer Felswand vorbeireiten, zücke ich mein Smartphone, um Lilli zu schreiben.

»Hallo, Schwesterlein, gibt's was Neues bei euch?«

»Hier herrscht jetzt Frieden.«

»Wieso denn das auf einmal?«

»Haha, weil der Opa nicht mehr spricht.«

»Gar nicht?«

»Kein einziges Wort.«

»Wieso denn nicht? Habt ihr ihn geärgert?«

»Keine Ahnung. Der ist so crazy, echt.«

In dem Moment, als ich das Handy einstecke, erklingt hinter mir ein lang gezogener tiefer Schrei, gemischt mit einem heiseren Grunzen. Ich zucke zusammen, es klingt wie das Geschrei eines urzeitlichen Flugsauriers in einer dieser Dokus auf BBC. Ich schaue mich um – es ist Monty, der wiehert oder zumindest Laute von sich gibt, die entfernt an ein Wiehern erinnern.

Kiki guckt ebenso erstaunt wie wir alle.

»Was hat er denn?«, fragt sie noch. In diesem Augenblick gibt Monty plötzlich wie aus dem Nichts Vollgas, sodass Kiki fast hintenüberkippt. Sie kann sich gerade noch am Sattelhorn festhalten. Schon ist Monty mit ihr um die Ecke der nächsten Felswand verschwunden, und dann hören wir nur noch Kikis Schrei.

»Verdammt!« Cody gibt seinem Pferd die Sporen und galoppiert Kiki hinterher. Wir traben ihnen nach. Als wir um die Ecke biegen, sehen wir Monty mit Kiki auf dem Rücken mitten in einem kleinen Wasserfall stehen. Beide sind klatschnass und das Wasser rauscht über sie hinüber. Kiki guckt verdutzt.

»Äh, Kiki, das hatte ich vergessen, dir zu sagen.« Cody steigt vom Pferd und geht zu den beiden an den Rand des Teichs. Er muss lauter sprechen, um das Rauschen des Wassers zu übertönen.

»Was denn?«, ruft Kiki zurück.

»Dass Monty sich zu Wasserfällen … hingezogen fühlt.«

»*Hingezogen* nennst du das? Er ist abgedüst wie eine Rakete! Ich wusste überhaupt nicht, dass er so schnell laufen kann.«

Cody guckt schuldbewusst und zuckt die Schultern.

»Tut mir leid. Ich hätte dich vorwarnen müssen.«

»Macht er das immer?«

Cody nickt. »Ich fürchte, keine Macht der Welt kann ihn davon abhalten.«

»Super. Leute, das ist herrlich!«, ruft Kiki zu uns herüber und lacht.

Wir atmen auf und winken Kiki zurück.

»Na, dann machen wir am besten gleich hier unser Picknick«, schlägt Alex vor und sieht sich um. »Hier können wir die Pferde anbinden. Und ihr könnt in Ruhe baden gehen.« Sie lacht. »Aber vielleicht lieber ohne Pferd.«

Nachdem Kiki Monty aus dem Wasser manövriert hat, trocknet sie sich ab und legt ihre Kleidung über einen Busch in die Sonne zum Trocknen.

Der See ist herrlich. Das Wasser ist tiefblau, und ich schwimme zuerst zu einer kleinen Insel, die in der Mitte liegt. Nachdem ich ein paar Runden geschwommen bin, inspiziere ich den Wasserfall.

Die Wassertropfen bilden einen Vorhang, in den das Sonnenlicht viele kleine Regenbögen zeichnet. Hinter dem Wasserfall befindet sich eine Höhle, in die man von der Seite hineingehen kann, ohne direkt durch das herabstürzende Wasser zu müssen. Hier wird man nur von einem Schleier feinster Tröpfchen benetzt. Eine angenehme Abkühlung, ohne sich wirklich nass machen zu müssen.

Wir verbringen einen gemütlichen Nachmittag, liegen auf Handtüchern und Decken in der Sonne und schauen den Pferden beim Grasen zu. Die Wiese duftet nach Kräutern und das Rauschen des Wasserfalls hat eine beruhigende Wirkung auf mich.

Nach einer Weile ruft Alex. »So in einer halben Stunde brechen wir auf, damit wir rechtzeitig zum Abendessen zurück sind.«

»Ach, schade«, sagt Kiki. »Hier hätte ich es noch eine Weile ausgehalten.«

»Allerdings bekomme ich schon wieder Hunger.« Fabienne reibt sich ihren Bauch.

»Auch wieder wahr. Und Bea hat versprochen, heute mexikanisch zu kochen.«

»Hm, bei dem Gedanken läuft mir das Wasser im Mund zusammen.«

Kiki kichert. »Wir machen hier echt nichts außer reiten, essen und schlafen. Aber es tut unheimlich gut.«

Ich beschließe, noch einmal an den Wasserfall zu gehen, um ein paar Momente lang dieses Naturschauspiel für mich allein zu genießen.

So richtig nass werden will ich nicht, wate also nicht durch den Wasserfall, sondern klettere über die Feldsteine daran vorbei und erreiche den Eingang der Höhle. Die Steine hinter dem Wasserfall sind mit Moos bewachsen und rutschig, aber ich finde mit den nackten Füßen Halt an einer flachen Stelle. Über mir rauscht das Wasser, hier drinnen ist das Licht gedämpft durch den Schleier, draußen scheint hell die Sonne. All meine Sinne sind so weit geöffnet wie noch nie in meinem Leben. Ich strecke meine Arme ins Wasser und genieße das Prickeln auf meiner Haut ... ein großartiges Gefühl.

Und da sehe ich durch den Wasservorhang jemanden auf mich zukommen. Auch wenn ich ihn nur verschwommen wahrnehmen kann, erkenne ich an seinen Bewegungen sofort, dass es Cody ist. Ich weiß nicht, ob er mich hier in der dunkleren Höhle sehen kann, aber er kommt ohne Zögern näher. Er balanciert über die Steine und erreicht den Höhleneingang. Im nächsten Moment steht er vor mir und sieht mich an.

Er guckt überrascht.

»Ah, Tina ...«

»Es ist so schön hier. Ich wollte es noch mal genießen, bevor wir wieder zurückreiten.«

»Ja … Das wollte ich auch.«

Zum ersten Mal glaube ich, einen Funken Unsicherheit in Codys Augen zu bemerken. Offenbar ist er überrascht und auf diese Situation nicht vorbereitet gewesen.

In diesem Moment verliere ich mit einem Fuß den Halt auf den glatten Steinen und gerate ins Straucheln.

»Vorsicht«, ruft er, fängt mich auf und hält mich fest. Wir sind uns so nah, dass ich seinen Herzschlag fühlen kann. Ich blicke zu ihm auf und unsere Münder kommen sich näher … Daraufhin zieht er mich noch näher an sich. Als ob meine Lippen magnetisch wären, streben sie zu seinen, und ich spüre, wie sein Herzschlag sich beschleunigt. Der Kuss verursacht einen Aufruhr in meinem Körper, wie ich es noch nie erlebt habe. Ich zittere, aber nicht, weil mir kalt ist, und ich beschließe, Cody nie wieder loszulassen.

»Cody? Bist du hier irgendwo?« Es ist Alex' Stimme, die zu uns durch das Rauschen des Wasserfalls dringt. Wir lösen uns voneinander und ich sehe das Bedauern, das sich auf Codys Gesicht breitmacht.

»Hier«, ruft er nach draußen, nach außerhalb dieses kleinen geschützten Universums.

Cody hält kurz meine Hand, um sich zu vergewissern, dass ich wieder sicher stehe. Danach schaut er mir noch einmal in die Augen und balanciert über die Steine zurück ins helle Sonnenlicht.

»Wir müssen los«, höre ich Alex draußen sagen, »sonst wird es zu dunkel.«

»Ja, gut«, antwortet Cody und dreht sich ein letztes Mal zu mir und dem Wasserfall um.

Alex und Cody gehen voraus zu den anderen Gästen. Ich folge ihnen in einigem Abstand.

Als ich zu den anderen zurückkomme, nimmt niemand besondere Notiz von mir. Offenbar haben die anderen nicht bemerkt, dass ich weg war.

Beim Festziehen der Sattelgurte wirft Cody mir einen Blick zu, der mir durch Mark und Bein schießt. Mein Atem geht schneller, mein Herz rast. Aber nun muss ich mich auf Luke konzentrieren, der neben mir energisch mit dem Huf scharrt und mich mit der Nase anstupst.

»Jaja, okay«, sage ich leise zu ihm. »Ich bin ja schon wieder ganz bei dir.« Aber das ist doch ein bisschen gelogen, denn als ich mich in den Sattel schwinge, sind meine Knie nach wie vor ganz zittrig.

»Eigentlich müssten wir auf dem Boden hocken«, meint Benny, als wir am Abend auf unseren Klappstühlen am Lagerfeuer sitzen, »das wäre viel authentischer.«

Alex winkt ab. »Das haben wir am Anfang mal versucht. Aber das geht so auf den Rücken, nach zwei Tagen konnte niemand mehr richtig laufen.«

»Dann streike ich«, entgegnet John und häuft sich noch eine Portion Essen auf den Teller. »Ein bisschen Luxus muss sein, und wenn es nur ein oller Klappstuhl ist.«

Cody lacht. »Ja, alle haben gehumpelt, als hätten sie die Pferde getragen, nicht umgekehrt.«

Wir amüsieren uns über die Vorstellung.

Ich schaue mich um und sehe lauter glückliche Gesichter ums Lagerfeuer versammelt. Wir essen lecker, sitzen in einer netten Runde in dieser grandiosen Landschaft … Ein perfekter Moment. Vielleicht braucht man im Leben gar nicht mehr als genau das.

»Wie ist es hier eigentlich im Winter?«, wende ich mich an Cody.

Er schaut mich überrascht an. »Das hat mich noch nie jemand gefragt. Alle wollen immer nur wissen, ob es warm genug wird, um im See zu baden.«

»Na ja, es ist so idyllisch hier oben … da muss doch irgendwo ein Haken sein.«

Er lächelt. »Ja, der Winter ist rau. Es gibt viel Schnee. Manchmal ist sogar die Interstate zugeschneit, sodass man erst am Mittag durchkommt. Oder manchmal auch gar nicht.«

»Und hier oben?«

»In den Bergen liegt der Schnee ziemlich hoch, sodass selten jemand herkommt. Selbst die Bären schnarchen in ihren Höhlen.«

Ich male mir in Gedanken aus, wie es wohl wäre, hier oben mit Cody im kuschelig warmen Ranchhaus eingeschneit zu sein. Schon wieder gehen meine Gefühle mit mir durch. Wenn bloß die anderen Gäste nicht da wären, denke ich.

KAPITEL 15

Am nächsten Morgen, als wir bergauf reiten, spannt Luke sich unter mir an, hebt den Kopf und spitzt die Ohren. Plötzlich bleibt er wie angewurzelt stehen und weigert sich, auch nur einen Schritt weiterzugehen. Und dann sehe ich auch, was ihn so beunruhigt. Am Waldrand taucht eine Herde Kühe auf.

Begleitet werden die Rinder von einem Mann und einer Frau. Ihre Pferde sind ziemlich verschwitzt und sie lassen die Köpfe hängen.

Luke beruhigt sich etwas, lässt aber die Kühe nicht aus den Augen.

»Hallo, Becky, hi, Rob«, begrüßt Cody jetzt die beiden. »Ist bei euch alles in Ordnung?«

»Könnte besser sein«, antwortet der Mann. »Uns sind ein paar Mutterkühe mit kleinen Kälbern abgehauen. Da oben, hinter dem Grey Peak. Und natürlich mussten sie unbedingt auf die Schlucht zulaufen.«

»Verdammt. Da kriegt man sie nicht gut raus«, sagt Cody.

»Nein. Und wenn wir sie holen, zerstreut sich diese Herde inzwischen in alle Winde.«

Alex und Cody machen betretene Gesichter, offenbar handelt es sich um ein ernstes Problem.

»Wie viele sind es denn?«

»Fünf Mutterkühe, sechs Kälber.«

»Oh, also Zwillinge«, folgert Alex. »Sind sie sehr klein?«

»Zu klein, um klarzukommen«, antwortet Becky.

»Die blöden Viecher«, brummt Rob. »Nichts als Flausen im Kopf.«

»Vielleicht können wir euch helfen«, sagt Cody und schaut sich zu Alex um. »Alex und John, wäre es okay, wenn ihr mit den Gästen weiterreitet?«

»Na klar. Wir machen uns auch ohne dich einen schönen Tag.« Alex ist immer zum Scherzen aufgelegt.

»Aber allein wirst du das nicht schaffen«, fügt sie ernster hinzu. »Nimm doch jemanden mit. Fabienne kommt mit ihrem Pferd gut klar … und Tina.«

Cody sieht zu uns herüber. Entschlossen nickt er.

»Fabienne und Tina, fühlt ihr euch mit den Pferden sicher genug, um mir zu helfen?«

»Was müssen wir denn tun?«, frage ich.

»Wir suchen die Kühe, und wenn wir sie gefunden haben, treiben wir sie zurück ins Tal.«

»Na, das klingt doch machbar.« Ich schaue zu Fabienne, und sie nickt.

»Es könnte allerdings ein bisschen steil werden.«

»Ist ein *bisschen* steil so wie der Weg nach Paradise?«, frage ich.

Cody grinst. »So ungefähr, je nachdem, wo sie sich verstecken.«

»Na gut …«

»Du kannst sicherlich besser einschätzen, ob wir das können«, meint Fabienne.

Cody nickt. »Das wird schon klappen. Zu dritt haben wir eine Chance.«

»Okay«, sagt Alex zu den anderen. »Ihr reitet mit mir, und die drei amüsieren sich mit den Kühen.«

»Kann ich nicht auch mit?«, fragt Marika.

Cody schüttelt den Kopf. »Tut mir leid, das ist zu riskant.«

Während Marika eine Schnute zieht, bin ich insgeheim erleichtert. Mit Fabienne und Cody allein wird das sicherlich ein schönerer Tag, als wenn Marika mit ihrer ewigen Fragerei nervt.

»Viel Spaß!«, ruft Kiki und winkt demonstrativ. »Dann reitet euch mal schön den Hintern wund.«

»Das ist wirklich sehr nett von euch«, meldet sich die Rancherin zu Wort.

»Kein Problem.« Cody tippt sich an die Hutkrempe und reitet los.

»Hast du es gesehen?«, flüstert Fabienne. »Er hat es getan.«

Ich grinse. »Ja, und ich finde, es steht ihm echt gut.«

»Das ist wirklich sehr sexy«, flüstert Kiki.

»Schnauze«, zische ich ihr zu. »Wenn dich jemand hört.«

Kiki grinst unschuldig.

»Tschakka, ihr macht das schon«, sagt sie dann laut und zieht mit ihrem langohrigen Monty an uns vorbei. »Siehst du, Monty, wir haben es gut. Die da müssen nämlich Überstunden machen, und wenn sie nicht rechtzeitig zum Abendessen zurück sind, können wir ihre Portionen mit aufessen.«

»Wehe, ihr lasst uns nichts übrig«, rufe ich ihr nach. »Luke und ich können nämlich sehr ungemütlich werden.«

Kiki reitet lachend der Gruppe hinterher, ich lenke Luke zu Cody und Fabienne.

»Okay«, sagt Cody, als ich zu den beiden aufschließe. »Ich reite voraus, ihr folgt mir. Wenn jemand zurückbleibt oder es euch zu schnell geht, ruft ihr.«

Wir nicken, und sofort schlägt Cody ein ganz anderes Tempo an als auf der Reittour mit der Gruppe. Ich spüre sofort, das hier ist sein Arbeitstempo und kein gemütlicher Ausritt.

Aber die Pferde machen gut mit, und wir kommen zügig voran. Wir reiten meistens einen sehr forschen Schritt, nur auf einer ebenen Strecke über eine Bergwiese traben wir, und Luke galoppiert sogar ein Stück, um zu den anderen aufzuholen, nachdem er etwas getrödelt hatte.

Bald erreichen wir den Teil des Berges, an dem die Steigung stärker wird. Die Pferde werden langsamer. Cody hält immer mal wieder an, damit sie verschnaufen können. Auch mir fällt das Atmen etwas schwerer, weil die Luft hier oben merklich dünner wird.

Nach einer halben Stunde Klettern und Pausieren im Wechsel zeigt Cody auf Spuren im Gras.

»Das könnten sie sein. Vermutlich sind sie da lang gelaufen.«

Er deutet nach oben und wir lassen die Pferde den Spuren folgen.

Nach einer Weile wird es immer strapaziöser und ich sehe, dass sich an Lukes Hals schon Schweiß gebildet hat. Ich bin sehr dankbar, hier nicht zu Fuß raufklettern zu müssen. Ich streichele seine Mähne als Dank, dass er mich so geduldig trägt. Wie lange wir das wohl noch machen müssen, denke ich gerade, als Cody vor uns anhält.

Wir stehen am Rande einer Hochebene, die mit dichtem Gras bewachsen ist. Die Pferde senken sofort die Köpfe und rupfen ein paar Büschel. In der Mitte der Ebene befindet sich eine Mulde mit einigen Bäumen und einem kleinen Teich.

»Schaut mal, da drüben.« Cody deutet auf die Bäume.

Ich muss meine Augen ein wenig anstrengen, aber dann sehe ich sie: Ein paar braune, schwarze und cremefarbene Kühe grasen im Schatten der Bäume, ganz in der Nähe des Wassers.

»Kein Wunder, dass es ihnen hier gefällt«, sage ich.

»Allerdings.« Cody steigt vom Pferd. »Wir sollten den Pferden eine Pause gönnen, bevor wir die Jagd auf die Kühe angehen. Das könnte anstrengend werden.«

Wir steigen ebenfalls ab und lassen unsere Pferde grasen.

»Ob die Pferde Durst haben, bei all der Kletterei?«, überlegt Fabienne.

Cody nickt. »Wir lassen sie gleich noch trinken. Aber wenn wir jetzt schon zum Teich hinüberreiten, scheuchen wir die Kühe auf. Und ich möchte auf keinen Fall, dass sie noch höher auf den Berg klettern oder in den Canyon da drüben laufen. Dann müssen wir nämlich hinterher.«

»Und wieso wollen die Kühe nicht mit den anderen ins Tal?«, wundere ich mich.

»Die meisten bleiben lieber bei der Gruppe, aber ein paar eigensinnige gibt es immer.«

Ich lache leise. »Ganz wie bei den Menschen.«

Cody grinst, nimmt sein Lunchpaket aus der Satteltasche und setzt sich auf einen Stein.

»Ein Viertelstündchen können wir uns schon noch gönnen.«

Wir machen es uns im Gras gemütlich, um zu essen.

Fabienne legt sich auf den Rücken und schaut in den Himmel.

»Herrlich«, sagt sie leise.

Ich schaue verstohlen zu Cody hinüber, aber er ist ungewöhnlich schweigsam. Der Kuss am Wasserfall kommt mir schon jetzt irgendwie unwirklich vor. Wenn ich doch bloß mal eine Weile mit ihm allein sein könnte.

Nachdem wir noch ein paar Schlucke aus unseren Wasserflaschen getrunken haben, steht Cody auf und klopft sich den Sand von den Chaps. Wir verstauen alles wieder in den Satteltaschen.

»So, jetzt kommt es darauf an, dass wir geschickt vorgehen. Erst lassen wir die Pferde trinken, aber ohne dass wir die Kühe zu sehr aufscheuchen. Wenn sie sich bewegen, dann möglichst nur hierher in unsere Richtung. Auf keinen Fall sollen sie da hoch.« Cody zeigt auf den Berg hinter den Kühen. »Wir reiten vorsichtig um sie herum und treiben sie bergab.«

»Und wenn sie doch woanders hinlaufen?«, fragt Fabienne.

»Wenn das passiert, gebt ihr Gas und schneidet ihnen den Weg ab. Eure Pferde kennen ihren Job, ihr müsst nur die Richtung vorgeben, in die die Kühe sollen. Alles andere lasst ihr sie machen.«

Wir nicken.

»Aber, ganz wichtig: Ihr müsst euch unbedingt gut am Sattelhorn festhalten. Die Kühe schlagen Haken und die Pferde auch, da bleibt man sonst auf keinen Fall im Sattel.« Cody guckt, als ob er das wirklich ernst meint. »Auch die Profis nicht«, fügt er hinzu, um seine Aussage zu bekräftigen.

»Okay.«

»Deshalb lenkt man also mit einer Hand«, murmelt Fabienne, während wir im Schritt losreiten. »Damit man sich mit der anderen festhalten kann.«

Cody dirigiert uns mit Handzeichen und wir reiten betont gemächlich an den Kühen vorbei, um sie nicht aufzuscheuchen.

Luke spitzt die Ohren und hebt den Kopf. Ich habe den Eindruck, diese Aufgabe macht ihm Spaß. Als wir den Kühen näher kommen, muhen die Mütter nach ihren Kälbern, und die laufen sofort zu ihnen. Offenbar sind wir ihnen nicht ganz geheuer.

Wie Cody es geplant hatte, wandern die Kühe um den Teich herum und bewegen sich so in die gewünschte Richtung. So weit scheint also alles gut zu klappen.

Wir reiten an den Teich und lassen die Pferde trinken. Dabei behält Cody die Kühe jede Sekunde im Auge und ich sehe, dass auch sie uns sehr genau beobachten.

»Sollen wir absteigen?«, frage ich.

»Lieber nicht. Wenn die Kühe loslaufen, müssen wir schnell sein. Am besten, ihr behaltet schon mal eine Hand am Sattelhorn.«

Die Pferde gehen ein paar Schritte ins Wasser und trinken. Ein herrliches Gefühl, so mitten in den Bergen auf einem Pferd zu sitzen und sein Spiegelbild betrachten zu können. Schnell mache ich ein Foto für Lilli und freue mich darauf, es ihr heute Abend zu schicken.

Ich stecke gerade das Handy ein, als Luke plötzlich den Kopf hochreißt. Und dann geht alles ganz schnell.

»Festhalten!«, ruft Cody, und abrupt springen die Pferde aus dem Teich. Denn die Kühe sind urplötzlich losgerannt und spurten jetzt bergauf, genau in Richtung des Pfads, der in den Canyon führt. Und der sieht sehr, sehr steil aus.

Der Wind rauscht in meinen Ohren von dem Wahnsinnstempo, das Luke anschlägt. Ich hätte nie gedacht, dass ein Pferd so schnell rennen kann. Luke holt die Rinder ein, bevor sie den Eingang zum Canyon erreicht haben. Sobald er die vorderste Kuh eingeholt hat, drängt er sie ab. Dabei wirft er sich herum und ich werde beinahe aus dem Sattel geschleudert. Aber ich halte mich tapfer am Sattelhorn fest. Cody hatte recht, denn Luke kennt wirklich seinen Job. Die Kuh schlägt Haken hin und her, aber Luke scheint das vorherzusehen. Wieder und wieder schneidet er ihr und ihrem Kalb den Weg ab. Seine Ohren hat er dabei angelegt, als sei er wütend über die anstrengende Arbeit, die ihm die widerspenstige Kuh beschert.

Nach ein paar scharfen Kehrtwendungen begreife ich, wie dieses Spiel geht, und sitze jetzt sicherer im Sattel. Auch kann ich die Aktionen der Kuh langsam besser vorhersehen und mit meinem Körpergewicht mitgehen. Das scheint Luke zu helfen, denn er wird routinierter darin, die Kuh in Schach zu halten. Sie muht immer mal empört und versucht, sich zu ducken, um an uns vorbei in den Canyon zu schlüpfen. Aus dem Augenwinkel registriere ich, dass Fabienne und Cody sich mit den anderen Kühen ebenso abmühen, damit die nicht auch noch bergauf laufen.

Einmal schafft es »unsere« Kuh tatsächlich an Luke vorbei, aber das lässt er nicht auf sich sitzen. Er düst in einem Affenzahn hinter ihr her und wirft sich erneut aus vollem Galopp herum, sodass er sie gerade noch abdrängen kann, bevor sie den schmalen Canyon erreicht hat. Gut, dass ich das geahnt habe, denn bei diesem Manöver wäre ich sonst mit Sicherheit im hohen Bogen aus dem Sattel geflogen.

Mittlerweile scheint die Kuh müde zu werden, und vor allem das Kälbchen bleibt immer öfter einfach stehen, offenbar verliert es die Lust an diesem Spiel. Glücklicherweise, denke ich, denn auch Luke und ich schnaufen mittlerweile ganz schön.

Endlich gelingt es uns, die Kuh in Richtung Cody und Fabienne zu lenken. Sie setzt noch ein paarmal an, um an uns vorbeizukommen, aber ihre Bewegungen wirken längst nicht mehr so entschlossen wie zu Beginn.

Jetzt kommt Cody herbeigetrabt. Als er sieht, dass die Kuh gemütlich vor Luke hertrottet, macht er ihr Platz, damit sie zu den anderen laufen kann.

»Gut gemacht«, lobt mich Cody. »Ist bei dir alles okay?«

Ich strahle ihn an. »Das macht richtig Spaß.«

Cody lacht. »Ja, Rinder zu treiben hat was. Allerdings ist es auf Dauer ganz schön anstrengend.«

Wir reiten zu Fabienne, die damit beschäftigt ist, die Kühe in Richtung Tal zu dirigieren. Inzwischen fügen sie sich in ihr Schicksal und trotten ohne viel Gegenwehr in gemütlichem Schritttempo in Richtung Tal.

»Gute Arbeit«, sagt Cody. »Ihr seid ja echte Cowgirls.«

Cody, Fabienne und ich bleiben einen Moment stehen und geben uns ein »High five«.

»Das sind echt eigensinnige Viecher«, meint Fabienne, und wir lachen.

Wie zur Bestätigung schubst Luke die widerspenstige Kuh vor sich mit dem Kopf, als wolle er sich beschweren, dass er so viel Arbeit mit ihr hatte. Sie quittiert das mit einem wütenden Muhen, läuft aber anschließend etwas schneller.

»Luke findet das offenbar auch«, witzelt Cody.

»Woher wissen die Pferde so gut, was sie tun müssen?«, frage ich. »Bildet ihr sie dazu aus?«

»Das auch, aber die Quarterhorses haben etwas, das man ›Cowsense‹ nennt, also einen Instinkt für Kühe. Die Ausbildung unterstützt das nur noch ein wenig.«

»Dein Luke hat sich so geschmeidig herumgeworfen wie eine Katze«, schwärmt Fabienne. »Das sah super aus.«

Ich freue mich. »Er ist ein tolles Pferd«, lobe ich ihn und kraule ihm die Mähne.

»Aber ihr beide wart auch gar nicht schlecht«, sagt Cody nach einer Weile, und ich sehe es um seine Mundwinkel zucken. »Für so 'n paar Stadtpflanzen.«

»Ey, Frechheit!«, rufe ich. »Schließlich haben wir diese Kühe in die Schranken gewiesen.«

»Ja, ohne uns wären sie jetzt in den Bergen verstreut.« Fabienne grinst.

»Genau«, sage ich. »Wir mögen vielleicht aus der Stadt kommen, aber wir sind die geborenen Kuhbändiger.«

Cody lacht.

»Ich seh schon, euch kann man nichts vormachen.«

Als wir nach zwei oder drei Stunden auf der Miller Ranch ankommen, sind alle erschöpft, die Kühe, die Pferde und auch wir.

»Da seid ihr ja!«

Becky winkt uns und öffnet ein Gatter.

Wir treiben die Kühe hinein und sie laufen muhend zu den anderen.

»Vielen Dank. Bleibt ihr noch zum Kaffee?«

»Eigentlich müssen wir wieder los …«, antwortet Cody, aber er sieht so aus, als könnte ihn die Aussicht auf einen Kaffee durchaus umstimmen.

Becky lächelt. »Ich habe Blaubeerkuchen gebacken.«

»Okay, insofern haben wir leider keine Wahl«, gibt sich Cody geschlagen. »Oder wie seht ihr das, Tina und Fabienne?«

Wir nicken. »Unbedingt.«

»Der Kuchen muss vernichtet werden.«

Becky lacht. »Stellt eure Pferde in den Paddock da drüben. Ich hab Heu und Kraftfutter vorbereitet.«

»Und, wie gefällt es euch hier bei uns in den Bergen?«, fragt Becky, nachdem wir uns an den liebevoll gedeckten Tisch unter einer alten Platane gesetzt haben.

»Super«, sage ich.

»Die Landschaft ist traumhaft«, meint Fabienne. »Wir können uns gar nicht sattsehen.«

»Und dass ihr im Zelt schlafen müsst, macht euch gar nichts aus?«

»Im Gegenteil. Das ist Abenteuer pur«, erklärt Fabienne.

»Ich finde es schön, morgens in der Natur aufzuwachen. Das ist für mich etwas ganz Besonderes«, bestätige ich und fange einen Blick von Cody auf. Er sieht mich an, als wäre er erstaunt.

Nach einer Stunde brechen wir auf. Als ich mich in den Sattel setze, spüre ich einen stechenden Schmerz. »Aua«, ächze ich leise.

Fabienne schaut zu mir rüber und verzieht ebenfalls das Gesicht.

»Was meinst du, wie sich das morgen erst anfühlen wird«, stöhne ich.

»Aber wir sagen nichts, hörst du?«

»Auf keinen Fall. Wir geben uns total lässig.«

»Heute Abend gebe ich eine Runde Melkfett aus.« Fabienne kichert.

»Oder lieber Schmerzmittel.«

»Hab ich nicht dabei. Aber noch Whiskey.«

»Das ist viel besser.«

Nach einer Weile dreht Cody sich zu uns um.

»Na, könnt ihr noch?«

Ich meine, wieder ein leises Zucken um seine Mundwinkel wahrzunehmen.

»Jaja, kein Problem«, antworte ich.

»Alles okay. Wieso?« Fabienne guckt unschuldig.

»Ich meine ja bloß. Wir sind seit ziemlich vielen Stunden im Sattel …« Cody schaut uns forschend an.

»Ach was, das ist ein supertoller Tag«, sage ich und freue mich, als Cody lächelt.

Cody

Als wir zum Camp zurückkommen, ist es schon fast dunkel. Die Pferde trotten jetzt mit hängenden Köpfen, für sie war es ein ungewöhnlich harter Tag. Und wie muss es für Tina und Fabienne erst sein! Donnerwetter, das sind zwei toughe Ladys. Ich hätte nie gedacht, dass wir das zu dritt so gut hinkriegen. Hut ab, die beiden haben mehr drauf als manche Frauen aus der Gegend. Ach, was sag ich, mehr als manche Männer hier.

Alex begrüßt uns fröhlich. »Hey, da seid ihr ja endlich. Ich wollte schon den Park Ranger schicken, um euch zu suchen.«

»Wehe dir«, drohe ich ihr. »Suchtrupps alarmieren wir frühestens nach drei Tagen.«

Alex lacht. »Ich weiß. Kommt, John und ich satteln die Pferde ab. Ihr könnt erst mal was essen, und einen Drink könnt ihr sicherlich auch vertragen.«

John nimmt Tina und Fabienne die Pferde ab und führt sie zum Korral. Ich versorge Sonny lieber selbst, aber ich bin es ja auch gewohnt.

»Geht ruhig vor«, sage ich zu Tina und Fabienne und schaue ihnen nach, als sie sich zum Feuer auf den Weg machen. Ich muss schmunzeln, denn etwas breitbeinig gehen sie schon … sicherlich haben sie morgen einen ordentlichen Muskelkater.

Wie heimgekehrte Heldinnen werden sie von den anderen begrüßt. Wahrscheinlich schreibt Tina gleich ihrem Freund in Berlin von ihrem Erlebnis heute. Allerdings hatte ich unter dem Wasserfall das Gefühl, dass ihr der Kuss gefallen hat. Puh! Was für ein Kuss! Aber wieso kam es eigentlich dazu? Vielleicht läuft es doch gar nicht so toll mit dem Berliner Freund? Aber dann würde sie ihm nicht dauernd schreiben … Vermutlich hat sie sich nur von der Magie des Ortes hinreißen lassen. Ein Ausrutscher, wegen der besonderen Atmosphäre. Ja, das wird es sein. Sicher bereut sie es mittlerweile.

Als ich ans Lagerfeuer komme, reicht Bea mir einen übervoll beladenen Teller mit mexikanischen Burritos, Reis und Salat.

»Lass es dir schmecken. Ihr habt es euch redlich verdient.«

Ich hätte nie gedacht, dass wir Beas Riesenportion schaffen würden, aber nach ziemlich kurzer Zeit sind unsere Teller leer.

Bea kommt mit einem Topf, um uns nachzufüllen, aber Tina und ich winken ab. Fabienne nimmt sogar noch einen Nachschlag.

»Wo lässt du das bloß alles?« Kiki schaut an Fabiennes schlanker Figur hinunter. »Ich brauche eine solche Portion nur anzugucken und werde dick.«

»Das sind die Gene«, sagt Tina. »Guck dir mal den schlanken Luke an. Dagegen ist dein Monty auch ziemlich pummelig.«

»Wage es nicht, meinen Monty zu beleidigen.« Kiki zieht demonstrativ einen Schmollmund.

Ich genieße es, wie nett die drei Freundinnen miteinander umgehen, sie haben fast immer einen Scherz auf Lager. Tina zeigt Fotos auf ihrem Smartphone herum, die sie tagsüber gemacht hat. Dann verschickt sie auch einige nach Berlin. Und natürlich höre ich wenige Sekunden später ein »Ping« als Antwort. Schade.

KAPITEL 16

Tina

Am nächsten Morgen kommt Cody zu Fabienne und mir. »Ihr habt gestern ja einiges geleistet. Wollt ihr heute vielleicht mal im Camp bleiben und euch ausruhen?«

»Auf keinen Fall«, lehne ich spontan ab. »Oder brauchen unsere Pferde eine Pause?«

»Nein, die sind Schlimmeres gewohnt. Aber ich dachte an eure … ähm, Hinterteile.« Er grinst.

Kiki reißt die Augen auf. Ich boxe ihr schnell in die Rippen, bevor sie etwas Peinliches sagt.

»Das wird schon gehen«, wirft Fabienne rasch ein, vermutlich ahnt auch sie die aufziehende Katastrophe, wenn Kiki loslegt.

»Okay.« Cody nickt. »Dann brechen wir auf.«

Er geht voraus und wir folgen ihm.

Allerdings habe ich tatsächlich Bedenken, mich wieder in den Sattel setzen zu müssen.

Als Cody außer Hörweite ist, sehen Fabienne und ich Kiki an.

Sie guckt ganz unschuldig. »Was denn?«

»Nun spuck's schon aus.«

»Ich hab nichts zu sagen«, meint Kiki zuckersüß. »Und wenn, dann wollt ihr es ja doch nicht hören.« Kiki gluckst vor unterdrücktem Lachen und schlendert zu Monty.

Fabienne und ich schauen uns völlig perplex an. »Sie sagt wirklich nichts.«

»Dass ich das noch erlebe …«

Wir zucken die Schultern und gehen zu den Pferden.

Beim Nachziehen des Sattelgurts werfe ich einen sehnsüchtigen Blick auf Kikis Schaffell-Auflage, die auf ihrem Sattel montiert ist.

»Du, Kiki, sag mal, ich bin doch deine beste Freundin, oder?«

»Ja, du und Fabienne.«

»Und könntest du dir vorstellen, mir einen ganz großen Gefallen zu tun, für den ich dir zeit meines Lebens dankbar sein werde?«

»Was denn?« Kiki folgt meinem Blick zu ihrem Schaffell und schüttelt energisch den Kopf. »Vergiss es. Freundin hin oder her, das Fell kriegst du nicht.« Sie beugt sich zu mir und flüstert. »Ich habe gesehen, wie die anderen Gäste abends laufen, nachdem sie abgestiegen sind. Das werde ich mir unbedingt ersparen.«

Sie klopft auf das Fell und schwingt sich munter in den Sattel. Ich bin erstaunt, wie routiniert ihre Bewegungen mit dem Pferd beziehungsweise mit dem Maultier geworden sind.

Ich gucke zu ihr hoch. »Beneidenswert.«

Kiki strahlt. »Sich in Montys Sattel zu setzen ist wie … ja, ein bisschen wie nach Hause kommen.«

Und mit diesen Worten reitet sie los zu den anderen.

Fabienne und ich quälen uns in den Sattel. Schon beim Aufsteigen selbst macht sich ein höllischer Muskelkater bemerkbar, aber der Schmerz beim Hinsetzen ist noch grausamer.

»Wie heißt das noch – ein Königreich für ein Pferd?« Fabienne lässt sich so vorsichtig wie möglich auf die Sitzfläche ihres Sattels sinken.

Ich nicke.

»Ein Königreich für eine Tube Schmerzsalbe.«

»Rechne mal nach. Wir waren gestern fast zehn Stunden im Sattel.«

»So fühlt sich mein Hintern auch an.«

Ein paar Minuten danach reitet Cody neben mir.

»Du wirst sehen, der Schmerz lässt nach ein paar Minuten nach«, sagt er so leise, dass es die anderen nicht hören können. Nach diesen Worten trabt er davon – zur Spitze der Gruppe. Luke macht Anstalten, ihm zu folgen, aber ich halte ihn zurück. Bitte nicht auch noch traben, ich halte es schon im Schritt kaum aus.

In diesem Moment ploppt eine Nachricht von Lilli auf. »Wir wissen jetzt, warum Opa nicht mehr spricht.«

»Und warum?«

Ein Lachsmiley. »Das glaubst du nicht. Er hat sein Gebiss verloren.«

»Wie bitte? Wie schafft man das denn?«

»Tim und ich haben Bauchmuskelkater vor Lachen.«

»Ihr seid gemein.«

Eine lange Reihe Lachsmileys ist Lillis einzige Antwort.

Meinen Muskelkater spüre ich nach einer Weile weniger, und so kann ich auch heute den Ritt genießen. Allerdings weiß ich das langsame Schritttempo zu schätzen, das Cody mit der Gruppe anschlägt.

»Und, was hat er dir vorhin zugeflüstert?«

Kiki hat neben mir aufgeschlossen, ohne dass ich es gemerkt habe.

»Er hat gesagt, dass der Schmerz bald nachlässt.«

»Sonst nichts?« Kiki guckt enttäuscht. »Nichts über deinen Allerwertesten? Dass er toll aussieht, auch wenn er wehtut, oder irgend so was?«

»Kiki!«

»Was denn?«

»Das hat er nicht gesagt!«

»Na ja, wie denn auch. Wenn er immer vorne reitet, kriegst du ja mehr von *seinem* Hinterteil zu sehen als er von deinem.«

Ich lache, beuge mich zu Kiki rüber und umarme sie auf ihrem Monty.

»Ach, Kiki, endlich kam der Spruch doch noch. Ich dachte echt, du bist krank.«

»Wieso?«

»Weil du gestern nichts sagen wolltest.«

»Bin ich so vorhersehbar?«

»Ja, wir haben gewettet, dass da noch was zu dem Thema kommt«, mischt sich Fabienne ein.

»Und wer hat gewonnen?«

»Keiner. Wir waren einfach beide sicher, dass du mit dem Thema Hinterteil noch nicht durch bist.«

Wir drei reiten nebeneinander und lachen.

Auf dem Rückweg zum Camp hält Cody sein Pferd an und lässt Alex, die in der Mitte der Gruppe reitet, zu ihm aufschließen. Sie wechseln ein paar Sätze und Cody deutet auf ein Wäldchen oberhalb von uns.

Alex nickt, trabt an die Spitze der Gruppe, und alle Pferde setzen sich wieder in Bewegung. Cody reitet uns entgegen, und da ich mit Luke die Letzte in der Gruppe bin, erreicht er mich zum Schluss.

Ich schaue ihn erwartungsvoll an.

»Ich mache einen kleinen Abstecher, muss da oben was erledigen«, erklärt er.

Ich nicke und reite weiter.

»Tina?«, höre ich ihn hinter mir sagen.

Ich halte Luke an und drehe mich zu ihm um.

»Hast du Lust auf einen Extra-Ausritt? Nur eine halbe Stunde.«

»Klar.«

»Kiki, falls ihr Tina vermisst, sie reitet kurz mit mir zur Hagerty Ranch.«

»Okay.« Kiki grinst. Ich ziehe die Augenbrauen hoch, um Kiki zu warnen, dass sie jetzt keinen Spruch loslässt. Sie lächelt betont unschuldig, als wollte sie sagen: »Was hast du denn?«

Als wir losreiten und ich noch mal über die Schulter zurückspähe, sehe ich, dass Kiki mittlerweile zu Fabienne aufgeschlossen hat, um ihr die Neuigkeiten zu erzählen.

Bald erreichen wir ein kleines Plateau. Cody hält sein Pferd an. Er wartet, bis Luke und ich aufgeholt haben, und lässt seinen Blick über das Tal schweifen. Ich folge seinem Blick.

»Wow. Die Aussicht ist ja unglaublich.«

»Das hier oben ist mein Lieblingsplatz. Hier bin ich schon als Kind immer hergekommen, wenn ich nachdenken musste.«

Ich sehe ihn an und bin noch verliebter als zuvor. Wenn das überhaupt möglich ist.

»Schau mal, da drüben wollen wir hin.« Cody stellt sich im Sattel hin und deutet auf einen Punkt, der noch ein Stück oberhalb liegt. Ich stelle mich ebenfalls auf und recke meinen Hals, um zu sehen, was er meint. In einer Mulde, eingebettet zwischen einer Handvoll schlanker Ahornbäume, ist das Dach einer Holzhütte zu sehen. Gerade so, als ducke sie sich zwischen den Bäumen, um nicht aufzufallen.

»Was machen wir eigentlich hier?«

»Wir müssen einen Zaun kontrollieren. Der Ranger hat angerufen, dass hier oben eine Lücke ist.«

Als wir die Hütte erreichen, hält Cody an. Sofort senkt Sonny den Kopf und beginnt zu grasen. Cody schimpft leise mit ihm für seine Ungeduld, nimmt ihm die Trense ab und lockert den Sattelgurt. Ich mache das Gleiche mit Luke, der jedoch artig wartet, bis ich die Trense an das Sattelhorn gehängt und den Sattelgurt etwas gelockert habe.

Cody sieht uns zu und grinst.

»Luke ist eindeutig besser erzogen als Sonny.«

»Oder das macht meine natürliche Autorität.«

Codys Mundwinkel zucken, aber dann schüttelt er den Kopf. »Wahrscheinlich hat er einfach nur keinen Hunger.«

Ich trete einen Schritt beiseite. Luke senkt sofort den Kopf und beginnt, das saftige Gras zu rupfen.

Ich knuffe Cody leicht in die Seite. »Keinen Hunger nennst du das also?«

Er grinst. »Schon gut, ich nehm's zurück.«

Nachdem die Pferde sich die besten Stellen zum Grasen gesucht haben, gehen wir an den Rand der Mulde und schauen ins Tal. Ich dachte, ich hätte die schönsten Landschaften bereits gesehen, aber dieser Ausblick übertrifft sie alle noch. Rechts von uns erheben sich die schroffen Felsen des Thousand Lake Mountain, darunter, in der Höhe, wo wir uns jetzt befinden, dominiert das satte Grün von Gras und Bäumen. Links von uns erstrahlt der Snow Lake in tiefem Blaugrün, und ich sehne mich sofort wieder danach, darin zu schwimmen. Weiter unten schimmern die warmen Rot-, Gelb- und Orangetöne des Capitol Reef in allen Schattierungen, als wetteiferten sie um unsere Aufmerksamkeit.

Wie ein gewundener schmaler Pfad verläuft unter uns ein Abschnitt des Great-Western-Trails, der die ganze weite Strecke von Kanada nach Mexiko führt.

Ich bin nicht oft sprachlos, aber jetzt bin ich es.

So stehen wir eine Weile. Irgendwann blickt Cody mich von der Seite an. Ich wage kaum zu atmen. Er holt Luft, um etwas zu sagen ...

»Ah, da ist sie ja.« Cody deutet auf einen Holzzaun, der etwas weiter unten eine Lücke hat.

Ich bin geplättet. Wollte er mir nicht gerade etwas offenbaren? Hat ihn in letzter Sekunde der Mut verlassen? Oder habe ich ihn mal wieder gnadenlos falsch interpretiert?

Aus seiner Satteltasche holt Cody eine Zange und eine Rolle Draht, und wir gehen hinunter. Cody hebt die herausgebrochene Holzlatte an.

Ich halte das Holzstück fest, während Cody es mit dem Draht befestigt.

»Das ist nur provisorisch, aber für eine Weile hält es.«

Wir wandern wieder zurück zu den Pferden und ich betrachte das alte Holzhaus. Ein Fensterladen hängt etwas schief, aber insgesamt sieht es ganz gut aus.

»Wie romantisch ... Gehört die Hütte zu deiner Ranch?«

»Nein, das Land hier gehört den Hagertys. Aber wenn ich es mal nicht schaffe, bei Tageslicht nach Hause zu reiten, übernachte ich gelegentlich hier. Der alte Kamin zieht noch recht ordentlich, das ist angenehmer, als draußen zu schlafen.«

»Und wieso wohnt die Familie nicht mehr hier? Es ist doch traumhaft hier oben.«

»Der alte Hagerty hatte angeblich eine Goldmine gefunden. Zumindest hat er damit geprahlt. Die Leute erzählen sich, er sei darüber verrückt geworden. Angeblich ist er tagelang durch Torrey gelaufen und hat immerzu ›Gold, Gold‹ gerufen.«

»Und was wurde aus ihm?«

»Irgendwann hat man ihn tot in einem Canyon gefunden. Und man sagt, mit der Hand umklammerte er tatsächlich ein riesiges Goldnugget.«

»Und was geschah dann?«

»Die Leute glaubten, dass ein Fluch auf dem Gold lag. Den alten Hagerty haben sie beerdigt, angeblich mit dem Nugget in der Hand. Seine Familie ist nach Teasdale gezogen.«

»Hat niemand nach der Goldmine gesucht?«

»Doch, aber sie wurde nie gefunden.«

Ich sehe mich um. »Vielleicht ist sie ja hier noch irgendwo.«

Cody lacht. »Wer weiß? Aber vielleicht ist das auch nur ein alter Cowboy-Mythos.«

»Es ist doch eigenartig«, sage ich, während wir zurück zum Camp reiten. »Der Traum vom Gold und einem bequemen Leben erscheint für viele Menschen so attraktiv. Aber wenn sie es dann endlich haben, macht es sie gar nicht glücklich. Lottogewinner zum Beispiel sind ein Jahr nach dem Gewinn unglücklicher als vorher.«

»Aber warum träumen die Menschen von Reichtum, obwohl er ihnen gar nicht gut bekommt?«

Ich zucke die Schultern. »Vielleicht verwechseln sie Geld mit Glück. Oder sie wissen nicht, was sie in Wahrheit glücklich macht.«

Ein Seitenblick verrät mir, dass etwas in Cody arbeitet.

»Das ist ja auch eine schwierige Frage, oder?«

Ich nicke.

»Weißt du denn, was dich glücklich macht?«, fragt er.

Ich muss lächeln. »Ja. Inzwischen weiß ich das.«

Inzwischen haben wir unser Camp erreicht und unser Gespräch wird unterbrochen.

Später, als wir mit den anderen am Lagerfeuer sitzen, denke ich darüber nach, warum Cody mich gefragt hat, was mich glücklich macht. Und warum ich ihn nicht auch gefragt habe.

Schade, dass ich diese Chance verpasst habe, ihn besser kennenzulernen. Aber andererseits kann ich das bei Gelegenheit nachholen, wenn ich in Richfield arbeite. Sicherlich sehe ich ihn dann öfter. Jetzt bin ich richtig froh, dass ich nicht mit Kiki und Fabienne nach Berlin zurückfliegen werde. Die Aussicht, Cody nach der Reittour weiterhin treffen zu können, tröstet mich über mein Heimweh hinweg.

KAPITEL 17

Am nächsten Morgen ist der letzte Tag unserer Tour angebrochen. Ein leckeres Abschiedsfrühstück mit Ausblick über das Tal, danach ist es Zeit, unsere Sachen zu packen. Wir laden unsere Koffer in den Van und satteln die Pferde, was sich für mich inzwischen wie ein lieb gewordenes Ritual anfühlt. Anschließend reiten wir noch ein letztes Mal durch die herrliche Landschaft.

Auf dem Weg schreibe ich Lilli eine Nachricht.

»Na, Schwesterlein, wie geht es dir?«

»Der Opa hat sein Gebiss wiedergefunden. Es lag im Gemüsebeet. Hihihi.«

Meine kleine Lilli. Immerhin ein Trost an diesem trüben Morgen.

»Wie um alles in der Welt kam es dahin?«, schreibe ich.

»Keine Ahnung. Es lag unter einem großen Kohlblatt. Ich habe Tim in Verdacht. Sicherlich wollte er sich rächen, weil der Opa ihm seinen Fußball weggenommen hat …«

»Warum hat er das denn?«

»Keine Ahnung.« Ein Smiley mit einem Heiligenschein.

Aber ich kenne meine kleine Schwester gut genug, um nachzufragen.

»Dafür gibt's doch einen Grund. Gib es zu!«

»Na ja … Tim hat den Ball in einen Kuhfladen geschossen.«

»Und wieso ist das so schlimm?«

»Gleich danach hat er ihn auf den Kaffeetisch gekickt.« Ein Lachsmiley. »Er hat die Torte plattgemacht.«

»Iiih!«

»Ja, das war ganz schön eklig. Und es gab ein ordentliches Donnerwetter.«

»Der arme Tim.«

Lilli schickt mir einen Kuss-Smiley und ich schüttele grinsend den Kopf über dieses infernalische Duo.

Gegen Nachmittag kommen wir auf der Ranch an und satteln die Pferde ab. Als ich Luke auf die Wiese entlasse, verdrücke ich eine Träne.

»Mach's gut, mein Bester. Ich werde dich vermissen.«

Luke schaut mich noch einen Moment an und ich bin ganz gerührt. Aber dann dreht er sich urplötzlich um, quietscht vor Freude und rast wild bockend auf die Wiese zu den anderen Pferden. Im Nachhinein bin ich froh, dass er gnädig genug war, so was nicht zu machen, während ich auf seinem Rücken saß.

Alex und Bea haben schon die Vans bereitgestellt, um uns zum Flughafen nach Grand Junction zu fahren. John schüttelt allen die Hand.

Marika verteilt wieder Kleidungsstücke aus ihrem Koffer auf dem Rasen, auf der Suche nach ihren hohen Schuhen.

Dann geht Cody herum, um sich von allen zu verabschieden. Ich warte am Rand der Gruppe, in der Hoffnung, ein paar Worte mit ihm allein wechseln zu können. Endlich ist er bei mir angekommen.

Im Hintergrund schleppen die anderen ihre schweren Koffer zu Alex' blauem Van.

Cody steht vor mir und ich höre mein Herz schlagen.

»Vielen Dank für die tolle Zeit«, sage ich.

Cody lächelt.

»Schön, dass du dabei warst. Ich werde unsere Gespräche vermissen. Ich wünsche dir eine gute Rückreise nach Berlin.«

Der perfekte Moment, um ihm von meinem Job in Richfield zu erzählen.

»Cody, ich wollte dir noch etwas sagen ...«

»Aaah!« Der Schmerzensschrei einer Frau hallt über den Parkplatz. Alle sehen hinüber, es ist Marika, die auf dem Boden kauert und ihren Knöchel mit beiden Händen umklammert.

Cody eilt zu ihr und beugt sich zu ihr hinunter.

»Hochhackige Schuhe auf Kies«, bemerkt Kiki trocken. »War klar, dass das früher oder später passiert.«

»Vielleicht solltest du dir das mal ansehen«, schlage ich vor.

»Hattet ihr ›Fuß‹ denn schon im Studium?«, fragt Fabienne.

»Fuß speziell noch nicht, aber einen Knochenbruch kann ich erkennen, egal an welchem Körperteil.« Kiki wirft Fabienne einen tadelnden Seitenblick zu und stapft hinüber zu Marika.

Dort beugt auch sie sich über sie, erklärt offenbar, dass sie Medizin studiert, und betastet Marikas Knöchel, woraufhin diese gleich wieder aufschreit.

Wir sehen Kiki den Kopf schütteln. Wir hören nur Fetzen von dem, was sie sagt, aber ich schnappe das Wort »Röntgen« auf.

»Hast du Cody eigentlich erzählt, dass du noch hierbleibst?«, fragt Fabienne.

»Das wollte ich gerade, exakt in diesem Moment.«

Fabienne seufzt. »Na super. Aber was soll's, dann wird das halt eine Überraschung, wenn ihr euch wieder über den Weg lauft.«

Kiki kehrt zu uns zurück.

»Und? Ist er gebrochen?«, frage ich.

Sie nickt. »Sieht ganz so aus. Cody fährt sie in die Klinik.«

Alex winkt uns. »Kommt, wir müssen los, sonst verpasst ihr eure Flüge.«

Ich drehe mich noch einmal um und beobachte, wie Cody Marika stützt, während sie auf einem Bein zu seinem Pick-up hüpft. Marikas Freundin Svenja schleppt die Koffer hinter den beiden her. In dem Moment lässt Alex auch schon den Motor an und fährt aus der Einfahrt mit dem hölzernen Schild »Torrey Creek Ranch« heraus.

Wir seufzen im Chor, als wir auf das Schild schauen.

»Schön war's«, sagt Fabienne.

»Hier war ich definitiv nicht zum letzten Mal reiten«, verkündet Kiki.

»Dass du noch eine Leidenschaft für Pferde entdeckst, beziehungsweise Maultiere, hätte ich nie gedacht«, ziehe ich sie auf.

Nachdem wir uns am Flughafen von Alex, Bea und den anderen Gästen verabschiedet haben, begleite ich Kiki und Fabienne zu ihrem Flugsteig.

Wir nehmen uns in den Arm und mir wird klar, dass ich Kiki und Fabienne jetzt für eine lange Zeit nicht sehen werde.

»Ich kann gar nicht glauben, dass ihr einfach abhaut«, schniefe ich. »Könnt ihr nicht noch etwas bleiben?«

Fabienne drückt mich ganz fest. »Ich würde gerne. Aber ich habe übermorgen einen Job in Paris.«

Und auch Kiki guckt bedauernd. »Das Studium geht weiter. Ich hab Prüfungen. O Gott, ich darf gar nicht dran denken, ich hab nicht einen Strich gelernt. Dabei hab ich tonnenweise Bücher mitgeschleppt.«

»Du hast medizinische Lehrbücher in deinem Koffer?« Fabienne guckt, als könne sie es nicht fassen.

»Was meinst du denn, warum der so schwer ist?«

Fabienne und ich verdrehen lachend die Augen.

»Typisch Kiki«, sage ich. »Das war doch vorher klar, dass du hier nicht lernst.«

»Aber ich hätte lernen *können*. Und das hat mich ungemein beruhigt.« Kiki reckt ihr Kinn nach oben.

»Dann lernst du jetzt wenigstens im Flieger«, meint Fabienne. »Zeit genug haben wir ja.«

»Ach, ihr Süßen.« Ich studiere die Anzeigetafel. »Ihr müsst los. Ich werde euch vermissen.«

Wir nehmen uns noch einmal in die Arme und drücken uns ganz fest.

»Wir dich auch!« Fabienne tupft sich mit einem Papiertaschentuch über die Augen.

»Schluss mit der Gefühlsduselei«, sagt Kiki. »Und Tina wird uns überhaupt nicht vermissen, weil sie nämlich eine heiße Affäre mit ihrem Cowboy anfängt.«

Damit reißt sie mich noch mal in ihre Arme. »Du berichtest uns regelmäßig, hörst du?«

»Von der Affäre?«

»Wovon denn sonst?«

Kiki lacht, drückt mir ein Küsschen auf die Wange und zieht Fabienne am Ärmel zur Sicherheitsschleuse.

Meine Koffer und ich bleiben allein zurück. Kiki und Fabienne drehen sich noch ein paarmal um und werfen mir Kusshändchen zu. Ich stehe da, winke und schnaube in mein Taschentuch.

Aber ich kann da ja nicht ewig so stehen, und als die beiden längst nicht mehr zu sehen sind, gehe ich zum Ausgang. Als Erstes muss ich mir ein Auto mieten und mich dann nach einer Bleibe umsehen. Es sind noch vier Tage, bis mein Job anfängt. Ich habe überhaupt nicht richtig geplant, was ich jetzt alles machen muss, so sehr war ich mit dem Examen und der Reise beschäftigt ... und mit Cody.

Cody

Ich stehe im Vorraum meiner Bankfiliale und staune. Denn entweder höre ich jetzt Stimmen, die gar nicht da sind, oder der Geldautomat spricht neuerdings mit mir.

»Guten Tag«, hat er eben gesagt.

Ich schüttele den Kopf. Ob sprechende Geldautomaten den Fortschritt bedeuten, den wir Menschen unbedingt brauchen, möchte ich bezweifeln. Aber mich fragt ja niemand.

»Herzlich willkommen«, sagt der Automat. »Ihre Karte bitte.«

Butch Cassidy hätte jetzt lässig seinen Revolver gezückt und gesagt: »Her mit der Kohle!« Ich dagegen ziehe meine Bankkarte und stecke sie in den Automaten. Aber es kommt kein Bargeld heraus, im Gegenteil.

»Ihre Karte wird eingezogen«, verkündet der Automat. »Wenden Sie sich bitte an Ihren Kundenberater.«

»Wie bitte? Was soll das?«, frage ich den Automaten, aber er entgegnet nur: »Ich wünsche Ihnen einen schönen Tag.«

Das meint er ja wohl ironisch. Gut, dass ich keinen Revolver dabeihabe, sonst wäre ich noch wegen Erschießung eines Geldautomaten verhaftet worden.

In der Bank wende ich mich an eine der freundlichen Damen hinter dem Schalter.

»Hallo, Mr Parker. Was kann ich für Sie tun?«

»Ich wollte gerade Bargeld aus dem Automaten holen, aber der hat meine Kreditkarte gefressen. Offenbar ist sie defekt.«

Die Dame am Schalter schaut mich professionell lächelnd an. »Ihre Kontonummer bitte.«

Ich nenne sie und sie tippt sie ein. Danach zieht sie ihre Stirn kurz in Falten.

»Was ist denn los?«

»Einen Moment bitte, Sir.«

Sie geht und spricht mit einer anderen Dame, die aufschaut und mich mustert. Anschließend kommen beide zusammen wieder zu mir.

»Mr Parker«, sagt die ältere Kollegin freundlich. »Was können wir denn für Sie tun?«

Ich schaue ratlos von einer zur anderen. »Meine Karte wurde einbehalten.«

»Ja.« Sie nickt.

»Ja?« Vermutlich glotze ich wie ein Kalb, wenn's donnert.

»Ihr Konto ist überzogen.«

»Mein Konto ist überzogen?«, wiederhole ich und merke selbst, wie blöd das klingt.

»Ja«, betont sie noch einmal.

Ich schüttele den Kopf. »Aber wieso? Das kann sich doch nur um ein Missverständnis handeln.«

»Einen Moment, bitte.«

Die Dame tippt etwas in den Computer. Quälend lange Sekunden und Minuten vergehen. Im Grunde glaube ich fest daran, dass sie mir gleich mitteilen wird, dass sich alles um ein bedauerliches Missverständnis handelt. Danach wird sie mir meine Karte wiedergeben und sich wortreich entschuldigen.

Aber leider schüttelt sie nur den Kopf.

»Das Konto wurde vor Kurzem bis zur Grenze des Dispokredits ausgereizt. Und später gingen noch einige Lastschriften ein, daher ist es jetzt überzogen.« Sie nickt. »Und gesperrt. Hier, schauen Sie.«

Sie dreht den Bildschirm so, dass ich den Kontostand erkennen kann. Die roten Zahlen verschwimmen vor meinen Augen.

»Wer zur Hölle …«, beginne ich den Satz, aber in diesem Moment weiß ich selbst die Antwort. Mein Bruder Mitch!

Wir haben die Ranch gemeinschaftlich geerbt, und jetzt rächt es sich, dass ich das alte Konto einfach weitergeführt habe, anstatt ein eigenes einzurichten, für das Mitch keine Vollmacht hat. Verdammt. Ich hole tief Luft und versuche, mich zu beruhigen. Energisch räuspere ich mich.

»Und was bedeutet das?«

»Es sind keine weiteren Abhebungen möglich. Und die eingetroffenen Lastschriften werden wir zurückgeben müssen.«

»Das heißt, ich bin pleite?«

Sie schweigt. Dass sie mir nicht widerspricht, muss ich wohl als Zustimmung werten.

»Aber könnte ich eventuell eine Hypothek auf die Ranch aufnehmen, damit ich bis zu den nächsten Einnahmen wieder flüssig bin?«

»Das könnten Sie, aber auch das hat Ihr Bruder bereits getan. Er hat uns seine Einzelvertretungsvollmacht vorgelegt.«

Wieder dreht sie den Bildschirm, erneut sehe ich rote Zahlen, nur noch viel mehr als vorher.

Wie in Trance verlasse ich wenig später das Bankgebäude und schlurfe zum Auto. Innerlich fühle ich mich wie betäubt. Wie konnten meine Eltern bloß auf die Idee kommen, auch Mitch Vollmacht bezüglich der Ranch zu geben? »Ihr werdet euch schon einigen«, hatte mein Vater gesagt. Ha, als wenn das so einfach wäre! Wie konnte mein eigener Bruder mir das antun?

KAPITEL 18

Tina

Nachdem ich am Flughafen ein Auto gemietet habe, fahre ich nach Richfield und nehme mir in dem erstbesten Motel ein Zimmer. Bis ich eine Wohnung gefunden habe, wird das mein vorläufiges Zuhause sein.

Richfield ist ein hübsches Städtchen, aber nach der Stille der Rocky Mountains kommt es mir hier ungewohnt laut vor, außerdem stören mich die Abgase der Autos. In Berlin ist mir das nie aufgefallen. Daran merke ich, wie sehr mich die kurze Zeit in den Bergen verändert hat.

Nach einigen Telefonaten verabrede ich mich mit einer Wohnungsmaklerin, die mir vorschwärmt, was für tolle Apartments sie im Angebot habe.

Die erste Wohnung, die wir besichtigen, liegt an der Hauptstraße. Sie ist gut geschnitten, hat die richtige Größe und ist bezahlbar, aber als ich das Fenster öffne, schaue ich auf die Autos.

»Tut mir leid, das ist mir zu laut.«

»Aber diese Wohnung ist sehr günstig gelegen. Wenn Sie sagen, dass Sie bei McGillan arbeiten, das ist gleich da drüben.«

Sie deutet auf das Bürogebäude, in dem ich Montag früh meinen Job antreten werde.

»Ich weiß. Trotzdem möchte ich lieber etwas Ruhigeres.«

Die Maklerin zeigt mir noch drei andere Wohnungen, aber ich kann mich für keine begeistern. Am liebsten würde ich sofort wieder zurück nach Torrey fahren und mir dort etwas suchen … Moment mal, warum eigentlich nicht? Ein Auto habe ich ja jetzt, und man fährt nur etwas über eine Stunde. Vielleicht gibt es dort tatsächlich eine Mietwohnung. Auf diese Weise könnte ich in meiner Freizeit die Natur genießen und wäre auch näher bei Cody. Vielleicht sehen wir uns ja am Abend mal …

»Haben Sie vielleicht auch etwas in Torrey?«, frage ich die Maklerin.

»In *Torrey*?« Sie starrt mich an, als wäre ich von allen guten Geistern verlassen.

»Ja, da kann ich nach Feierabend schnell noch mal in die Berge.«

»Sie wollen in die Berge? Allein?«

»Warum denn nicht?«

»Na, weil …« Die Maklerin schüttelt den Kopf und ringt nach Worten. »Da gibt es Jäger, Bären … Indianer.«

»*Indianer*?«

Ich unterdrücke ein Kichern. Die Tussi mit ihren hochhackigen Schuhen und ihrem Prada-Täschchen will mir wohl Angst machen.

»Schätzchen, wir sind in Amerika! Da ist man froh, wenn man nicht in die Berge muss.« Sie sieht mich an, als ob sie an meinem Verstand zweifelt.

Ich zucke die Schultern. »Ich bin gerade eine Woche in den Bergen geritten.«

»Aber doch sicherlich nicht alleine.« Sie schüttelt noch einmal den Kopf. »Na ja, wenn Sie sich für eine der Wohnungen entscheiden sollten, geben Sie mir Bescheid. Meine Nummer haben Sie ja.«

»Okay. Danke.«

Als ich das Ortsschild von Torrey passiere, denke ich darüber nach, was ich tun soll. Einen Moment überlege ich, ob ich zur Ranch hochfahre und Cody nach einer Wohnung frage, aber das kommt mir dann doch zu aufdringlich vor. Lieber wäre es mir, wenn ich ihm hier eines Abends zufällig begegne, vielleicht in der einzigen Bar oder im Restaurant des Capitol Reef Barn. Er würde dann überrascht gucken und so etwas sagen wie: »Was machst du denn hier?« Ich muss lächeln bei dem Gedanken. Ja, so wird es sein.

Ich steuere zunächst den Trailhead Store an. Als ich den Laden betrete, duften wieder Zimtschnecken aus dem Ofen. Ich sehe mich um und fühle mich schon fast wie zu Hause.

Der Inhaber kommt aus dem Hinterzimmer.

»Ah, hallo. Waren Sie nicht auf einer Reittour?«

»Ja … woher wissen Sie das?«

»Ihre Freundin hat doch diesen roten Hut gekauft.«

»Stimmt.«

Er nickt. »Das machen nur Leute, die hier auf eine Reittour gehen.«

»Und wo kaufen die Einheimischen ihre Hüte?«

»Beim Mountain Farmers Store in Loa. Oder in einem von diesen Megastores. Da ist die Auswahl viel größer.«

Ich nicke. »Da waren wir auch. Aber hier hat es ihr besser gefallen.«

Wehmütig denke ich an die Hutkaufszenen mit Kiki zurück.

»Also bleiben Sie noch ein bisschen in der Gegend?«

»Ja, und ehrlich gesagt denke ich darüber nach, hierherzuziehen. Wissen Sie zufällig, ob in Torrey eine Wohnung zu vermieten ist?«

»Eine Mietwohnung?« Er macht ein zweifelndes Gesicht. »Torrey ist ja nicht gerade ein Ort, wo man hinzieht. Die Leute sind hier aufgewachsen oder machen hier Urlaub. Aber ich frage mal ein bisschen herum. Kann ich Sie irgendwo erreichen?«

Ich notiere meine Telefonnummer auf einem Zettel und schreibe »Wohnung in Torrey« dazu.

»Danke schön. Ach, und ich nehme noch zwei von den Zimtschnecken mit.«

Auf dem Rückweg komme ich an dem Abzweig zur Ranch vorbei. Ich zögere einen Moment und fahre auf den Seitenstreifen. Soll ich oder soll ich nicht? Vielleicht trinken wir einen Kaffee, essen die Zimtschnecken und ich erzähle Cody endlich von meinem Job in Richfield? Warum eigentlich nicht.

Ich lege den Gang ein und fahre den staubigen Weg hoch in die Berge in Richtung der Ranch.

Als ich dort ankomme, halte ich an und steige aus. Ich lasse meinen Blick über das Tal schweifen. Einige Pferde grasen ein Stück weiter unten. Codys Pick-up ist nicht auf dem Parkplatz. Ich gehe zum Haus und klopfe an die Tür, aber niemand antwortet. Vermutlich ist Cody schon wieder auf der nächsten Tour. Einen Moment denke ich nach, ob ich sie in den Bergen finden könnte, aber das sähe dann doch zu sehr so aus, als würde ich Cody nachlaufen. Also reiß dich mal zusammen, Tina!

Langsam knurrt mein Magen, und ich beschließe spontan, in Torrey noch etwas zu essen, bevor ich nach Richfield in mein Motel fahre. Ärgerlich, dass ich mich nicht gleich im Capitol Reef Barn eingemietet habe, dann könnte ich noch das ganze Wochenende hierbleiben. Vielleicht könnte ich eine Mountainbike-Tour machen oder einfach wandern gehen … Aber was tue ich eigentlich hier so alleine? Plötzlich vermisse ich Kiki und Fabienne, meine Familie, vor allem Lilli, außerdem Alex, Bea und Cody. Die meiste Zeit meines Lebens hatte ich eine Großfamilie um mich, die oft total nervig, laut und anstrengend war. Aber eben auch lieb und lustig, und sie gaben mir immer das Gefühl von Geborgenheit. Eine Familie ist schon so etwas wie ein Zuhause.

Ich lasse meinen Blick in die Berge schweifen, betrachte die grandiosen roten Felsen, die grünen Bäume und den tiefblauen Himmel und wünschte, meine Familie könnte das alles hier sehen.

Ich mache schnell ein paar Fotos mit dem Smartphone und schicke sie Lilli. »Zeig sie auch den anderen, ja?«, schreibe ich dazu.

Eine Minute später sendet Lilli mir einen Daumen nach oben zurück.

Ich atme noch einmal tief die frische Luft ein, dann setze ich mich ins Auto und fahre wieder in Richtung Torrey.

Als ich die enge Kehre um den Felsen mit den indianischen Geistern erreiche, erschrecke ich heftig. Plötzlich steht eine große Gestalt vor mir auf der staubigen Fahrbahn. Ich trete stark auf die Bremse, der Wagen kommt auf dem losen Geröll ins Rutschen und schlingert unaufhaltsam auf die Gestalt zu. Es ist der Indianer. Ich starre ihn an, ich kann nichts machen. Ich versuche noch gegenzulenken, aber der Wagen reagiert auf dem losen Untergrund überhaupt nicht. Es kommt mir alles vor wie in Zeitlupe. Doch während ich in Panik bin, schaut er mich durch die Windschutzscheibe ganz ruhig an. Er hebt die Hand, als wolle er den schweren Kombi auf diese Weise aufhalten – und auf einmal steht der Wagen.

Heftig atmend starre ich ihn an. Er ist riesig, an die zwei Meter groß, und wenn ich mich nicht täusche, ist es der Mann aus dem Katalog, den wir in Torrey und am Seeufer gesehen haben.

Ich stoße die Tür auf und springe aus dem Auto.

»Sind Sie verrückt geworden, hier einfach so auf der Straße zu stehen?«

Er sieht mir in die Augen und sagt nichts.

Ich schnappe nach Luft. »Ich hätte Sie umbringen können. Warum sind Sie nicht zur Seite gegangen? Sie haben mich doch gehört, oder?«

Er visiert mich weiterhin an, ohne eine Regung, und ich überlege, ob er vielleicht taub ist. Ich fuchtele noch einmal wütend mit den Händen und will wieder einsteigen, als er doch noch etwas sagt.

»Das ist nicht unser Schicksal.«

Ich stutze. »Was? Welches Schicksal?«

»Dass du mich umbringst. So ist es nicht vorherbestimmt.«

Ich glotze ihn an. Hat der 'ne Meise?

»Natürlich nicht. Warum sollte ich Sie umbringen wollen?«

»Wenn das Schicksal es so will, wirst du es tun.«

Mir fehlen die Worte. Ich will eine passende Antwort geben, aber dann frage ich mich, ob es tatsächlich eine gute Idee ist, einen zwei Meter großen Mann, der davon spricht, dass jemand jemanden umbringen wird, mitten im Nirgendwo anzubrüllen.

»Ähm … bitte entschuldigen Sie. Ich wollte Sie nicht anschreien, ich war nur so erschrocken.«

Ich nicke ihm zu und steige schnell ins Auto. Als ich die Tür geschlossen habe, fühle ich mich besser. Aber in diesem Moment fällt mir ein, dass ich überhaupt nicht gefragt habe, ob ihm etwas passiert ist. Ich fahre die Scheibe ein Stück herunter.

»Geht es Ihnen auch gut? Ich hab Sie doch nicht erwischt, oder?«

Der Indianer steht auf dem Weg und sieht mich einfach nur an. Hinter seinem Rücken erheben sich die majestätischen Gipfel des Thousand Lake Mountain, und plötzlich überfällt mich ein Gefühl, das ich noch nicht kannte: Ich bin so unendlich klein und das Universum ist so unendlich groß. Es kommt mir vor, als ob jedes Wesen seine Aufgabe in diesem Gefüge hat und ich den Indianer hier auf dem staubigen Weg nicht ohne Grund getroffen hätte.

Ich bin überwältigt von diesem Gefühl, aber ich habe keine Ahnung, was ich damit anfangen soll. Wahrscheinlich kommt das davon, dass dieser eigenartige Typ etwas von »Schicksal« gefaselt hat.

»Ich muss dann mal los«, rufe ich aus dem Fenster und lasse den Wagen an. Ich erwarte, dass der Indianer einen Schritt beiseite geht, damit ich weiterfahren kann, aber er rührt sich nach wie vor nicht. Ich muss zurücksetzen und mich auf dem engen Weg an ihm vorbeiquetschen, um ihm nicht am Ende doch noch über den Fuß zu fahren. Vorsichtig lenke ich den Wagen an ihm vorbei und winke noch einmal. Als ich ihn hinter mir gelassen habe, atme ich auf. Meine Güte, der hat mir eine Höllenangst eingejagt.

»Allein in den Bergen«, fallen mir die Worte der Maklerin wieder ein. Vielleicht war ich doch etwas zu blauäugig.

Als ich am Capitol Reef Barn vorfahre, kommt mir die Szene inzwischen fast unwirklich vor. Ich stelle den Motor aus und atme tief durch.

Im Restaurant fühle mich sofort wieder wohl. Die Kellnerinnen wuseln gut gelaunt herum, begrüßen die neuen Gäste, nehmen Bestellungen auf und servieren Getränke.

Meine Kellnerin deutet auf einen Tisch am Fenster, und ich freue mich, denn es ist genau der Platz, auf dem ich neulich gesessen habe, als ich Cody zum ersten Mal gesehen habe.

Cody. Mit ihm wäre die Szene mit dem Indianer überhaupt nicht beängstigend gewesen. Er hätte gewusst, ob von ihm Gefahr ausgeht.

Oder bin *ich* es gewesen, von der in dieser Begegnung die Gefahr ausgegangen ist, schießt mir plötzlich durch den Kopf.

Schließlich war ich es, die ihn fast umgefahren hätte. Ich bin verwirrt, in meinen Gedanken scheint sich alles gerade auf den Kopf zu stellen. Ob er auch Angst hatte? Es sah nicht so aus. Ich hatte Angst, so viel ist sicher.

»Möchten Sie etwas bestellen?«

»Äh.« Erst jetzt wird mir bewusst, dass ich eine Speisekarte in der Hand halte, in die ich hineinschaue.

Die Kellnerin lächelt nachsichtig, denn das hatten wir ja neulich schon mal.

»Vielleicht ein Glas Wein?«, versucht sie, mir zu helfen.

»Ja, gute Idee.«

»Rotwein?«

»Gerne.«

»Und vielleicht einen Burger mit Salat?«

Ich nicke. »Einen Cheeseburger, bitte.«

Meine Güte, ich bin ja völlig durch den Wind.

Ich atme tief durch und gucke mich um. Ich sehe die Leute, wie sie essen und trinken, reden und lachen. Oder die, die sich gegenübersitzen und schweigen. Und plötzlich kommt mir alles so überflüssig vor – und gleichzeitig so bedeutsam. Welchen Weg sollen wir im Leben gehen? Worauf kommt es an? Wieso habe ich mich das niemals zuvor gefragt?

KAPITEL 19

An meinem ersten Arbeitstag bin ich lange vor dem Wecker wach und ziemlich aufgeregt. Ich fange meinen ersten echten Job an. Während des Studiums habe ich schon für ein Architekturbüro in Berlin gejobbt, um Berufserfahrung zu sammeln, aber das hier ist jetzt doch etwas anderes.

Ich ziehe mich ein wenig förmlicher an als sonst. Schwarze Hose, weiße Bluse und etwas höhere Schuhe. Schließlich will ich einen professionellen Eindruck machen.

Ich fahre nur ein paar Minuten zum Bürogebäude von McGillan und bin eine halbe Stunde vor dem vereinbarten Termin da. Ich warte im Auto und denke nach. Wie die Kollegen wohl sind? Ob es mir überhaupt gefällt? Wenn ich an das Gespräch mit meiner Professorin denke, wird mir ein wenig flau im Magen. Die Pläne müssen immer geändert werden, hat sie gesagt.

»Hi, ich bin Tina.«

Eine junge Frau am Empfang strahlt mich an.

»Hi, ich bin Kendra. Herzlich willkommen bei McGillan.«

Sie steht auf und geleitet mich in einen Besprechungsraum. »Bitte nimm Platz, die anderen sind gleich da.«

Ich wundere mich, wie viele Bürotüren hier vom Flur abgehen. Offenbar ist die Firma größer, als ich dachte. Meine Professorin, die an dieser Firma beteiligt ist, hatte zwar einiges erzählt, aber ich hatte mir doch ein kleineres Architekturbüro vorgestellt.

In diesem Moment treffen die ersten Kollegen ein. Nach ein paar Minuten allgemeiner Begrüßungen mit »Hallo«, »Herzlich willkommen« und Händeschütteln sitze ich mit acht Männern und einer Frau um den Tisch.

»So, dann wollen wir mal.« Das ist der Chef, Greg McGillan. »Schön, dass Sie da sind, Tina. Wir haben gerade einige Ausschreibungen gewonnen und können Verstärkung sehr gut gebrauchen. Ich hoffe, Sie haben sich in der Gegend ein wenig eingelebt.« Er grinst. »Utah ist ja ein wenig speziell.«

»Es gefällt mir sehr gut hier, vielen Dank.«

»Dann legen wir am besten gleich los. Die heutige Besprechung soll alle auf den Stand der Dinge bringen, anschließend gehen wir in den Teams in die einzelnen Projekte.«

In der kommenden Stunde staune ich nicht schlecht, wie viele Projekte in der Firma parallel bearbeitet werden. Ein Bürohaus in Salt Lake City, eine Brücke über einen Fluss in Colorado, zahlreiche Häuser und eben das Wasserkraftwerk, an dem ich mitarbeiten soll.

Nach der Besprechung winkt der Chef mich zu ihm.

»Tina, ich möchte Ihnen das Team vorstellen, mit dem Sie arbeiten. Das ist Robert und das ist Michael. Robert ist Spezialist für die Statik und Michael ist als Ingenieur für die Funktionalität zuständig.«

»Ich freue mich sehr auf die Zusammenarbeit.« Ich nicke den beiden Kollegen zu.

»Arbeiten Sie sich erst mal in Ruhe ein, und übermorgen treffen wir uns für eine Lagebesprechung.«

Damit beendet er die Besprechung und ich folge meinen Kollegen in ein Büro, das einen weiten Blick auf die Landschaft freigibt. Nicht so schön wie in Torrey, aber die Rocky Mountains sind auch von hier zu sehen.

»Das ist dein Schreibtisch«, sagt Robert und deutet auf einen leeren Tisch.

»Danke schön.«

»Ich gebe dir erst mal die aktuellen Pläne, damit du dich einlesen kannst. Nach dem Mittag besprechen wir ein paar Details.«

In den kommenden Stunden wälze ich die neuen Baupläne. Das Kraftwerk beruht auf den neuesten Technologien, passt sich so in die Landschaft ein, dass man es kaum wahrnehmen wird. Die geologischen Gutachten zeigen, dass das Tal ideal ist. Hauptaufwand der Baumaßnahmen wird es sein, einen See oberhalb des Tals über ein künstliches Flussbett in das Tal umzuleiten. Das Wasser fließt durch Turbinen, mit denen der Strom erzeugt wird. Sie werden so in den Untergrund gebaut, dass sie fast nicht zu sehen sind.

Das Tal wurde auf seltene Pflanzen und Tiere untersucht und ein aufwendiges Umweltgutachten erstellt. Und es wurde eine Reihe von Ausgleichsmaßnahmen ausgearbeitet, um die Effekte des Stausees auf die Umwelt zu kompensieren. Auch das neue Biotop, das dem seltenen Beifußhuhn eine neue Heimat geben soll, scheint mit Umsicht entwickelt worden zu sein. Alles in allem erscheint mir das Projekt wirklich durchdacht und mit dem Blick auf eine nachhaltige Energiewirtschaft geplant.

Die Pläne müssen immer geändert werden. Dieser Satz meiner Professorin geht mir dennoch nicht aus dem Kopf. Weiß sie vielleicht mehr, als in den Bauplänen zu erkennen ist? Ob ich sie mal anrufen soll? Aber ich will nicht wie eine Anfängerin wirken, die allein nicht klarkommt. Vielleicht schaue ich mal in den Zeitplan, in dem die konkreten Phasen des Bauvorhabens aufgeführt sind.

Ich staune, wie schnell das Kraftwerk hochgezogen werden soll. Der Baubeginn ist für diesen Sommer geplant, die Turbinen sind bereits in der Produktion in einer Fabrik in Michigan und werden funktionsfertig angeliefert. Wenn alles gut geht, kann das Wasser nach nur einem Jahr Bauzeit in das Tal eingeleitet werden. Sobald der Generator läuft, ist das Kraftwerk betriebsbereit. Die Stromleitungen zum nächsten Umspannwerk zu installieren ist vom Umfang her die größte Aufgabe.

Also, wo ist der Haken? Und da weiß ich es plötzlich. Die Ablaufpläne beschreiben zwar die Bauphasen des Kraftwerks, aber von den ökologischen Ausgleichsmaßnahmen ist nichts darin vermerkt.

KAPITEL 20

»Tina, bevor wir morgen in die entscheidende Besprechung gehen, wollte ich noch ein paar Worte mit Ihnen wechseln.« Mein Chef lächelt mir aufmunternd zu und bietet mir mit einer Handbewegung an, Platz zu nehmen.

»Gerne. Ich hätte nämlich auch noch ein paar Fragen.«
Ich setze mich ihm gegenüber.

»Das Projekt kennen Sie jetzt schon ein wenig, nehme ich an.«

»Ja, ich habe mir die Pläne bereits in Berlin angesehen. Das Bauvorhaben ist sehr gut durchdacht. Aber was ist mit dem Beifußhuhn?«

»Mit dem *was*?« Er runzelt die Stirn.

»Das neue Areal für das Beifußhuhn.« Ich tippe auf das ökologische Gutachten. »Als Ausgleich für das verloren gegangene Habitat.«

»Ah, ja. Darum kümmern wir uns später. Erst muss das Kraftwerk stehen.«

Ich schlucke meine Gegenargumente herunter. Ich habe das Gefühl, die Gepflogenheiten noch zu wenig zu kennen, um mich allzu weit aus dem Fenster zu lehnen.

»Jedenfalls stehen alle Beteiligten dem Projekt sehr positiv gegenüber ...«, beginnt McGillan. Dann zögert er und ich gewinne den Eindruck, als ob die Sache noch einen Haken hat, von dem ich bisher nichts weiß.

»Aber?«, frage ich vorsichtig nach.

»Leider fehlt uns noch ein Stück Land.«

»Oh. Aber die Bauarbeiten sollen diesen Sommer beginnen.«

Er seufzt. »Ich weiß. Etwas ist schiefgelaufen. Wir haben den Grundbesitzern einen guten Preis geboten und alle haben sofort zugestimmt. Nur so ein sturer Hinterwäldler weigert sich zu verkaufen.«

»Oh.«

Mehr fällt mir dazu auf die Schnelle nicht ein.

»Darum haben wir für morgen diese Anhörung in Loa anberaumt. Dort ist auch der Eigentümer hinbestellt worden.« McGillan beugt sich zu mir vor. »Ich schlage vor, dass *Sie* zu diesem Treffen fahren.«

»Okay ...« Ich runzele die Stirn. »Meinen Sie, ich allein?«

»Sie, der Geschäftsführer und der Anwalt vom REO werden dabei sein. Ist das ein Problem für Sie?«

»Nein, aber sollten Sie selbst nicht auch mitkommen?«

»Ähm ...« Mein Boss guckt, als ob ihm unbehaglich zumute wäre. »Neulich bin ich mit dem Herrn etwas aneinandergeraten. Seitdem ist er nicht gut auf mich zu sprechen.« McGillan nickt mir aufmunternd zu. »Aber ich bin sicher, wenn irgendwer ihn umstimmen kann, dann jemand wie Sie.«

Jemand wie *ich*? Was soll das denn bitte heißen? Moment mal, schaut er dabei etwa in meinen Ausschnitt?

Ich verkneife mir einen Kommentar, beiße die Zähne zusammen und lächele professionell.

Als ich zurück in meinem Büro und für einen Moment alleine bin, muss ich diese Neuigkeit erst mal verarbeiten. Ich lache ironisch auf. Dass mein Boss mich zu dieser Anhörung schickt, heißt im Klartext, dass er es verbockt hat – und ich soll nun die Kastanien aus dem Feuer holen. Die Vorstellung, dass die Firma mich nicht wegen meiner Fähigkeiten, sondern wegen meines weiblichen Charmes engagiert haben könnte, gefällt mir überhaupt nicht.

Dabei muss ich an Fabienne denken, die öfter darüber klagt, dass sie in ihrem Beruf nur nach ihrem Äußeren beurteilt wird. Bei Models verstehe ich ja, dass Schönheit Voraussetzung für den beruflichen Erfolg sein soll, aber bei Architektinnen wäre mir das neu.

Und was mache ich, wenn der Eigentümer trotz meiner Charmeoffensive nicht verkauft? Vor meinem geistigen Auge sehe ich schon, wie McGillan mir mein Kündigungsschreiben in die Hand drückt und mich dann mit einem Tritt in den Hintern aus der Firma kickt. Den gesamten Flug nach Berlin sitze ich danach auf einer Pobacke, weil der blaue Fleck an meinem Allerwertesten schlimmer wehtut als nach der Rinderscheuch-Aktion in den Bergen.

Apropos – bei dem Gedanken an Berlin fällt mir siedend heiß ein, dass heute der fünfte Juni ist – Tim und Lilli haben Geburtstag! Fast hätte ich das vergessen … Zuerst schreibe ich Lilli.

»Herzlichen Glückwunsch zum Geburtstag, meine kleine Lilli. Du bist meine liebste Schwester!«

Ihre Antwort kommt postwendend. »Du glaubst nicht, was der Opa mir zum Geburtstag geschenkt hat.«

»Na, da bin ich aber neugierig.«

»Reitstunden!« Dieses magische Wort ist begleitet von vielen Herzchen.

»Was, wirklich?«

»Der Opa ist der Beste.« Noch eine Reihe Herzchen.

»Ich denke, der Opa ist blöd?«

Statt einer Antwort kommt das Foto eines wuscheligen Ponys, begleitet von noch mehr Herzchen. »Das ist Scotty.«

»Süüüß!«, schreibe ich. Offenbar hat das Pony Lillis Pferdemädchen-Herz im Sturm erobert.

Später schreibe ich noch eine Nachricht an Tim.

»Hallo kleiner, äh, Verzeihung, schon ziemlich großer Bruder. Na, bist du wieder gewachsen? Herzlichen Glückwunsch zu deinem dreizehnten Geburtstag. Mein Geschenk kommt später mit der Post. Feiert schön und genießt den Tag. Ach, und ärgere deine Schwester heute mal nicht ganz so doll.«

Von Tim kommt nur ein Augen-verdreh-Smiley zurück, er ist längst nicht so gesprächig wie Lilli.

Als ich meine Sachen für den Feierabend packe, nehme ich vorsichtshalber noch einige Projektunterlagen mit, denn auf das Treffen mit dem störrischen Landbesitzer will ich mich heute Abend gut vorbereiten.

Auf dem Weg steuere ich das größte Kaufhaus in Richfield an, um Geburtstagsgeschenke für Tim und Lilli auszusuchen. Wie viele Einkaufscenter in den USA ist dieses riesig, und es gibt einfach alles zu kaufen. Ich stöbere gerade in den Regalen der Spielzeugabteilung und nehme ein Plüschpferd in die Hand, das genau die gleiche Farbe hat wie Luke. Ich schaue es an und drücke dem kleinen Kerl einen Kuss auf die Nase.

»Tina, was machst du denn hier?«

Es ist Codys Stimme, und sofort beginnt es in meinem ganzen Körper zu kribbeln. Unwillkürlich mache ich einen tiefen Atemzug, um seinen Duft einzuatmen, bevor ich mich umdrehe.

»Hallo, Cody.«

Er steht vor mir und schaut mich aus strahlenden Augen an. Mein Puls rast.

»Äh, ich kaufe Geburtstagsgeschenke. Für die Zwillinge. Meine kleine Schwester … Weißt du, die mir auf der Tour immer geschrieben hat.«

Cody stutzt. »Oh, und ich dachte … na, egal.« Er kratzt sich an der Stirn. »Toll, dass du dich so um deine Schwester kümmerst.« Cody schaut auf das Plüschpony. »Und ich sehe, sie ist auch eine Pferdenärrin?«

Schnell lege ich das Plüschpony zurück ins Regal.

»Ja, aber sie wird schon dreizehn. Für Plüschtiere ist sie inzwischen zu alt.« Genau wie ich selbst, denke ich und hoffe, dass Cody nicht gesehen hat, wie ich das Plüschtier geküsst habe.

Aber er lächelt nur sein unvergleichliches Lächeln.

»Aber sag mal, was machst du denn hier, bist du nicht mit den anderen zurückgeflogen?«

»Ich habe hier einen Job angenommen.«

»Ah, wow. In Richfield?«

»Ja, ich bin Architektin.«

»Oh. Gut … dann können wir uns ja mal … treffen. Vielleicht gehen wir mal was essen?«

»Gerne! Heute habe ich einen vollen Tag, aber morgen Abend könnte ich.« Mist. War das zu schnell?

Cody nickt. »Toll. Morgen Abend ist perfekt. Soll ich nach Richfield kommen?«

»Nein, Torrey gefällt mir besser.«

Er lacht. »Ja, mir auch. Um sieben im Capitol Reef Barn?«

Ich nicke. »Gut.«

»Bis morgen.«

Ich will ihm vor lauter Verlegenheit die Hand reichen, aber er nimmt mich spontan in den Arm. Ich bin gleich wieder ganz berauscht von seinem Duft und spüre seine muskulösen Arme auf meinem Rücken.

»Darf ich mal?« Eine ältere Dame versucht, ihren Einkaufswagen an uns vorbei durch den Gang zu schieben.

Wir lösen uns voneinander und treten beiseite. Der Zauber des Moments ist verflogen.

»Na dann …«

»Ja, bis morgen.«

Ich sehe ihm nach, wie er zum Ausgang geht, und meine Nerven flattern. Ich habe ein Date mit Cody! Das wird meine Belohnung nach dem schwierigen Termin. Und wer weiß, eventuell gibt es ja morgen Abend sogar etwas zu feiern. Vielleicht sollte ich vorsichtshalber gleich eine Flasche Champagner kaufen.

Cody

Da tritt mich doch ein Pferd – Tina ist noch da! Sie steht einfach so vor mir, im Supermarkt, und kauft ein. Sie hat hier einen Job angenommen? Wieso habe ich Esel sie nicht vorher gefragt, was sie eigentlich nach der Tour macht? Dann hätten wir uns vielleicht schon längst näherkommen können. Und der Mann, dem sie vermeintlich immer geschrieben hat, ist in Wahrheit ihre kleine Schwester … O Mann, Cody, du brauchst eindeutig Nachhilfe in Sachen Liebe. Immerhin habe ich sie noch gefragt, ob wir essen gehen wollen.

Wenn ich an unser Treffen denke, freue ich mich wirklich und bin auch ein bisschen aufgeregt. Treffen? Oder ist das vielleicht sogar ein Date?

Aber jetzt muss ich erst mal zum Anwalt, um die unangenehmen Seiten meines Lebens zu klären.

»Es gibt Neuigkeiten«, sagt er gleich, als ich die Kanzlei betrete.

»Ah, ja?«

Wir setzen uns an den Besprechungstisch und er nickt.

»Unser Privatdetektiv hat Mitch aufgespürt.«

»Ah! Das ist doch eine gute Nachricht, oder?«

»Ja und nein. Gut, dass wir ihn aufgespürt haben. Aber schlecht, dass er in Kanada ist und wir dort nicht an ihn herankommen.«

»In Kanada? Aber braucht er da nicht eine Aufenthaltsgenehmigung?«

»Die hat er. Denn er hat eine Kanadierin geheiratet.«

»Geheiratet? So spontan? Er kennt da doch gar keinen …«

»Vermutlich eine arrangierte Ehe.«

Dieser miese kleine Bastard … Ich überlege. »Können wir denn nichts dagegen unternehmen?«

»Solange er nicht wieder US-amerikanischen Boden betritt, wird es schwierig.«

»Und das wird er natürlich vermeiden.«

Mein Anwalt sagt nichts, aber sein Blick suggeriert mir, dass ich recht habe.

»Und was jetzt?«

»Wir können Klage erheben, aber da sehe ich wenig Chancen. Und es kann teuer werden. Besser wäre es, Sie einigen sich mit ihm.«

»Was?!« Ich starre ihn an. »Er haut mit dem Geld ab, ruiniert meine Existenz und ich soll mich mit ihm einigen?«

Der Anwalt schiebt mir einen Zettel über den Tisch. »Jedenfalls ist das hier seine derzeitige Adresse.«

Als ich im Auto sitze, schlage ich mit der Faust auf das Lenkrad, als ob es höchstpersönlich für meine Misere verantwortlich wäre.

Ich brauche nur ein paar Puzzleteile zusammenzusetzen, dann wird mir klar, dass Mitch diesen Deal genau geplant hat. Er hat seine Chance zum Geldmachen gewittert, egal, ob ich dabei auf der Strecke bleibe.

Wer eine solche Familie hat, braucht keine Feinde, denke ich. Dann lasse ich den Pick-up an und gebe Gas. Nur weg von hier!

KAPITEL 21

Tina

Ich stehe vor dem Kleiderschrank und wähle aus meiner nicht ganz so üppigen Ausstattung, denn ich habe ja nur dabei, was in meinen zwei Koffern Platz hat. Ich entscheide mich für Bluse, Rock und hohe Schuhe. Fertig ist das Superwichtig-Outfit.

Mit den Unterlagen und meinen Listen voller guter Argumente fahre ich nach Loa zu der angegebenen Adresse. Ich parke mein Auto auf dem Parkplatz neben dem Gebäude des REO, gehe hinein und stelle mich am Empfang als Mitarbeiterin von McGillan vor.

In einem Konferenzraum erwarten mich zwei Herren in offensichtlich teuren Anzügen und farblich passenden Krawatten. Ein Anblick, der mich stutzen lässt, denn seit ich in den USA bin, habe ich nur Leute in Westernoutfit oder Freizeitkleidung gesehen. Selbst an meinem Arbeitsplatz sind die Kollegen immer leger gekleidet. Aber diese förmliche Kleidung der Männer macht intuitiv klar: Das hier wird kein Spaziergang.

»Schön, dass Sie da sind.« Die beiden stehen auf, und wir geben uns die Hand.

»Mr McGillan hat angekündigt, dass Sie den Fall übernehmen«, sagt der Herr vom REO.

Der Anwalt lächelt. »Vielleicht schaffen Sie es ja, unseren Quertreiber von der Nützlichkeit des Projekts zu überzeugen.«

»Ich gebe mein Bestes«, verspreche ich und lege die Projektunterlagen auf den Tisch.

Die beiden nicken wohlwollend.

»Wir haben noch ein paar Minuten, um die gemeinsame Strategie zu besprechen.«

Wir setzen uns, und eine junge Frau serviert Kaffee.

Der Anwalt ergreift das Wort. »Tina, wir möchten Sie dem Herrn als neue Projektverantwortliche vorstellen. Und nicht nur das, Sie machen ihm ein fantastisches Angebot.«

Er schiebt mir eine Landkarte über den Tisch, auf der ein Areal eingekringelt ist.

»Hier. Das REO bietet ihm dieses Grundstück als Ausgleich für sein jetziges an. Es ist besser angebunden und doppelt so groß wie seins. Außerdem hat es eine sehr schöne Aussicht auf die Berge.«

Ich schaue auf die Karte. Ein Unterton in seinen Worten vermittelt mir das Gefühl, dass mit diesem Grundstück etwas nicht stimmt.

»Verstehe«, sage ich langsam und versuche zu entschlüsseln, was hier gerade gespielt wird.

»Wir tun mal so, als hätten Sie dieses Angebot speziell für ihn erarbeitet, weil er ja mit unserem vorherigen Angebot nicht einverstanden war«, fährt der Anwalt fort.

»Das heißt, ich bin der gute Bulle in diesem Spiel?«, frage ich.

Der Geschäftsführer vom REO grinst. »Sie sind viel mehr als das. Sie sind der rettende Engel.«

»Hoffen wir mal, dass unser lieber Mr Parker das auch so sieht«, sagt der Anwalt.

Ich will etwas entgegnen, aber in diesem Moment öffnet sich die Tür und die Empfangsdame steckt den Kopf herein.

»Bert Parker ist da.«

»Jetzt schon?« Der Anwalt wirft einen Blick auf seine Armbanduhr. Danach schaut er mich an.

»Tina, sind Sie bereit?«

Ich nicke.

»Dann bitten Sie ihn herein«, sagt er zu der Empfangsdame.

Sie tritt zur Seite, der Mann betritt den Raum, und mir stockt der Atem.

Es ist Cody.

Er trägt ein kariertes Hemd, Cowboystiefel und Jeans und bildet damit einen scharfen Kontrast zu den Männern in ihren Anzügen.

»Mr Parker, nehmen Sie doch bitte Platz.« Der Anwalt deutet auf den freien Stuhl mir gegenüber.

Ich überlege, wie ich entweder sofort im Boden versinken oder sonst wie unerkannt aus dem Raum entkommen kann, denn noch hat Cody mich nicht wahrgenommen. Seiner Miene sehe ich an, dass er nicht gut aufgelegt ist.

Bedächtig geht er zu dem freien Stuhl mir gegenüber und setzt sich. Ich halte den Atem an und starre auf die Unterlagen vor mir.

Nun ergreift der Anwalt das Wort.

»Schauen Sie, Bert … nach dem etwas unglücklichen Start neulich haben wir Sie noch einmal eingeladen, um Ihnen die neue Projektleiterin vorzustellen. Tina Wagner. Und sie hat ein fantastisches Angebot für Sie erarbeitet. Eines, das Ihnen bestimmt zusagen wird.«

Jetzt stutzt Cody, blickt auf und sieht mich an. Wir sitzen uns gegenüber wie eingefroren.

Der Anwalt stößt mich mit dem Arm an, damit ich meinen Text aufsage.

»Äh.« Meine Stimme krächzt. »Also, herzlich willkommen, Mr ...« Ich schaue auf das Blatt vor mir, um seinen Namen abzulesen. »Mr *Bert* Parker ...?«

In meinem Hirn rattern alle möglichen Fragen im Kreis. Wieso heißt Cody auf einmal Bert? Vielleicht ist er für seinen Freund Bert eingesprungen, der zu diesem Termin nicht konnte. Ja, so muss es sein. Das kann sich alles nur um einen Irrtum handeln.

Der Anwalt greift ein. »Was Tina sagen will, ist, dass sie Ihnen ein anderes, sehr attraktives Grundstück als Ausgleich für Ihr Land anbieten möchte, ferner eine erhöhte Ausgleichszahlung. Hier, wenn Sie mal schauen wollen ...«

Er schiebt Cody die Karte mit dem eingekringelten Areal über den Tisch.

Weiter kommt er nicht, denn Cody steht abrupt auf, geht zur Tür, öffnet sie und ist verschwunden.

»Cody!«

Ich springe auf und renne hinter ihm her, so schnell es meine hohen Schuhe zulassen. Als ich ihn endlich auf dem Parkplatz einhole, steigt er in seinen Pick-up.

»Cody, warte!«

Als ich ihn erreicht habe, steigt er wieder aus. Er steht vor mir, und für diesen Moment des Wiedersehens hatte ich mir fest vorgenommen, ihn zu küssen, aber aus seinen Augen funkelt unbändiger Ärger.

»Was war das denn eben? Was hast du mit *denen* zu tun?«

»Es tut mir leid, ich wusste nicht, dass es um *dein* Land geht. Und wieso heißt du auf einmal Bert?«

Aber er scheint mich gar nicht zu hören.

»Du machst gemeinsame Sache mit diesen ... Anzugträgern?«

»Gemeinsame Sache? Ich arbeite für McGillan, wir wollen ein ... Wasserkraftwerk ...«

Daraufhin steigt Cody kommentarlos wieder ein, lässt den Wagen an und fährt mit quietschenden Reifen vom Parkplatz. Ich starre noch einen Moment auf die Gummispuren, die seine Reifen auf dem Asphalt hinterlassen haben.

Da fährt er davon, der Mann, in den ich unsterblich verliebt bin.

Ich stehe eine Weile einfach nur da und starre seinem Wagen nach. Bis mir klar wird, dass das nichts, aber auch gar nichts ändert.

Als ich wieder in das Büro zurückkomme, steht der Anwalt am Fenster und bläst den Rauch einer Zigarette nach draußen.

»Tina, offenbar kennen Sie Mr Parker. Warum haben Sie denn vorher nichts davon gesagt?«

»Ich hatte keine Ahnung, dass er es ist. Ich kenne ihn nur unter dem Namen Cody.« Ich lasse mich auf den Stuhl sinken. »Sonst hätte ich das doch völlig anders angefangen.«

»Er benutzt mehrere Namen?« Der Geschäftsführer schüttelt den Kopf.

Ich zucke die Schultern.

»Und nun?« Der Anwalt drückt seine Zigarette aus und schließt das Fenster. Die Männer sehen mich an.

»Ich fahre zu ihm. Morgen, wenn sich der erste Ärger gelegt hat. Vielleicht kann ich ihn in einer anderen Atmosphäre umstimmen.«

Die beiden nicken.

»Na dann, viel Glück«, sagt der Anwalt. »Ich brauche Ihnen ja nicht zu sagen, wie viel von dieser Sache abhängt.«

Im Büro ist mittlerweile Feierabend, also fahre ich direkt ins Motel.

Eigentlich waren Cody und ich ja für heute Abend verabredet. Aber ich weiß genau, dass er zu unserem Date nie und nimmer erscheinen wird. Also sitze ich in meinem Bett und starre durch das Fenster.

Verdammt! Warum muss von allen Ranchern auf der Welt ausgerechnet Cody derjenige sein, dem dieses blöde Tal gehört?

Nachdem ich ein oder zwei Stunden auf die Berge gestarrt habe, ist es dunkel geworden, und ich schaffe es gerade noch, eine WhatsApp an Kiki und Fabienne zu schicken. Sie enthält nur zwei Worte. »Conference Call?«

KAPITEL 22

Und so weckt mich am nächsten Morgen das Klingeln meines Handys.

»Was ist denn los?«, fragt Kiki, die als Erste am Telefon ist.

»Du glaubst es nicht. Das Tal, das sie für das Kraftwerk ausgesucht haben, gehört ausgerechnet Cody. Er will aber nicht verkaufen und jetzt ist er stinksauer.«

»O nein! Das war's also mit der Affäre?« Kiki seufzt.

»Ich fürchte, das war's mit *allem*.«

»Schatz, du darfst nicht so schnell aufgeben«, sagt Fabienne, die sich inzwischen zugeschaltet hat. »Meistens gibt es doch noch eine Lösung, auch wenn man es nicht glaubt.«

Wir telefonieren eine Weile und ich bin etwas getröstet, aber ich kann mir immer noch nicht vorstellen, dass es einen Weg gibt, Cody umzustimmen.

Als ich im Büro eintreffe, will ich meinem Chef Bericht erstatten, aber natürlich hat er inzwischen schon erfahren, was vorgefallen ist.

»Na ja, dass Sie beide sich kennen, sehen wir mal als Chance«, sagt er und grinst.

In diesem Moment ärgere ich mich. Offenbar liegt ihm nur daran, die Lage zu seinem Vorteil auszunutzen.

Aber egal, wie es ausgeht, ich muss diese unerträgliche Situation mit Cody unbedingt bereinigen. Daher fahre ich am frühen Abend nach Torrey und hoch zu Codys Ranch.

Schon vom Parkplatz aus sehe ich, dass die Pferde dicht um die Heuraufe herumstehen und zu mir herüberschauen, als ob sie Hunger hätten. Ich gehe näher heran, und tatsächlich, alles an ihrer Haltung sagt: »Hey, hier ist nichts mehr drin, bring uns etwas zu essen!«

Einige wiehern mir entgegen, auch Monty lässt seinen Maultier-typischen Urschrei hören.

Aber es ist niemand zu sehen, weder Cody noch John noch Alex.

Wieso ist Cody nicht hier, und vor allem: Wieso hat er seine Pferde nicht mit Heu versorgt oder wenigstens das Gatter zur Wiese offen gelassen? Hoffentlich ist ihm nichts passiert … Nicht, dass er gestern in seiner Wut einen Unfall gebaut hat.

Ich überlege, ob ich jemanden anrufen kann, allerdings habe ich die Nummern von Alex, Bea und John nicht.

Aber jetzt wiehert Luke zu mir herüber und mir wird klar, dass ich nicht einfach wieder fahren kann. In der Nähe steht ein Traktor bereit, vermutlich benutzt Cody ihn dazu, die Rundballen in die Raufe zu heben. Aber selbst wenn der Schlüssel stecken sollte, dieses Monstrum zu bewegen, traue ich mir nicht zu. Tina auf dem Trecker – da wird einiges zu Bruch gehen. Also hilft es nichts, ich muss das Heu per Hand füttern.

Ich suche mir eine Heugabel und eine Schubkarre aus dem Schuppen. Anschließend wickele ich die Umhüllung von dem Rundballen ab und lade eine große Portion Heu auf die Schubkarre. Die Karre mit dem Heu ist schwerer, als ich dachte. Unter einigem Geächze schiebe ich sie zu den Pferden hinüber. Noch bevor ich dazu komme, das Heu in die Raufe zu werfen, geht ein Gerangel los. Sie drohen sich gegenseitig mit angelegten Ohren, jeder will zuerst ans Heu. Einige quietschen, schlagen aus und verscheuchen so die rangniedrigen Pferde. So schnell ich kann, leere ich die Karre und renne zurück, um mehr Heu zu holen, bevor die Pferde sich noch gegenseitig verletzen.

Als ich die nächste Ladung in die Raufe werfe, versucht Monty sogar, das Heu im Flug zu fangen, damit die anderen ihm nichts wegschnappen. Cleverer Kerl.

Aber die rangniedrigen Pferde dürfen immer noch nicht ans Heu. Ihren Blick kann ich fast nicht ertragen, also renne ich wieder los, um die nächste Karre zu holen. Ich renne und renne und renne ... bis es dunkel ist und ich völlig erschöpft bin. Wie viel wiegt so ein Rundballen? Eine Tonne? Ich habe das Gefühl, meine Arme sind wie Blei und meine Beine versagen fast ihren Dienst.

Endlich ist die Raufe voll mit Heu. Völlig erschöpft lasse ich mich auf den Boden sinken und lehne mich an einen der anderen Heuballen. Ich sitze da und sehe den Pferden zu, wie sie zufrieden fressen. Ein schönes Bild, aber eigentlich bin ich ja hergekommen, um mit Cody zu sprechen. Während ich im Fütterstress war, hatte ich die Misere mit ihm ganz vergessen, aber jetzt legt sich der Gedanke daran wieder wie Blei auf meine Seele.

Wie bekomme ich heraus, was mit Cody los ist? Er würde doch niemals seine Pferde unversorgt lassen, sondern Alex oder John bitten, für ihn einzuspringen. Also muss ihm tatsächlich etwas passiert sein.

Gerade will ich mich aufraffen, um zurück ins Motel zu fahren, als ich ein Auto den Weg zur Ranch hochfahren höre. Der Pick-up parkt vor dem Ranchhaus. Es ist Codys! Ich bin einerseits erleichtert, aber ich bin auch nicht sicher, wie er reagieren wird. Was wird er sagen, dass ich hier einfach so reingeplatzt bin?

Er steigt aus und kommt schnell zu den Pferden herüber. Als er die volle Heuraufe bemerkt, stutzt er und bleibt stehen.

»Was um alles in der Welt …«

»Äh, hallo, Cody.« Meine Stimme klingt ein wenig zaghaft. Ich stehe auf und strecke meine schmerzenden Arme und Beine.

Cody sieht mich an, als habe er ein Gespenst gesehen.

»Tina. Wo kommst du denn her? Hast *du* gefüttert?«

»Tut mir leid, ich wollte mich nicht einmischen. Aber sie waren so hungrig, ich konnte es nicht ertragen.«

Er sieht mich an und trotz der Dämmerung glaube ich, einen Funken Rührung in seinem Blick zu erkennen.

»Danke.«

Ein Moment des Schweigens entsteht. Ich fühle mich unbehaglich. Am liebsten würde ich Cody um den Hals fallen, ihn einfach küssen, um die Mauern zwischen uns endlich wieder einzureißen, die sich in den vergangenen Tagen aufgebaut haben. Aber ich habe auch ein schlechtes Gewissen.

»Eigentlich wollte ich mit dir sprechen«, stammele ich. »Aber jetzt ist es ja schon ziemlich spät.«

»Ja, allerdings.«

»Dann will ich mal wieder.«

»Okay.«

Ich gehe langsam zum Auto. Langsam, weil ich vom Heuschleppen k. o. bin, aber auch, weil ich hoffe, dass er mich vielleicht doch noch aufhält. Mit Mühe widerstehe ich der Versuchung, mich noch mal umzusehen, und steige wortlos ein.

Ich stecke den Schlüssel in die Zündung, die Autotür ist nach wie vor offen. Man kann ja nie wissen … aber Cody schweigt. Gerade will ich den Schlüssel herumdrehen.

»Tina, warte.«

»Ja?« Ich atme auf.

»Wenn du schon mal hier bist …«

»Ja?«

»Ich hab eingekauft. Ich könnte uns was kochen.«

»Du kannst kochen?«

»Ja … Ist das so ungewöhnlich?«

»Na ja, soweit ich weiß, haben die meisten Männer hier in der Gegend andere Interessen …«

Cody grummelt, aber ich höre heraus, dass er ein Lachen unterdrückt. »Merkst du dir etwa alles, was ich sage?«

»Wäre das denn so ungewöhnlich?« Ich muss schmunzeln bei der Erinnerung an diesen Dialog, den wir andersherum schon mal hatten.

Cody guckt mich an, mit einer unergründlichen Miene. Dann schüttelt er den Kopf und lächelt.

»Du bist sehr ungewöhnlich, Tina.«

Meint er das als Kompliment? Ich beschließe, es einfach mal so aufzufassen. »Danke.«

»Na, dann komm. Wenn du schon den ganzen Weg von Richfield hergefahren bist, um meine Pferde zu füttern, sollst du wenigstens auch was zu essen bekommen.«

Ich steige wieder aus, Cody holt eine Einkaufstasche aus seinem Pick-up und wir gehen zum Haus.

»Aber ich stelle eine Bedingung«, sagt er.

»Ja?«

»Wir können heute Abend über alles reden, aber nicht über das Thema.«

Er betont »das Thema« so, als wollte er das Wort Wasserkraftwerk nicht einmal aussprechen. Ich wage nicht zu fragen, warum.

»Einverstanden.«

Ernie begrüßt uns fröhlich bellend und wuselt um uns herum, während wir das Ranchhaus betreten. Es ist sehr behaglich im Country-Style eingerichtet, so, wie man es hier im Westen erwartet. Eine Theke trennt die offene Küche vom Wohnzimmer, wo eine gemütliche Couchecke dazu einlädt, sich gleich hineinfallen zu lassen. Cody reicht mir eine Flasche Rotwein.

»Hier, die kannst du schon mal öffnen.«

Ich schaue auf das Etikett. »Französischer Rotwein? Der sieht ja edel aus.«

»Auf einer Ranch wird nicht immer nur Bier getrunken.«

»Also ist das nur ein Klischee?«

»Ja, wir können auch mal zivilisiert sein.« Cody grinst. »Aber ehrlich gesagt war der Wein ein Geschenk.«

Ich freue mich, dass er offenbar wieder zu Scherzen aufgelegt ist.

Während ich die Flasche entkorke und eingieße, werkelt Cody in der Küche.

Ich nutze die Gelegenheit, mir die Fotos über dem Kamin anzusehen ... ein vergilbtes Hochzeitsfoto, ein Mann mit einem weißen Bart auf einem Pferd, zwei Jungs bei der Einschulung ... Wahrscheinlich ist einer der Jungs Cody, denke ich.

»Der mit dem Bart ist mein Großvater, und das da links auf dem Foto bin ich«, sagt er in diesem Moment, als habe er meine Gedanken erraten.

Ich schaue genauer hin. »Ein hübscher Junge«, sage ich.

»Ja, aber das ist lange her«, erwidert Cody, und ich beschließe, es dabei zu belassen. Stattdessen gehe ich an die Theke und schaue in die Pfanne auf dem Herd.

»Gemüsepfanne.«

»Keine Steaks?«

»Auf einer Ranch gibt es nicht immer nur Steaks.«

Ich grinse.

Cody begreift offenbar erst jetzt, dass ich ihn necken wollte.

»Sag mal, du Stadtpflanze, was für ein Bild hast du eigentlich von uns Cowboys?«

Ich zucke die Schultern. »Na ja, ihr steckt rund um die Uhr in staubigen Stiefeln und esst Hamburger schon zum Frühstück.«

Wie auf Kommando lachen wir beide laut los.

Und mein Herz macht einen Freudensprung, denn für einen Moment lang sind wir wieder nur Cody und Tina – und nicht der Ranchbesitzer und die Architektin.

Cody füllt zwei Teller und deutet mit dem Kopf in Richtung Veranda.

»Wollen wir draußen essen?«

»Unbedingt.«

»Dann guck mal in der Schublade, da müssten ein paar Kerzen sein.«

Kerzen, Rotwein und Sternenhimmel in den Bergen – und das alles mit Cody. So hatte ich mir das immer erträumt.

Draußen zünde ich die Kerzen an. Eine stelle ich auf den Tisch, zwei andere auf die Brüstung der Veranda. Nachdem Cody auch einen Napf mit Hundefutter für Ernie fertig gemacht hat, setzen wir uns. Ich kann es noch gar nicht glauben, dass wir hier sind, nach allem, was geschehen ist.

Cody erhebt sein Weinglas.

»Vielen Dank fürs Füttern.«

»Das habe ich gerne gemacht.«

Wir stoßen an und trinken einen Schluck. Herrliches Aroma. Ich nehme einen tiefen Atemzug und genieße die frische Luft, die Atmosphäre und Codys Nähe. Wir schauen eine Weile schweigend über das Tal.

Hier mit Cody zusammen auf der Terrasse zu sitzen fühlt sich perfekt an. Als ob dieser Moment genau so ist, wie er sein soll. Hier oben mit ihm zu sein erscheint mir wie meine Bestimmung, mein Schicksal … hier ist mein Platz im Leben.

Als wir später mit dem Essen fertig sind, haben wir über dies und das gesprochen und über ein paar Faxen von Ernie gelacht, aber das unselige Kraftwerk tatsächlich nicht mit einem Wort erwähnt. Ein schöner Abend, aber ich spüre, dass ich aufbrechen sollte.

»Bist du nicht zu müde zum Fahren?«, fragt Cody.

»Kein Problem.«

»Du könntest auf dem Sofa ...«

»Nein, lieber nicht.«

Auch wenn es mich größte Überwindung kostet, Codys Angebot auszuschlagen, mein Bauchgefühl sagt mir, dass dies der falsche Zeitpunkt für eine Übernachtung auf der Ranch wäre. Auch wenn wir offenbar noch etwas füreinander empfinden, müssen wir das Problem zwischen uns zuvor aus dem Weg räumen. Sonst wird auch der letzte Funken Vertrauen zwischen uns unwiederbringlich zerstört.

KAPITEL 23

Am nächsten Tag im Büro lasse ich die Ereignisse noch einmal Revue passieren. Warum stellt sich Cody eigentlich so beharrlich gegen einen Verkauf und will noch nicht einmal darüber sprechen? Das Angebot, das Tal gegen ein anderes Grundstück zu tauschen, wollte er sich überhaupt nicht anhören. Allerdings sieht ihm das gar nicht ähnlich, denn ich hatte ihn als besonnenen Mann kennengelernt und nicht als sturen Hitzkopf. Vielleicht hängt er an seiner Heimat und will deshalb nicht verkaufen?

Ich beschließe, nach einer Alternative zu suchen. Möglicherweise kann das Kraftwerk auch in einem anderen Tal gebaut werden. Vor allem ein Tal am Fuße des Grey Peak war mir auf der Reittour aufgefallen. Es ist ungefähr so groß wie Codys, und der Untergrund sah ähnlich felsig aus.

Noch ist die Schlacht nicht verloren, denke ich. Ich will nicht so einfach aufgeben, aber vielleicht sollte ich nach meinen eigenen Spielregeln spielen. Also informiere ich meinen Chef, dass ich noch mal nach Torrey fahre, und mache mich gleich auf den Weg.

In Loa tanke ich, damit mir nicht etwa in den Bergen das Benzin ausgeht, kaufe mir etwas Proviant und fülle meine Wasserflasche auf.

Nachdem ich eine Weile durch die Berge gekurvt bin und mich einige Male verfahren habe, erreiche ich endlich das besagte Tal, mache Fotos und notiere die ungefähren Ausmaße. Tatsächlich sieht es so aus, als könnte dieser Standort eine Alternative sein. Vielleicht ist das ein Anfang …

Auf dem Rückweg nehme ich eine andere Route. Nach ein paar Meilen erreiche ich das Plateau, auf dem wir während der Tour gecampt haben. Ein guter Platz für ein Picknick, denke ich. Die Zelte sind längst abgebaut, aber auf der Lichtung liegen noch die Steine, die im Kreis um unsere Feuerstelle lagen. Ich seufze und denke an die unbeschwerten Abende am Lagerfeuer zurück.

Aber nach einer Weile zieht sich der Himmel zu und ohne die Sonne wird mir kalt. Ich beende mein Picknick, steige wieder ein und lasse das Auto an.

Ich bin nur einige Meter weit gefahren, als plötzlich der Motor ausgeht. Wie bitte? Das darf ja wohl nicht wahr sein!

Was ich auch versuche, der Motor springt nicht wieder an. Also den Pannendienst anrufen … falls ich hier Empfang habe. Ich zücke mein Smartphone … und stelle zu meinem Entsetzen fest, dass der Akku leer ist. Wie sagt man so schön, ein Unglück kommt selten allein.

Ich könnte zu Fuß weitergehen, aber nach Torrey sind es schätzungsweise dreißig Meilen und in die andere Richtung … keine Ahnung. Im Auto übernachten? Das könnte ungemütlich kalt werden. Dann laufe ich lieber hoch zu dem alten Blockhaus, zu dem Cody und ich geritten sind, um den Zaun zu reparieren. Das ist nicht allzu weit, und ich weiß ja, dass es einen Kamin hat, der noch funktioniert. Ich gehe los und denke gerade noch daran, meine Wasserflasche mitzunehmen.

Der Pfad windet sich nach oben. An einer Stelle ist ein Stück weggebrochen. Ich hangele mich an einem Baum an der abschüssigen Stelle vorbei und habe bald wieder festen Boden unter den Füßen. Ich nehme die Steine als Trittstufen und komme tatsächlich ganz gut voran.

Ich bin frohen Mutes, auch wenn sich inzwischen am Himmel dunkle Wolken zusammenballen. Hoffentlich erreiche ich die Hütte noch, bevor es anfängt zu regnen. Aber wenn ich mich richtig erinnere, ist es gar nicht mehr weit, ich muss bloß um die nächste Felswand herumgehen.

Dort öffnet sich wie erwartet die Lichtung ... Abrupt bleibe ich stehen. Dort, wo sich die Hütte befinden müsste, ist nichts. Vor mir liegt eine hübsche kleine Lichtung mit ein paar Bäumen, aber keine Hütte weit und breit. Ich habe mich verlaufen.

Hektisch sehe ich mich um und denke fieberhaft nach, ob mir der Weg zur Hütte wieder einfällt. Nach einer Weile muss ich einsehen, dass ich am besten schleunigst wieder zum Auto zurückkehre. Ich drehe um und wandere den steilen Pfad hinunter, so schnell ich kann. Nicht, dass es dunkel wird, bevor ich wieder am Auto bin ...

Plötzlich gibt ein Stein nach, ich rutsche mit dem Fuß in eine Felsspalte und ein stechender Schmerz fährt in meinen Knöchel.

»Aua!« Das Echo meiner Stimme hallt von der Felswand wider.

Schnell ziehe ich meinen Fuß aus der Spalte und setze mich hin, um ihn zu begutachten. Erst denke ich, mich hat etwas gebissen, aber als ich keine Bissspuren sehe, wird mir klar, dass ich mir entweder den Knöchel verstaucht oder ihn im schlimmsten Fall gebrochen habe.

Was nun? Ich sehe den Berg Rat suchend an. Ich stehe vorsichtig auf, als ich jedoch den Fuß belaste, macht mir der stechende Schmerz klar, dass ich es niemals zum Auto zurückschaffe, bevor es Nacht wird. Hierbleiben kann ich auch nicht, denn am Berg wäre ich Wind und Regen schutzlos ausgeliefert.

Ich könnte versuchen, mich zu der Höhle im Paradise Valley vorzuarbeiten. Beginnt da drüben nicht der Pfad? Aber vielleicht erinnere ich das auch nicht richtig … Egal, ich muss es probieren.

Ich hinke zu einem Baum, unter dem ein toter Ast liegt. Nachdem ich ein Stück abgebrochen habe, kann ich mich darauf stützen und so meinen Fuß etwas entlasten. Das klappt immerhin leidlich, sodass ich besser vorankomme. Ob ich die Höhle noch vor der Dunkelheit erreiche? Denn eins ist klar: Hier oben im Dunkeln herumzustolpern würde höchstens dazu führen, dass ich in die nächstbeste Schlucht stürze.

Als ich den steinigen Teil des Pfades ins Paradise Valley erreiche, atme ich auf. Immerhin habe ich mich dieses Mal mit dem Weg nicht geirrt. Und die großen Feldsteine, die auf dem Weg liegen, helfen mir jetzt sogar, indem ich mich mit den Händen daran abstützen kann.

Als ich das Tal erreiche, fallen erste kalte Regentropfen, als wollten sie mir eine Vorwarnung schicken. Die Kakteen im Sand kann ich gerade noch erkennen. Ich humpele so schnell es geht um sie herum. Die Aussicht, die Nacht in nassen Klamotten verbringen zu müssen, verleiht mir ungeahnte Kräfte. Endlich erreiche ich den Eingang der Höhle. Was kurz darauf draußen losbricht, macht dem Namen Unwetter alle Ehre.

Es blitzt und donnert so heftig, dass ich befürchte, die Höhle könnte einstürzen. Okay, sie steht hier schon ein paar Tausend Jahre, aber vielleicht eben nur bis heute und ich werde hier unter Felsbrocken verschüttet? Egal, denn rausgehen ist nun wirklich keine Option.

Die Blitze erleuchten die Höhlenmalereien, die wir neulich noch bestaunt haben.

Ich muss an die Bären denken, von denen John erzählt hat. Hoffentlich kommt keiner von denen auf die Idee, hier ebenfalls Schutz zu suchen. Das könnte für mich sehr ungemütlich werden. Für den Bären allerdings wäre das prima. Er hätte nicht nur ein Dach über dem Kopf und einen gemütlichen Schlafplatz, sondern auch noch lecker Abendessen frei Haus. Er müsste dafür nicht mal auf den Lieferdienst warten.

Na toll, Tina, du bist ja eine echte Meisterin darin, dir selbst Mut zuzusprechen.

Was würde Cody jetzt tun? Mich in den Arm nehmen? Wenn er doch nur hier bei mir wäre!

KAPITEL 24

Als ich wieder aufwache, liege ich relativ gemütlich. Nur dass ich Sand im Mund habe, fühlt sich nicht ganz so schön an. Ich spucke ihn aus und spüle meinen Mund mit dem letzten Schluck Wasser aus meiner Flasche. Es ist kein Bär zu sehen, ich bin unversehrt und draußen scheint die Sonne.

Ich muss lachen – offenbar habe ich wirklich *geschlafen*, in einer Höhle in der Wildnis, während draußen das Unwetter des Jahres getobt hat. Ich kann es selbst kaum glauben. Bin ich cool oder war ich einfach nur so übermüdet, dass ich trotz meiner Panik eingeschlafen bin?

Ich recke mich und stelle fest, dass ich mich sogar erfrischt fühle. Eine Nacht, allein in der Wildnis … und ich habe es überstanden. Eine Welle von Glücksgefühl und Stärke fließt durch meinen Körper. Ich habe es aus eigener Kraft hierher geschafft und meine Angst überwunden.

In diesem Moment knurrt mein Magen, und zwar so laut, dass ich meine, das Echo von der Höhlenwand zu hören. Selbst wenn jetzt der Bär herbeigetrottet käme, um mich zum Frühstück zu verspeisen, mit diesem Geknurre würde ich ihn sicher in die Flucht schlagen.

Und ich habe nicht nur Hunger, sondern auch Durst. Meine Wasserflasche ist leer, also hilft es nichts, ich muss los.

Zunächst betaste ich meinen verstauchten Knöchel. Er ist geschwollen, aber er tut nicht mehr so weh, vermutlich hat ihm die Pause gutgetan.

Ich stehe auf und belaste den Fuß vorsichtig. Tatsächlich, das geht zwar noch nicht richtig gut, aber besser als gestern. Meinen improvisierten Stock nehme ich mit.

Als ich aus der Höhle ins Freie humpele, empfängt mich strahlender Sonnenschein. Ein herrlicher Anblick, hier im Paradise Valley zu stehen, umrahmt von roten Felsen. Über mir im tiefblauen Himmel kreist ein Adler. Wie aus dem Katalog, denke ich. Ich atme noch einmal tief durch und mache mich auf den Weg.

Der Regen hat die Landschaft in noch intensivere Farben getaucht. Die roten, gelben und lilafarbenen Nuancen des Sandsteins wirken durch die Feuchtigkeit noch stärker. Es kommt mir vor, als ob ich durch einen überdimensionalen Tuschkasten laufe.

Der Weg aus dem Tal heraus fällt mir heute schon viel leichter als der Abstieg gestern. Glück gehabt. Hätte ich mir den Fuß wirklich gebrochen, würde ich jetzt noch an der Stelle am Berg liegen und vermutlich heute Nacht erfroren sein. Und selbst wenn nicht, ob mich jemand gefunden hätte, bevor ich dort verdurstet wäre?

Als ich um die nächste felsige Ecke biege, jagt Adrenalin durch meine Adern, denn plötzlich flattert ein Vogel vor mir auf, der etwa so groß ist wie ein Schwan, aber schwarz und weiß gesprenkelt. Gott sei Dank, nur ein Vogel, denke ich und hole tief Luft.

»Das ist ein Beifußhuhn«, sagt auf einmal eine Männerstimme hinter mir. Ich schreie auf, springe los, schreie gleich noch mal, weil ich auf meinem schmerzenden Fuß gelandet bin, und falle rücklings in den Sand.

Vor mir steht ein riesiger Mann und schaut auf mich herunter. Der Indianer mal wieder! Während ich zu Tode erschrocken bin, guckt er einfach nur, ohne jede Regung. Ich schnappe nach Luft, langsam geht er auf mich zu und reicht mir die Hand, damit ich aufstehen kann.

»Vor denen musst du keine Angst haben«, sagt er und deutet auf den Vogel, der jetzt meckernd davonwatschelt.

Ich starre ihn an. »Äh ... Wo kommen Sie ... äh, du, denn plötzlich her ...?«

»Von da.« Der Indianer deutet in einen Seitencanyon hinter seinem Rücken. Na klar, was frage ich überhaupt.

»Ich ... mein Auto ist da oben liegen geblieben und ich habe mir den Fuß verstaucht ... und ...«

Der Indianer nickt, dreht sich um, geht einige Schritte um ein paar Felsen und ist so plötzlich verschwunden, wie er gekommen ist.

Ich bin fassungslos. Da treffe ich den einzigen Menschen im Umkreis von fünfzig Meilen, und der haut einfach wieder ab, bevor ich den Satz zu Ende gesprochen habe?

»Hey, warte mal!«, rufe ich ihm nach. Ich humpele zu der Stelle, wo er verschwunden ist, und blicke in den Seitencanyon, der ein unübersichtliches Gewirr von Felsen, großen Feldsteinen und Spalten darstellt. Erst humpele ich noch ein paar Schritte hinterher, aber nach ein paar Metern sehe ich ein, dass das keine gute Idee ist. Mit meinem Fuß kann ich ihn niemals einholen, und wenn ich mich in diesem Felsengewirr verirre, wird mich niemand finden. Außer vielleicht ein paar Archäologen, aber das dürfte wohl erst später mal so in zwei- oder dreitausend Jahren sein.

»Das gibt's doch nicht!«, rufe ich, aber er ist einfach weg, genau wie das Beifußhuhn.

Dann gehe ich lieber den Weg zurück, den ich kenne. Und wenn ich mich richtig erinnere, ist etwas weiter oben ein Bach, dort kann ich wenigstens meine Wasserflasche auffüllen.

Nach einer Weile habe ich Paradise Valley verlassen und humpele auf dem Pfad in Richtung Torrey. Ein Knacken im Unterholz lässt mich schon wieder zusammenzucken, aber es ist nur ein großer schwarzer Elch, der am Seeufer grast. Nur? Plötzlich bin ich hellwach. Wer sagt denn, dass Elche nicht gefährlich sind? Ich grübele, ob Cody etwas über Elche erzählt hat, aber mir fällt nichts ein.

Ich bemühe mich, noch leiser zu gehen, damit er nicht auf mich aufmerksam wird. Tatsächlich grast er friedlich, ohne von mir Notiz zu nehmen. Oder plant er einen Überraschungsangriff und lacht sich insgeheim tot, dass ich keinen Schimmer habe, was hier draußen in der Wildnis gespielt wird? Es würde mich nicht wundern.

Mittlerweile habe ich so einen Durst, dass ich meine Flasche am liebsten aus dem See auffüllen würde. Aber in dem Moment fallen mir Codys Worte wieder ein: Wasser niemals aus stehenden Gewässern nehmen, lediglich aus fließenden. Sonst gibt's Bauchschmerzen.

Endlich erreiche ich den kleinen Bach. Umständlich knie ich mich hin, um meinen geschwollenen Knöchel nicht zu belasten, denn mittlerweile tut er wieder ganz schön weh. Ob ich es damit bis nach Torrey schaffe? Ich rechne mal kurz nach. Wenn ich in diesem Tempo so weiterkomme, packe ich das heute auf keinen Fall. Also muss ich noch eine Nacht in den Bergen verbringen – und vor allem noch einen Tag ohne Nahrung. Darauf habe ich allerdings überhaupt keine Lust, denn jetzt knurrt mein Magen immer lauter.

Ich tauche meine Flasche in den Bach und freue mich über das klare Wasser. Man wird bescheiden hier oben in den Bergen.

Im Spiegelbild des Wassers sehe ich plötzlich jemanden hinter mir stehen. Ich schreie und springe auf. Vor mir steht wieder der Indianer, dieses Mal mit zwei Pferden an der Hand.

»Mann, musst du mich immer so erschrecken?«, fauche ich ihn an.

»Ich habe dir ein Pferd geholt.« Sein Tonfall ist ganz ruhig.

Ich fasse es nicht. Wieso kann der Mann nicht normal kommunizieren?

»Meine Güte, hättest du nicht sagen können ›Warte hier, ich gehe und hole dir ein Pferd‹?« Ich merke, dass ich immer noch schreie.

Er nickt. »Das hätte ich.«

»Und? Warum hast du nichts gesagt?«

Er zuckt die Schultern. »Hab nicht dran gedacht.«

Er reicht mir die Zügel des Pferdes. »Kannst du aufsteigen mit dem Fuß?« Er deutet auf meinen schmerzenden Knöchel.

Ich bemühe mich, den Fuß in den Steigbügel zu bekommen, aber ich merke, dass ich ihn nicht genügend belasten kann.

»Ich versuche es von der anderen Seite.«

Das Aufsteigen von der rechten Seite fühlt sich ungewohnt an, aber ich schaffe es, mich in den Sattel zu hieven.

Der Indianer setzt sich ebenfalls auf sein Pferd, wendet es und wir trotten los in Richtung Torrey.

Nach einer Weile bekomme ich ein schlechtes Gewissen.

»Es tut mir leid, dass ich dich immer so anschreie. Das ist nichts Persönliches, ich mache das nur, wenn ich erschrocken bin.«

Er nickt. »Schon gut.«

Besonders gesprächig ist er wirklich nicht.

»Vielen Dank, dass du mit dem Pferd wiedergekommen bist.«

»Hier draußen hilft man sich gegenseitig. Sonst überlebt man nicht.«

Ich denke nach.

»Hier draußen scheint einiges anders zu laufen als bei uns.«

»Woher kommst du denn?«

»Aus Deutschland.«

»Das Land mit der Mauer?«

»Ja. Wir hatten eine Mauer, aber die steht schon lange nicht mehr.«

»Gut, dass sie weg ist. Mauern versperren uns die Sicht.«

Ich nicke. »Wie heißt du eigentlich?«

»Nenn mich Navajo.«

»Das ist dein Stamm, oder?«

»Ja.«

»Hast du keinen Namen?«

»Doch, aber mir gefällt Navajo besser.«

In den kommenden Stunden reden wir nicht viel. Aber je länger wir so nebeneinander her reiten, desto mehr beginne ich, diesen merkwürdigen Menschen zu mögen.

Als wir endlich das Ortsschild von Torrey erreichen, sterbe ich fast vor Hunger.

»Wohin willst du?«, fragt Navajo.

Ich deute auf das Capitol Reef Barn, und er nickt.

Wenig später knirschen die Hufe der Pferde auf dem Kies des Parkplatzes. Durch die Fenster kann ich sehen, dass wir bei den Gästen des Restaurants Aufmerksamkeit erregen. Ich kann es ihnen nicht verdenken, vermutlich geben wir ein eigenartiges Bild ab, der riesige Indianer und die zierliche Frau auf den gescheckten Pferden.

»Darf ich dich als Dank zum Essen einladen?«

Er schüttelt den Kopf. »Besser nicht.«

»Warum nicht?«

»Ich glaube, ich bin hier nicht gerne gesehen.«

»Hast du was verbrochen?«

Er lacht leise. Der Indianer *lacht*. Ich bin erstaunt, das hätte ich niemals von ihm erwartet.

»Gib's zu«, sage ich, um einen Scherz zu machen.

»Nein. Ich hab nichts getan. Aber ich bin ein Navajo.«

»Verstehe.« Ich denke nach. »Die Menschen haben Mauern in den Köpfen?«

Er sieht mich an und lächelt.

»Du bist eine kluge Frau.«

»Und eine sehr hartnäckige. Wir versorgen jetzt die Pferde, dann gehen wir da rein. Und egal, was die denken, wir gönnen uns ein schönes Abendessen, das haben wir uns nämlich mehr als verdient.«

»Na gut«, sagt er.

Ich bin erstaunt, dass er zustimmt, und schaue ihn noch einmal an, ob ich mich verhört habe. Aber er nickt bedächtig.

»Warte hier einen Moment«, sage ich. »Ich frage drinnen, wo wir die Pferde unterbringen können. Und soll ich dir ein Zimmer reservieren?«

»Nein. In geschlossenen Häusern kann ich nicht schlafen. Ich muss die Sterne über mir sehen.«

Ich drücke ihm die Zügel in die Hand und gehe ins Gebäude zur Rezeption. Einige Minuten später habe ich für uns einen Tisch reserviert und für mich ein Zimmer.

Als ich wieder rauskomme, habe ich einen Moment die Befürchtung, dass Navajo weg sein könnte, aber er ist noch da. Ein Mann, der sein Wort hält.

Wir satteln die Pferde ab und bringen sie in einen Paddock hinter dem Restaurant, wo Wasser und Heu auf sie warten. Anschließend gehen wir rein und setzen uns an den Tisch, während uns verstohlene Blicke folgen.

Die Kellnerin ist freundlich wie gewohnt, aber während wir die Speisekarten studieren, rutscht der Indianer unbehaglich auf seinem Stuhl hin und her.

»Ist alles okay?«, frage ich.

»Siehst du die anderen Gäste?«, murmelt er in seine Karte.

»Ja. Was ist mit ihnen?«

»Sie gucken.«

»Ja, aber sie sind nur neidisch.«

»Auf uns?«

»Auf dich.«

Navajo runzelt die Stirn.

Ich beuge mich zu ihm vor.

»Ich wette, sie stecken in einem Alltag fest, der total stressig ist. Sie rennen durch ihr Leben, um Häuser, Autos und Smartphones zu bezahlen, aber sie haben keine echte Freude.«

Navajo starrt mich über den Rand seiner Speisekarte hinweg an.

»Meinst du?«

»Ich bin ganz sicher. Du bist für sie das Symbol für Freiheit und Ungebundenheit. Für ein Leben, nach dem sie sich insgeheim sehnen. Deshalb gucken sie so fasziniert.«

»Hm. So habe ich das noch nie gesehen.«

In diesem Moment erscheint die Kellnerin und nimmt unsere Bestellungen auf. Der Indianer bestellt Coq au Vin und Bordeaux, und ich wundere mich, dass er das perfekt ausspricht.

»Du magst französisches Essen?«

Er nickt. »Die Franzosen kochen vorzüglich. Und ich habe gehört, dass der Koch hier mal in Frankreich gearbeitet hat.«

Ich staune. Für einen Mann, der die ganze Zeit in den Bergen herumreitet, ist er ziemlich bewandert, was gutes Essen angeht.

Als die Kellnerin wieder gegangen ist, lenke ich das Thema auf etwas, das mich beschäftigt.

»Weißt du, Navajo, diese Erlebnisse hier und die Nacht im Paradise Valley, allein in der Wildnis. Das hat mich verändert. Ich sehe jetzt vieles anders.«

Er nickt. »Das glaube ich. Aber das solltest du nicht mir erzählen.«

»Sondern?«

»Dem, der dir etwas bedeutet.«

»Und wenn er ein sturer Esel ist?«

»Dann frag ihn, warum er so ein sturer Esel ist.«

Ich lache. »*Das* soll ich ihn fragen?«

»Ja.«

Ich schaue Navajo an und erkenne, dass er es völlig ernst meint.

Ich denke nach. »Meinst du damit, er hat seine Gründe, warum er sich so verhält?«

Der Indianer nickt. »Jedes Wesen hat immer gute Gründe für das, was es tut. Auch wir Menschen.«

Ich denke nach. »Also darf ich nicht fragen, was er macht, sondern warum?«

Navajo nickt. »Wenn du hundert Meilen in seinen Schuhen gegangen bist, wirst du ihn verstehen.«

Ich erinnere mich daran, dass ich ein ähnliches Gespräch schon mal mit Cody hatte. Aber damals hatte ich etwas anderes gemeint.

Unser Essen kommt und wir genießen eine Weile schweigend. Danach möchte ich noch etwas wissen.

»Gibt es eigentlich jemanden, der *dir* etwas bedeutet?«

Er nickt.

»Eine Frau?«

»Sie heißt Yuma.«

»Und?«

»Schwierig«, brummt er.

»Wieso?«

»Sie sagt, ich rede zu viel.«

Ich lache spontan los. »Wie bitte?«

Ich denke, er hat einen Scherz gemacht, aber er guckt völlig ernst.

»Wirklich? Zu *viel* hat sie gesagt?«

Er nickt.

»Oh, na gut … Und weißt du, wie du ihr Herz gewinnen willst?«

»Mit Worten klappt es jedenfalls nicht.« Er zuckt die Schultern und sieht zum ersten Mal etwas hilflos aus.

»Vielleicht helfen Blumen? Rosen sind immer gut – als Zeichen der Liebe.«

»Rosen wachsen in der Natur. Sie abzuschneiden, würde Yuma als Frevel empfinden.«

»Verstehe.« So langsam gehen mir die Ideen aus. Pralinen und Likör erscheinen mir in diesem Fall auch nicht geeignet.

Navajo sieht mich aufmerksam an.

»Aber du bist doch eine Frau, du musst es wissen. Wie kann man Frauen beeindrucken?«

Ich denke an Cody. In welchen Momenten habe ich besonders intensiv gefühlt? Plötzlich weiß ich es.

»Ich hab's … schau ihr tief in die Augen. Wenn sie deine Seelenverwandte ist, wirst du es wissen.«

Das Wort Seelenverwandte erinnert mich an Fabienne, und ich muss unwillkürlich lächeln.

Der Indianer nickt. »Gute Idee. Das versuche ich.«

»Ich wünsche dir viel Glück.«

Als der Indianer später aufbricht, tut mein Fuß kaum noch weh, und ich helfe ihm beim Satteln.

»Wo willst du denn übernachten?«

»Mal sehen, wo die Pferde mich hintragen.«

»Du lässt das die Pferde entscheiden?«

»Die sehen im Dunkeln besser als ich.«

Ich schmunzele. Was für ein eigenartiger Mensch, denke ich, aber irgendwie fühle ich mich ihm nahe, obwohl ich ihn kaum kenne.

»Navajo, wenn ich mal wieder deine Hilfe brauche ... wo kann ich dich finden?«

Er winkt ab. »Ich finde dich.«

Er reitet los und ist Sekunden später in der Dunkelheit verschwunden.

KAPITEL 25

Cody

Ich muss den Tatsachen ins Auge sehen. Ich bin pleite. Der Kellnerjob, den ich in letzter Verzweiflung in Richfield angenommen habe, bringt nicht genug ein, um die Ranch zu halten, geschweige denn, die Kredite zurückzuzahlen, die Mitch mir eingebrockt hat. An Mitch komme ich nicht heran, und ich weiß nicht mehr weiter.

Was soll ich bloß machen? Das, was ich immer mache, wenn ich Probleme habe. Ein Pferd satteln und in die Berge reiten. Klare Luft atmen und den Kopf freikriegen.

Ich suche mir den vierjährigen Luke aus, um zu prüfen, wie er sich allein in den Bergen ohne seine schützende Herde verhält. Als ich den Gipfel des Ant Hill erreiche, steige ich ab und streichele ihm den Hals.

Er hat sich auf dem ganzen Weg nicht ein einziges Mal aufgeregt und auch nur zwei- oder dreimal nach den anderen Pferden gewiehert. Seit wir außer Sichtweite der Ranch waren, hat er brav seinen Job erledigt.

»Guter Junge«, sage ich zu ihm, und er rupft ungerührt von dem Gras zu seinen Füßen.

Ich setze mich ins Gras und schaue ins Tal. Von hier oben sieht alles so klein aus. Auch die Probleme scheinen hier urplötzlich zu schrumpfen. Das ist neben der grandiosen Aussicht einer der Gründe, warum ich am liebsten hier oben bin – allein mit meinem Pferd.

Die meisten Pferde machen sowieso viel weniger Schwierigkeiten als Menschen, denke ich. Plötzlich frage ich mich, wann um alles in der Welt ich so zynisch geworden bin. Ach, das ist sicherlich nur eine schlechte Phase. Oder rede ich mir das einfach ein, um den Konsequenzen nicht ins Auge zu sehen?

Und warum um alles in der Welt habe ich eigentlich so ein Pech mit den Frauen? Wenn ich mich verliebe, was ja ohnehin nur sehr selten geschieht, dann geht mit Sicherheit irgendetwas schief. So wie bei Mary, die mit dem abgeschiedenen Leben hier draußen nichts anfangen konnte.

Und nun Tina, die mein Herz berührt wie noch keine Frau vorher. Sie ist wie geschaffen für das Leben hier draußen. Ich habe das Leuchten in ihren Augen gesehen, oben bei dem alten Blockhaus, und ich war schon ganz sicher, sie ist die *Eine* …

Aber dann arbeitet sie mit den Typen vom REO zusammen, ausgerechnet! Die nichts Besseres zu tun haben, als die Leute über den Tisch zu ziehen. Okay, vermutlich wusste Tina nichts von deren Machenschaften, aber warum muss sie unter Millionen von Jobs ausgerechnet diesen einen annehmen? So viel Pech wie ich kann einer allein doch eigentlich gar nicht haben.

Aber das werde ich heute wohl nicht mehr klären, außerdem muss ich heute Abend wieder als Kellner arbeiten. Also steige ich aufs Pferd und mache mich auf den Rückweg zur Ranch.

Als wir den Sand Creek durchquert haben, höre ich ein Brummen. Jäger, denke ich im ersten Moment, aber die Jagdsaison ist doch vorbei. Wer sonst sollte hier mit einem Quad hochfahren? Luke wird unruhig unter mir, als das Brummen lauter wird …

»Brav, mein Junge, alles okay.« Ich streichele Lukes Hals.

Aber das Brummen wird schnell so laut, dass es in den Ohren wehtut. Luke bleibt stehen und macht ein paar Bocksprünge auf der Stelle.

»Whoa, Luke…« In diesem Moment schießt ein Hubschrauber aus der Senke vor uns dicht über unsere Köpfe. Luke wirft sich herum und rennt den Sand Creek bergauf. Ein paar Galoppsprünge kann ich mich noch im Sattel halten, aber als er einen Haken schlägt, fliege ich wie mit einem Katapult geschossen durch die Luft. Bevor ich im Sand lande, erkenne ich noch die Buchstaben REO auf dem Hubschrauber. Von Luke sehe ich nur noch kurz die Hinterhufe, dann ist er in einer Staubwolke verschwunden.

»Ihr Scheißkerle!«, brülle ich dem Hubschrauber nach, aber natürlich hört mich niemand. Hoffentlich bricht Luke sich in der Panik nicht die Beine.

Tina

Der Abschleppwagen rumpelt die staubige Straße hoch, ich dirigiere den Fahrer zu meinem Auto. Auch er spricht nicht viel, aber daran habe ich mich mittlerweile gewöhnt. Ich schaue aus dem Fenster und genieße die Aussicht auf die Landschaft.

Mein Smartphone ist seit Tagen leer. Ich habe weder in einen Fernseher noch in einen Computermonitor geschaut. Plötzlich wird mir klar, dass ich das gar nicht vermisse. Im Gegenteil, ich fühle mich ruhiger, stärker und gelassener ohne all diese Ablenkungen. Einen Tag ohne E-Mails? Das wäre noch vor ein paar Wochen undenkbar gewesen, aber jetzt empfinde ich es wie einen entspannten Urlaub.

Als wir die Autowerkstatt in Loa erreichen, hole ich trotzdem das Ladekabel aus dem Auto und rufe in der Firma an.

»Tut mir leid, ich bin mit dem Auto in den Bergen liegen geblieben.«

»Sind Sie denn mit Mr Parker vorangekommen?« Das ist offenbar das Einzige, was meinen Chef im Zusammenhang mit mir interessiert.

»Noch nicht, aber ich arbeite daran«, antworte ich diplomatisch.

Den unfreiwilligen Zwischenstopp in Loa nutze ich, um mich etwas umzusehen. Das kleine Städtchen liegt am Rande der Rocky Mountains mit Blick auf die Berge. Aber obwohl es bloß ein paar Meilen zwischen Torrey und Loa sind, ist der Blick hier ein völlig anderer. Während in Torrey rotes Gestein, schroffe Felsen und Wildnis dominieren, liegt Loa inmitten sanft ansteigender grüner Hügel. Auch ein Paradies, aber eins mit völlig anderem Charakter.

Im Mountain Farmers Store suche ich mir ein paar halbhohe Wanderschuhe aus, die den Knöchel stützen. Man sollte ja aus seinen Fehlern lernen, denke ich. Und ich möchte nicht noch mal da oben durch die Gegend humpeln und mich von irgendwelchen Leuten retten lassen.

Bei diesem Gedanken schießt mir plötzlich die Idee durch den Kopf, dass der Indianer mich vielleicht nicht nur physisch gerettet hat. Was, wenn mir diese Erlebnisse einen ganz anderen Blick auf die Welt eröffnen?

Plötzlich frage ich mich, was mir im Leben wirklich wichtig ist. Wo ist mein Platz im Leben? Und was ist mit der Liebe?

So stehe ich in einem Laden mitten im Nirgendwo, links von mir ein Regal mit Würmern für die Angler und rechts mit Gummistiefeln, und philosophiere über den Sinn des Lebens. Ich lache los, als mir bewusst wird, wie absurd das von außen betrachtet wirken muss.

Ich gehe an die Kasse, bezahle die Wanderschuhe und hole mir einen Kaffee to go.

Draußen setze ich mich auf eine Bank und schaue auf die Berge. Deutlicher als jemals zuvor merke ich, wie sehr ich mich nach Cody sehne. Warum nur muss ich mich ausgerechnet in diesen sturen Esel verlieben?

Mit dem reparierten Wagen fahre ich den Weg zur Ranch hinauf und bin erleichtert, Codys Pick-up vor dem Haus zu sehen. Als ich aus dem Auto steige, habe ich ein mulmiges Gefühl. Wie sich unser Wiedersehen wohl anfühlen wird? Ich gehe zum Haus und klopfe, aber niemand macht auf.

Daraufhin marschiere ich hinunter zum Offenstall, wo die Pferde an einer Heuraufe stehen, andere dösen. Ich suche weiter auf der Ranch, bis ich jemanden am Traktor werkeln sehe. Aber es ist nicht Cody, sondern John.

»Hallo, John.«

»Oh, hallo. Was machst du denn hier?«

»Ich muss dringend mit Cody sprechen.«

»Der ist nicht da.«

»Ähm, aber sein Pick-up …«

»Er ist in die Berge geritten. Er sucht ein vermisstes Pferd.«

»Ah, und wann kommt er wieder?«

John zuckt die Schulter. »Kann ein paar Stunden dauern. Oder Tage. So lange eben, bis er es gefunden hat.«

Mist. Ich überlege. Ein paar Tage werde ich es keinesfalls aushalten.

»Kannst du mir sagen, wohin er genau geritten ist?«

»Woher soll ich wissen, wo der Gaul steckt?«

»Ich meine, in welchem Bereich sucht er denn?«

»Den Sand Creek hoch. Wieso?«

»Okay, danke. Dann fahre ich ihm nach. Irgendwie werde ich ihn schon finden.«

Ich gehe zurück zum Auto und will gerade einsteigen, als John mir etwas hinterherruft. »Warte!«

Ich drehe mich um. »Was denn?«

»Du kannst da nicht mit dem Auto hoch. Es hat geregnet, der Fluss hat den Weg weggerissen.«

»Hat Cody ein Handy mit?«

John schüttelt den Kopf.

»Dann miete ich ein Pferd.«

»Von unseren? Auf keinen Fall.«

»Bitte, John. Es ist wirklich wichtig.«

John schüttelt den Kopf.

»Cody bringt mich um.«

»Cody bringt dich um, wenn du es *nicht* tust. Es geht um die Verhandlungen um die Ranch. Ich habe ein paar Informationen, über die er besser schnell Bescheid wissen sollte.«

John guckt alarmiert. Nach einigen Momenten kratzt er sich am Kopf.

»Na ja, wenn das so ist … Also gut, du kannst Monty haben. Der ist trittsicherer als die Pferde.«

»Okay. Danke, John.«

»Aber von der Weide holen musst du ihn selbst«, brummt John und stapft in Richtung Sattelkammer.

Ich habe Monty zwischen den anderen Pferden schnell gefunden und aufgehalftert. Jetzt bringe ich ihn zu John, der inzwischen Sattel, Pad und Trense bereitgelegt hat.

»Hast du deine Wasserflasche dabei?«, fragt er.

»Hier.« Ich zeige sie ihm und stecke sie in Montys Satteltasche.

Er nickt. »Man darf nämlich niemals …«

»… ohne Wasserflasche in die Berge. Ich weiß.«

»Ja, und auch sonst nirgendwo hin«, grunzt John unwillig. »Hast du denn Proviant?«

»Nein.«

Für einen Moment komme ich mir naiv vor, daran nicht gedacht zu haben, aber da fällt mir wieder ein, dass das so nicht geplant war.

»Ich dachte ja, dass ich Cody hier treffe.«

John murmelt etwas Unverständliches und schlurft in den Vorratsraum. Eine Minute später kommt er wieder heraus.

»Hier.« Er reicht mir eine braune Papiertüte. »Dörrfleisch und Brot.«

»Danke, John.«

Ich verstaue das Päckchen in der Satteltasche und ziehe Montys Sattelgurt fest.

»Findest du das überhaupt«, fragt John, »den Einstieg in den Sand Creek?«

Ich nicke und deute in die Richtung. »Da, wo der Weg scharf nach rechts abknickt, geht's nach links den Canyon hoch.«

John verzieht das Gesicht.

»Eins sag ich dir. Wenn ich mit Cody Ärger bekomme, behaupte ich einfach, du hast Monty gestohlen.«

»Pferdediebstahl ... stand darauf im Westen nicht die Todesstrafe? Andererseits, gilt das eigentlich auch für Maultiere?«

John starrt mich verständnislos an.

»Kleiner Scherz«, sage ich. »Danke noch mal. Du kriegst bestimmt keinen Ärger.«

Ich steige auf, wende Monty und reite los. Ehrlich gesagt denke ich, dass wir schon mitten im dicksten Ärger stecken. Ich allerdings noch mehr als John.

Ich reite eine Weile bergauf, entlang der unbefestigten Straße, die wir auch zu unserem Camp geritten sind. Wie John gesagt hat, wurde die Straße an einigen Stellen unterspült. An einer Stelle ist der Weg auf mehreren Metern komplett weggerissen. Hier wäre ich mit dem Auto tatsächlich niemals weitergekommen.

Nach einer Weile erreiche ich die Kurve mit dem Einstieg in den Sand Creek. Hier unten ist er noch breit und der Untergrund ziemlich eben.

Als wir den ersten Gebirgsbach erreichen, lasse ich Monty trinken und fülle meine Wasserflasche auf. Glücklicherweise gibt es hier unten keinen Wasserfall, denn sonst hätte er mir sicherlich eine unfreiwillige Dusche verpasst.

Ich streichele Montys Hals.

»Na, Monty, was meinst du, ob wir Cody finden?«

Er wendet mir den Kopf zu, als wollte er sagen: »Na, das wird schon.«

Als er in Ruhe fertig getrunken hat, steige ich wieder auf und lenke ihn in den steileren Teil des Canyons.

Monty ist äußerst geschickt und trittsicher. Wenn wir an Abschnitte kommen, die schwierig zu passieren sind, überlasse ich einfach ihm die Entscheidung, wo er langgehen möchte.

Der Weg im Canyon ist stellenweise eng und der Untergrund wird nach oben hin felsiger, aber Monty schreitet sehr munter voran, ihm scheint der Ausflug Spaß zu machen. Hoffentlich bleibt das so, denke ich, denn wenn er entscheiden sollte, den Rückwärtsgang einzulegen und nach Hause zu laufen, hätte ich vermutlich wenig Chancen, ihn daran zu hindern. Es ist eben doch etwas anderes, in einer gut behüteten Gruppe zu reiten, als in der Wildnis allein mit einem langohrigen Maultier.

Und es gibt ja noch ein Problem, denn ich habe keine Ahnung, wo ich Cody suchen soll. Ich vertraue auf mein Glück oder auf Montys Instinkt, oder beides. Oder ist es die pure Verzweiflung, die mich hier herumreiten lässt?

Nach einer Weile erreichen wir die Stelle, an der wir auf der Tour auf eine Hochebene abgebogen sind. Ich bin unschlüssig, ob ich dort weiterreiten soll oder lieber weiter den Sand Creek entlang. In diesem Moment entdecke ich plötzlich etwas auf dem sandigen Untergrund: Hufspuren. Sind die von Cody oder dem vermissten Pferd?

Ich kämpfe meine Aufregung nieder und reite den Spuren nach, in den Teil des Canyons, der mir noch unbekannt ist.

Nach einer Weile höre ich ein leises Rauschen, das langsam lauter wird. Ich frage mich gerade, was das wohl ist, als Monty auch schon seine langen Ohren spitzt. Ich will noch die Zügel annehmen, um ihn zu bremsen, aber zu spät. Ehe ich reagieren kann, rast er los, biegt in wildem Galopp um die nächste Felsecke und rennt auf einen kleinen Wasserfall zu. Mit einem Satz springt Monty in den Teich, parkt unter dem Wasserfall und lässt ein glückliches Iiiaaah ertönen.

In Sekundenschnelle sind wir beide klatschnass.

»Ach, Monty! Du bist wirklich ein Chaot.«

Ich steige ab und führe ihn aus dem Wasser. Wie wir beide so tropfnass in der Landschaft stehen, muss ich doch lachen. Glücklicherweise ist es heute warm genug, um trocken zu werden, ohne dass wir uns den Tod holen.

Ich steige gerade wieder auf, als Monty erneut die Ohren spitzt. Dieses Mal erregt etwas seine Aufmerksamkeit aus der anderen Richtung.

»Monty, was ist denn?«, kann ich gerade noch fragen, als er plötzlich lostrabt. Gut, dass ich schon im Sattel sitze, sonst müsste ich jetzt zu Fuß weitergehen.

Monty galoppiert zügig bergauf, als ich ein Wiehern höre. Wir durchqueren ein kleines Wäldchen und dann sehe ich Codys Pferd Sonny. Ein Lasso ist um das Sattelhorn gebunden, das zu einer Felskante führt. Sonny bewegt sich nicht, hält den Kopf so tief, dass er mit dem Maul beinahe den Boden berührt, und ist schweißnass. Ich kann von hier aus erkennen, dass er völlig erschöpft ist.

»Cody?«, rufe ich.

»Hier unten!« Codys Stimme erklingt von unterhalb eines Felsens, zu dem das Lasso von Sonnys Sattel führt. Ich springe aus dem Sattel und laufe zu der Felskante ... und starre in einen Abgrund, der Hunderte Meter tief ist. Erschrocken pralle ich zurück und wage mich dann langsam wieder an die Kante, um mich zu orientieren.

Links von mir steht ein paar Meter unter mir ein Pferd auf einem Felsvorsprung ... und mir stockt der Atem, denn es ist Luke. Das Lasso von Sonnys Sattelhorn ist um seinen Bauch gebunden, Cody ist etwas weiter oben auf einem Absatz und umklammert das Seil, als könne er Luke damit zu sich hochziehen.

»Tina! Bist du mit dem Pferd hier?«

»Mit Monty.«

»Gut. Nimm das Lasso von seinem Sattel und wirf es mir runter.«

Ich renne zurück zu Monty und binde mit zitternden Fingern das Lasso los, danach laufe ich schnell zurück zu Cody.

»Langsam, damit Luke nicht erschrickt«, ruft Cody.

Vorsichtig lasse ich das Lasso zu Cody herunter. Er legt es über Lukes Rücken, führt es unter dem Bauch durch und verknotet es.

»Leg die Schlaufe um Montys Sattelhorn. Du musst sie ganz eng festziehen, damit sie sich auf keinen Fall löst, während er zieht.«

Ich nicke. Mir wird klar, dass Cody und Luke abstürzen können, wenn das passieren sollte.

Ich laufe zurück zu Monty, lege die Schlinge um sein Sattelhorn und ziehe sie so stramm, wie ich kann. »Komm, Monty.« Ich führe ihn ein paar Schritte, bis sich das Seil strafft.

»Gut so«, ruft Cody von unten. »Jetzt müssen beide Pferde gemeinsam ziehen. Aber ganz langsam.«

Ich greife Sonnys und Montys Zügel und führe sie einen Schritt, bis beide Lassos gespannt sind.

»Okay. Jetzt ziehen«, ruft Cody.

»Kommt, ihr beiden.«

Monty und Sonny ziehen, aber zunächst bewegt sich noch nichts.

»Okay, noch einen Schritt!«

Ich schnalze mit der Zunge und die beiden stemmen sich mit aller Kraft gegen das Gewicht am anderen Ende des Seils.

»Gut so, weiter!«, ruft Cody.

Plötzlich höre ich ein Poltern, Hufe auf Felsen, ein rutschendes Geräusch.

»Halt, warte!«

Ich halte die Luft an und bete, dass Luke nicht aus den Seilen gerutscht und abgestürzt ist.

»Schon gut, Luke hat einen Felsbrocken losgetreten. Mach weiter.«

Ich animiere Sonny und Monty, einen weiteren Schritt zu machen.

»Whoa, Luke, langsam«, höre ich Cody sagen.

Urplötzlich geben die beiden Lassos dem Druck nach, Sonny und Monty schießen nach vorn und Luke springt mit einem Satz aus dem Abgrund. Sicher bei uns angelangt orientiert er sich kurz, dann lässt er sich erschöpft auf den Sandboden sinken.

Mir stockt der Atem.

»Cody? Cody!«

»Ich bin hier.«

Langsam klettert Cody über die Felskante. Ich renne hin und reiche ihm die Hand für den letzten Meter.

Jetzt legt sich auch der völlig entkräftete Sonny hin. Offenbar hatten Cody und er schon eine ganze Weile versucht, Luke hochzuziehen.

Nur Monty grast völlig unbeeindruckt ein paar Büschel Grünzeug ab.

Wir setzen uns ins Gras neben Luke. Cody atmet schwer, und ich bin von der Aufregung fertig.

Ich streichele Lukes Hals und bin unendlich dankbar, dass er hier neben uns liegt und noch lebt.

»Danke, Tina. Ohne Monty und dich hätten wir es nicht geschafft.«

»Wie ist das denn passiert? Wie um alles in der Welt ist er auf diesen Felsvorsprung gekommen?«

Cody schnauft. »Ich war mit Luke unterwegs. Aber diese Mistkerle vom REO sind mit dem Hubschrauber so dicht über uns geflogen, dass er Panik gekriegt hat. Er hat mich abgeworfen und ist weggelaufen. Ich bin zu Fuß zurück zur Ranch und hab Sonny geholt, um ihn zu suchen.«

Schon wieder das REO, denke ich. Irgendwie haben die ihre Finger überall im Spiel.

»Was für ein Glück, dass er auf dem Vorsprung gewartet hat, bis du ihn gefunden hast.«

»Ja, er ist ein schlaues Pferd. Aber allein wäre er da nicht wieder rausgekommen.«

Cody rappelt sich auf und befühlt Lukes Beine nach Verletzungen.

»Ist er okay?«

»Ich denke, ja. Hier ist ein Kratzer, aber das heilt schnell.«

Wie zur Bestätigung richtet Luke sich jetzt auf und beginnt, im Liegen ein paar Grasbüschel zu rupfen.

»Na, kein Wunder, dass du Hunger hast.« Cody streichelt ihm den Hals. »Aber viel wichtiger ist, dass du etwas trinkst.«

Cody steht auf und schnalzt mit der Zunge. »Sonny, Luke, kommt, ihr müsst aufstehen.« Beide Pferde stehen auf. Cody streichelt Sonny über die Nase. »Gut gemacht, Sonny. Auf dich ist einfach immer Verlass.«

»Iiiaaah!« Monty lässt seine unvergleichliche Stimme ertönen und Cody lächelt. »Ja, Monty, du bist auch super. Ein echter Held.«

Am Wasserfall angekommen trinken die Pferde ausgiebig. Monty marschiert wieder in seinen Wasserfall und genehmigt sich ein Schlückchen unter dem prasselnden Wasser.

Als er endlich wieder rauskommt, prüfe ich die Satteltasche, und tatsächlich ist Johns Provianttüte noch einigermaßen trocken.

»Wir lassen die Pferde hier einen Moment verschnaufen«, sagt Cody.

Wir setzen uns und teilen das Brot. Das Dörrfleisch sieht ziemlich schrumpelig und trocken aus. Ein bisschen skeptisch beiße ich ein Stück ab. Es ist zäh, aber sehr aromatisch.

Cody grinst. »Und?«

Ich bin erstaunt. »Nicht so schlecht ... wie ich dachte.«

Er lacht. »Wenn man Hunger hat, ist es okay, aber Gourmets wird man damit nicht begeistern.«

»Ja, Beas Essen ist eindeutig besser.«

»Und meins hoffentlich auch.« Cody guckt gespielt empört.

»Besser als das Dörrfleisch ... ja.«

Cody droht mir lachend mit der Faust, und wir sind für einen Moment wieder so ausgelassen wie früher.

Nach einer Weile brechen wir auf. Cody steigt jedoch nicht auf, sondern geht zu Fuß und führt Sonny.

»Sonny hat für heute genug getan. Aber Monty ist noch frisch, du kannst gerne reiten.«

»Nein, ist okay. Ich laufe auch lieber.«

Nachdem wir eine Weile schweigend bergab gewandert sind, nehme ich das leidige Thema wieder auf.

»Cody, es tut mir leid, wie das gelaufen ist mit dem Treffen beim REO. Ich hatte wirklich keine Ahnung, dass es dabei um dein Land geht.«

Cody nickt. »Du kannst nichts dafür.«

»Wieso hast du einen anderen Namen benutzt?«

»Ich heiße Bert Cody Parker, so wurde ich getauft. Aber die Ämter benutzen immer nur den ersten Vornamen.«

Ich muss an Ernie und Bert aus der Sesamstraße denken und schmunzele. Cody sieht mich von der Seite an und runzelt die Stirn.

»Wage es ja nicht, über Bert zu lachen.«

»Nein, nein«, sage ich und pruste im selben Moment auch schon los. »Heißt dein Hund deshalb Ernie?«

Cody bleibt stehen. »Tina Wagner, gleich tue ich dir was an.«

»Okay, okay, ich bin ja schon still«, japse ich und hoffe, dass sich mein Lachkrampf legt.

»Aber sag mal, wie hast du mich eigentlich gefunden?«, fragt Cody, als ich wieder Luft bekomme.

»John hat gesagt, dass du den Sand Creek hoch reiten wolltest. Und dann hat Monty dich gefunden.«

»*John* hat dir Monty gegeben?«

»Ja.«

Cody lacht. »Und hat er dir auch verraten, dass noch niemand Monty überreden konnte, allein in die Berge zu laufen?«

»Nein! Er meinte, er sei trittsicherer als die Pferde.«

Cody schüttelt den Kopf. »Was für ein Schuft! Ein Wunder, dass Monty dich nicht runtergebockt hat und nach Hause gelaufen ist.«

»Dabei war er total willig. Ich hatte überhaupt keine Schwierigkeiten. Außer bei dem Wasserfall natürlich.«

»Hm. Eigenartig. Vielleicht wird er langsam altersmilde.«

»Oder er mag mich.«

Cody grinst.

»Ja, er hat einen eigenartigen Geschmack.«

Ich drohe ihm gespielt mit der Faust und wir schmunzeln. So langsam spüre ich, dass unser Verhältnis wieder unbeschwerter ist. Vielleicht könnten wir die Barrieren zwischen uns doch noch einreißen.

Als wir in Sichtweite der Ranch ankommen, bleibt Cody plötzlich stehen und zieht die Stirn in Falten. Ich folge seinem Blick und sehe eine dunkle Limousine auf dem Parkplatz vor dem Ranchhaus. Codys finsterer Miene nach bedeutet das nichts Gutes. Und jetzt erkenne ich die roten Buchstaben mit dem Logo auf dem Wagen: REO. Verdammt. Diese Idioten!

Ich entscheide mich, im Moment lieber nicht zu fragen, was in Cody vorgeht. Schweigend wandern wir weiter bergab.

Kurz bevor wir die Ranch erreichen, bleibt Cody stehen.

»Tina, was du heute für mich getan hast, werde ich dir nie vergessen. Aber meine Entscheidung beeinflusst das nicht. Du kannst deinem Chef sagen, ich werde nicht verkaufen.«

Ich will etwas erwidern, aber Cody ist einfach weitergegangen. Stolpernd eile ich ihm mit Monty hinterher.

Wir erreichen den Parkplatz, wo der Anwalt und der Mann vom REO am Auto stehen. Die Männer schauen uns erwartungsvoll an, als wollten sie sagen: »Na, das sieht ja gut aus.«

Ich möchte in den Boden versinken. Das Ganze wirkt, als wäre es ein abgekartetes Spiel.

Cody sieht starr in die Richtung der beiden Männer.

»Ah, Mr Parker …«, beginnt der Geschäftsführer des REO in einem launigen Tonfall.

»Runter von meiner Ranch«, ist alles, was Cody antwortet. Er klingt ganz ruhig. Gefährlich ruhig.

In seinem Blick sehe ich die gleiche Entschlossenheit wie neulich im Büro, und jetzt ist es sogar noch schlimmer.

Und offenbar bemerken das auch die beiden Männer. Zögernd steigen sie ein und fahren langsam vom Parkplatz.

Ich will Cody sagen, dass ich damit nichts zu tun habe und längst nicht mehr so sicher bin, was ich von alledem halten soll, aber ein Blick verrät mir, dass ich jetzt lieber schweigen sollte.

Er nimmt mir Montys Zügel aus der Hand und führt Luke, Sonny und Monty zu den anderen.

Ich stehe regungslos auf dem Parkplatz und schaue ihnen nach.

Dann packt mich die Verzweiflung. Nur weg von hier! Ich gehe zu meinem Auto, steige ein und heule die ganze Fahrt nach Richfield.

KAPITEL 26

Ohne anzuklopfen, rausche ich in das Büro meines Chefs.

»Tina, wie schön! Ich höre, Sie sind im Fall Parker tatsächlich weitergekommen.«

»Der Fall Parker ist gestern Abend den Bach runtergegangen, weil die Herren vom REO auf der Ranch aufgetaucht sind. Musste das unbedingt sein?«

»Was sollen wir denn tun? Wir wollen bauen und haben ja nicht ewig Zeit.«

»Aber Sie können ihn doch nicht zwingen. Ich hatte eine realistische Chance, ihn zu überzeugen, aber nach dem Debakel gestern vertraut Mr Parker mir jetzt auch nicht mehr.«

McGillan wippt auf seinem Chefsessel.

»Na ja, wie auch immer. Lassen Sie sich etwas einfallen. Und zwar so schnell es geht, ja?«

In diesem Moment klingelt sein Telefon. Er greift nach dem Hörer, hält aber kurz noch mal inne.

»Ach, Tina, und wenn Sie es vor dem ersten August schaffen, bekommen Sie einen fetten Bonus.« Mit diesen Worten komplimentiert er mich mit einer Handbewegung aus seinem Büro.

Als ich zurück in meinem Büro bin, denke ich darüber nach, warum er so einen Zeitdruck macht.

Jedes Wesen hat seinen Grund, etwas zu tun, hat Navajo gesagt … und auch jeder Mensch … Also müsste das auch für Cody gelten und für McGillan.

Und plötzlich wird mir klar, was das Problem sein könnte. Vermutlich gibt es eine Konventionalstrafe, wenn der Bau nicht bis zu einem bestimmten Termin begonnen wird.

Mein Smartphone meldet sich mit einem Lachsmiley von Lilli.

»Tim hat sich gerächt. Jetzt schwimmt Opas Gebiss in der Güllegrube.«

»O nee. Mit euch darf man sich wirklich nicht anlegen«, schreibe ich zurück.

Und mit mir auch nicht, denke ich und überlege, wie ich jetzt vorgehen soll.

Die Vertragsunterlagen sind in einer gesonderten Abteilung abgelegt. Ich warte lieber, bis die Kollegin in der Mittagspause ist, um keine unangenehmen Nachfragen zu provozieren.

Als alle weg sind, mache ich mir eine Kopie, verziehe mich wieder in mein Büro und beginne zu lesen … und bingo! Das ist es. Wenn es mit dem Baubeginn vor dem ersten August nichts wird, kostet McGillan das einige Millionen Dollar. Daher also der Stress und die Eile.

Aber wie überzeuge ich Cody? Und vor allem: Wie schaffe ich es, sein Vertrauen wiederzugewinnen?

Ich rufe Kiki an.

»Na, was macht denn dein sturer Rancher?«, fragt sie als Erstes.

»Er ist weiterhin stur. Aber irgendwie habe ich auch das Gefühl, er könnte recht haben mit seiner Haltung.«

»Ach, das ist nur deine rosarote Brille.«

»Und was soll ich machen?«

»Hab deinen Spaß mit ihm und vergiss ihn danach.«

»Ich fürchte, das kann ich nicht.«

»Dann vergiss ihn sofort und hab den Spaß mit jemand anderem.«

»Kiki!«

»Ja, was denn? Du hast mich gefragt … Hättest du auf mich gehört und ihn gleich vernascht, wüsstest du jetzt wenigstens, ob sich der ganze Stress lohnt.«

Ich seufze. »Ach, Kiki.«

»Hör mal, Tina, ich weiß, das mag nicht deine Vorstellung von einem Ratschlag sein. Aber du solltest das Ganze nicht so ernst nehmen. Früher oder später löst sich alles auf.«

»Vermutlich hast du recht.«

»Ach, aber da fällt mir noch was ein. Willst du einen wissenschaftlichen Lösungsvorschlag?«

»Ja!«

»Okay, hier ist er: ›*Problem space is not solution space.*‹«

»Die Lösung liegt nicht da, wo das Problem liegt?«

»Genau. Oder auch, die Denkweise hinter dem Problem ist nicht die, die zur Lösung führt.«

»Und wer hat das gesagt?«

»Albert Einstein.«

»Na, dann wird es wohl stimmen. Nur, was heißt das, auf meine Lage bezogen?«

Kiki seufzt. »Ich fürchte, das musst du selbst herausfinden.«

Als wir aufgelegt haben, denke ich nach. Der Indianer kennt sich mit französischem Essen aus und Kiki zitiert Albert Einstein. Was für eine verrückte Welt!

In diesem Moment ruft Fabienne an.

»Hey, na, wie geht's?«

Ich seufze in mein Telefon.

»Oh, so schlimm? Du Arme.«

»Wie ist es denn, dein Shooting?«

»Schrecklich anstrengend. Ich muss den ganzen Tag lächeln, ich hab schon Mundwinkel-Muskelkater.«

Ich muss lachen. »Ach, Fabienne, das muntert mich wieder auf. Vielen Dank.«

Fabienne sagt einige Sekunden nichts und ich habe das Gefühl, sie denkt über etwas nach.

»Hör mal, Tina, ich hab hier noch zwei Tage zu tun. Aber danach hätte ich eine Woche frei. Was hältst du denn davon …«

Ich quietsche vor Freude, denn ich weiß, was Fabienne mir jetzt vorschlagen will. »Jaaa!«

Sie lacht. »Okay. Ich buche mir einen Flug und schicke dir die Ankunftszeit.«

»Super. Du bist meine allerbeste Fabienne.«

Sie lacht und wir legen auf. Was habe ich für ein Glück mit so tollen Freundinnen!

Kapitel 27

Ich hole Fabienne vom Flughafen ab und wundere mich, dass sie so langsam auf mich zukommt und ihren Koffer umständlich dicht neben sich herschiebt.

»Was ist denn los?«, frage ich gerade, als Kiki lachend hinter ihr auftaucht.

Wir fallen uns alle drei in die Arme und ich drücke die beiden.

»Du hast überhaupt nicht gesagt, dass Kiki mitkommt.«

»Überraschung!«, ruft Kiki und drückt mich noch mal. »Ich konnte euch doch nicht allein lassen, wer weiß, was für einen Unsinn ihr anstellt.«

»Okay, dann auf nach Richfield«, sage ich. »Habt ihr Hunger?«

»Und wie! Und auf dem Weg erzählst du uns die Geschichte mit Cody.«

Bald sitzen wir im besten Burgerladen in Richfield, gleich um die Ecke von meinem Motel.

»Meine Güte, Tina, was, wenn du abgestürzt wärst bei der Rettungsaktion?«, fragt Fabienne.

»Ja, genau. Kaum lässt man dich mal alleine, gerätst du in irgendwelche halsbrecherischen Abenteuer.«

Kiki guckt mich strafend an. Ich nicke und wir beißen erst mal in unsere Burger.

»So, im Klartext heißt das, du hast Liebeskummer *und* berufliche Probleme gleichzeitig?«, fragt Fabienne nach den ersten Bissen.

»Ja, und vor allem, beides verursacht von dem gleichen Mann. Das muss man erst mal hinkriegen.« Kiki schüttelt den Kopf.

Ich seufze.

»Müsst ihr meine Misere so brutal aussprechen? Wenn man es so deutlich formuliert, klingt es noch schlimmer.«

»Na ja, wenn man darüber schweigt, wird es auch nicht besser. Aber was willst du denn nun tun?«

In diesem Moment erscheint die Kellnerin an unserem Tisch. »Ich mache für heute Schluss, mein Kollege übernimmt gleich.«

»Kein Problem. Sollen wir zahlen?«, frage ich.

»Nein, die Rechnung bringt Ihnen später der Kollege.«

»Ich schmeiß noch eine Runde«, sagt Kiki. »Bitte noch drei Mojitos.«

Die Kellnerin lächelt. »Ich gebe die Bestellung gleich weiter. Vielen Dank und noch einen schönen Abend.«

Sobald die Kellnerin wieder weg ist, beugt sich Kiki zu mir vor. »Hattest du denn wenigstens vorher noch Spaß mit Cody?«

»Ach, Kiki, hör doch mal auf damit!«, stöhne ich.

»Also nein. Dachte ich mir.«

»Und wenn doch, dann wäre es ja jetzt noch schlimmer«, meint Fabienne.

»Was ist denn das für eine Logik?« Kiki verdreht die Augen. »Im Gegenteil, die Entscheidung wäre jetzt ganz einfach.«

»Ah ja?«

Fabienne und ich schauen Kiki an.

»Ist doch logisch. Wenn es doof gewesen wäre, könnte Tina das Kraftwerk ganz beruhigt bauen. Andernfalls kündigt sie den Job und nimmt den Mann.«

Aus dem Augenwinkel registriere ich, dass sich einer der Kellner mit einem Tablett und den Drinks auf den Weg zu unserem Tisch macht.

Und plötzlich steht er vor uns. Cody. In einer Kellneruniform, mit einem Tablett und drei Mojitos.

Er will etwas sagen, dann schluckt er aber und schweigt. Er stellt die Gläser wortlos vor uns auf den Tisch.

»Cody …«, sagen wir alle drei im Chor.

»Was machst du denn hier?«, füge ich hinzu.

Cody sieht mich an.

»Hallo, Tina … Kiki, Fabienne. Wohl bekomms.«

Damit geht er zurück zur Theke.

Fabienne und Kiki starren mich an.

»Was ist denn hier los?«, fragen beide.

»Keine Ahnung. Bis eben wusste ich nicht, dass er hier arbeitet.«

»Vielleicht hilft er aus, für einen Freund oder so«, sagt Kiki.

Ich überlege. »Neulich Abend kam er erst spät nach Hause, und die Pferde waren nicht gefüttert. Vielleicht musste er da auch schon arbeiten.«

»Er würde doch nie freiwillig seine heiligen Pferde vernachlässigen«, gibt Fabienne zu bedenken.

»Nein, eben. Ich habe mich auch gewundert.«

»Das kann doch nur eins heißen …«, fängt Kiki an.

»Und zwar?«

»Er ist pleite.«

»Ach Quatsch! Du hast doch die Ranch gesehen. All die Pferde, der Pick-up, der Van …«

»Ja, eben. Das alles kostet Geld. Viel Geld.« Kiki nickt, um ihre Worte zu bekräftigen. »Wenn das so ist, hast du ihn im Sack. Früher oder später muss er verkaufen.«

Ich stöhne auf.

»Was denn?« Kiki sieht mich fragend an.

»Das macht mein Dilemma ja noch größer. Am Ende bin ich es, die ihn in den Ruin treibt.«

Kiki nickt. »Zumindest wird *er* es so sehen.«

»Und was jetzt? Wir können ihm doch nachher kein Trinkgeld geben«, überlege ich.

»Wieso nicht? Wir haben die Tour schließlich auch bezahlt. Eine Dienstleistung, das ist ganz normal.« Kiki zuckt die Schultern.

»Das käme mir trotzdem irgendwie komisch vor.«

Ich linse heimlich zu Cody rüber, aber der würdigt uns keines Blickes.

»Tina, du hast ihn idealisiert«, stellt Fabienne trocken fest. »Oder steht vielleicht irgendwo geschrieben, dass ein Cowboy im Zweitjob nicht auch kellnern darf?«

»Genau.« Kiki nippt an ihrem Cocktail. »Daran ist nichts Unanständiges. Vor allem, wenn er diese himmlischen Mojitos selbst gemixt hat.«

Als wir später bezahlen, bedient uns ein anderer Kellner, offenbar hat Cody seine Tische mit ihm getauscht.

Wir diskutieren noch den ganzen Abend und auch die halbe Nacht im Motel, was ich tun soll.

»Du musst mit ihm reden«, meint Fabienne, und Kiki nickt dazu.

»Aber jedes Mal, wenn ich ihn sehe, passiert etwas, das alles noch schlimmer macht. So wird das doch nichts.«

»Wie war das noch, Kiki, dein Einstein-Zitat?«

»Die Lösung findest du nicht da, wo das Problem liegt.« Kiki zuckt die Schultern. »Was auch immer damit gemeint ist.«

KAPITEL 28

Nachdem Kiki und Fabienne für ein paar Tage nach Las Vegas gefahren sind, informiere ich meinen Chef, dass ich mich um den Parker-Fall kümmere. In Richfield plündere ich den Delikatessenladen und kaufe alles, was sie an französischen Spezialitäten haben. Rotwein, Baguette, Käse, Oliven …

Anschließend rufe ich bei der Ranch am Ortseingang von Torrey an, die Pferde vermietet. Ich reserviere mir ein Pferd und ein Packpferd und fahre los. Auf dem Weg kaufe ich mir in Loa noch schnell einen Schlafsack, Emaille-Geschirr und ein Feuerzeug, dann bin ich für mein Vorhaben gerüstet.

Der Wrangler bringt mir die gesattelten Pferde, und ich verstaue alles in den Satteltaschen. Die Pferde und das Sattelzeug sehen nicht ganz so gepflegt aus wie die von Cody … aber ich muss aufhören, immerzu an Cody zu denken, ermahne ich mich im Stillen.

»Wie heißen die Pferde denn?«, erkundige ich mich.

Der Wrangler guckt mich erstaunt an. »Wozu wollen Sie denn *das* wissen?«

»Na ja, ich werde zwei Tage mit ihnen verbringen. Da ist es doch gut, wenn ich ihre Namen weiß.«

»Ich verbringe ja auch Tage in meinem Auto und gebe ihm trotzdem keinen Namen.«

Ich verzichte darauf, die Diskussion mit ihm zu führen, dass ein Auto ja wohl etwas anderes ist als ein Pferd, und reite los. Auf dem Weg in die Berge mit meinen beiden namenlosen Pferden vermisse ich Cody, der seine Pferde mit so viel Respekt behandelt.

Den Weg in Richtung unseres Camps von der Reittour finde ich schnell. Dort können die Pferde im angrenzenden Korral übernachten und Heu für die Nacht hat Cody dort gelagert. Wasser können die beiden aus dem Bach trinken, der direkt durch das Areal fließt.

Als ich angekommen bin, sattele ich die beiden Pferde ab und entlasse sie in ihren Paddock.

Es ist nach wie vor herrlich hier oben, auch wenn man allein ist. Und mittlerweile macht mir die Vorstellung, eine Nacht hier draußen zu verbringen, nicht mehr so viele Probleme. Höchstens ein bisschen Bauchkribbeln. Aber gerade so viel, um mich richtig lebendig zu fühlen.

Ich suche mir etwas Reisig und ein paar Scheite Holz für ein Feuer und zünde es an. Danach entkorke ich den Wein und setze mich gemütlich ans Feuer. Jetzt heißt es warten. Keine Ahnung, ob der Indianer auftauchen wird, aber er hat schließlich gesagt, er findet mich, wenn ich ihn brauche.

Nach einer Stunde beginne ich zu denken, dass ich ja wohl nicht alle Tassen im Schrank habe. Dieses Berggebiet umfasst etliche Meilen, wie soll er denn ahnen, dass ich hier bin, und dann auch noch wissen, wo?

Kaum habe ich das gedacht, sehe ich, dass die beiden Pferde die Köpfe heben und die Ohren spitzen. Aus einiger Entfernung wiehert ein Pferd, und die beiden antworten.

Auch ich bin unruhig. Wer mag da kommen? Der Indianer oder jemand anders? Oder vielleicht ist es sogar Cody?

Kurz darauf erkenne ich die Silhouetten von zwei Pferden in der Dämmerung. Ich bin alarmiert, es könnten Jäger sein oder wer auch immer … Aber als die beiden sich nähern, bin ich erstaunt. Es ist tatsächlich der Indianer. An seiner Seite reitet eine Frau.

Ich reiße mich zusammen, um sie nicht merken zu lassen, dass ich eben noch in Panik war.

»Hallo«, sage ich so lässig, wie ich kann. »Herzlich willkommen. Habt ihr Hunger?«

Die Frau nickt, steigt vom Pferd und bringt es zu den anderen. Der Indianer bleibt einen Moment bei seinem Pferd stehen und löst den Sattelgurt.

»Ist sie das?«, frage ich ihn leise.

Er nickt.

»Also hat mein Trick geklappt? Hast du ihr tief in die Augen geschaut?«

Er grinst. Stumm macht er das Daumen-hoch-Zeichen.

Ich kichere. »Super. Aber heißt das, du sprichst jetzt auch nicht mehr?«

»Doch. Ich hab ihr gesagt, ich bin so etwas wie ein Seelsorger. Und da gehört das Reden zum Beruf.« Er hört nicht auf zu grinsen.

»Gut. Denn ich habe einige Fragen.«

Wenig später haben die beiden ihre Pferde versorgt und setzen sich zu mir ans Feuer. Ich reiche ihnen Essen und Rotwein. Gläser habe ich nicht, aber aus den Emaille-Bechern aus dem Picknickkorb schmeckt der Wein ebenso gut.

»Also«, sage ich in Richtung der Frau, »Ich freue mich, dass du da bist.«

Sie lächelt in meine Richtung, das bedeutet wohl, dass sie sich ebenfalls freut. »Wie ist dein Name?«

»Ich bin Tina.«

»Ich bin Yuma.«

»Freut mich, Yuma.«

Wir essen eine Weile schweigend. Dann wende ich mich an Navajo.

»Also, weshalb ich hier bin ... Ich habe ein Problem.«

Er nickt.

»Ich möchte etwas tun, was ich für richtig halte. Aber der Mann, den ich liebe, ist dagegen. Wie kann ich das auflösen?«

»Warum ist er dagegen?«

»Das weiß ich nicht. Es geht um sein Land. Er will es nicht hergeben.«

»Sein Land? Land gehört allen Menschen. Und den Pflanzen und den Tieren.«

»Ja, ich weiß ... aber nach Ansicht der Weißen ...«

Der Indianer winkt ab. »Ich verstehe schon.«

»Wie kann ich also wissen, was das Richtige ist?«

Wir diskutieren hin und her, aber wir kommen nicht viel weiter. Da wir nicht wissen, worum es Cody eigentlich geht, kann auch Navajo mir keinen wirklich hilfreichen Rat geben.

»Sag ihm, was dich bewegt. Und frag ihn, worum es sich bei ihm in Wahrheit dreht«, ist noch der beste Tipp, den er mir gibt.

Ich nicke. »Das werde ich wohl machen.«

Yuma hat den ganzen Abend kaum ein Wort gesagt, und als die beiden aufbrechen, rechne ich auch nicht mit einem Redeschwall zum Abschied. Daher sage ich nichts zu ihr, sondern winke nur. Die beiden reiten los, doch plötzlich wendet Yuma ihr Pferd noch einmal in meine Richtung.

»Schau ihm tief in die Augen. Dann wirst du es wissen.«

Damit reiten sie davon und verschwinden in der Dunkelheit.

Ich bin geplättet. *Das* ist der ultimative Tipp einer weisen Indianerin? Das ist genau das, was ich Navajo vorher geraten hatte!

Zwar scheint es zwischen Navajo und Yuma gewirkt zu haben, aber das mit Cody ist doch etwas völlig anderes!

Kapitel 29

Ich muss mich einen Moment überwinden, aber schließlich halte ich die Luft an und tauche in den kalten Gebirgsbach. Prustend komme ich wieder an die Oberfläche und fühle mich so lebendig wie noch nie in meinem Leben. Nachdem ich mich abgetrocknet und angezogen habe, gebe ich den Pferden eine Portion Heu und brühe mir auf dem Feuer einen starken Kaffee auf.

Als ich später die Pferde gesattelt, die Vorräte wieder in die Satteltaschen gepackt und das Feuer gelöscht habe, halte ich einen Moment inne. Ich kann kaum glauben, dass ich das hier alles mache. War ich nicht noch vor ein paar Wochen in Panik bei der Vorstellung, in den Bergen allein zu sein?

Ich schmunzele, kontrolliere noch einmal, ob das Feuer auch wirklich gelöscht ist, und breche auf in Richtung Torrey Creek Ranch.

Ich erreiche den Weg oberhalb der Ranch und sehe schon von hier aus, dass Cody gerade die Pferde füttert. Das ist der Moment, in dem ich den Stier bei den Hörnern packe, egal, was dabei herauskommt.

»Guten Morgen«, grüße ich.

Cody runzelt die Stirn.

»Wo kommst du denn her? Hast du etwa in den Bergen übernachtet?«

Ich nicke und steige vom Pferd.

»Ich musste nachdenken. Und das geht am besten in den Bergen.«

Jetzt guckt Cody so perplex, wie ich es bei ihm noch nie gesehen habe.

»Ja, das weiß ich … Aber worüber hast du denn nachgedacht?«

Ich meine, aus seinem Tonfall einen Hauch Ironie herauszuhören, ich werte das als Selbstschutz, vielleicht irre ich mich auch. Egal.

Ich gehe auf ihn zu, bleibe vor ihm stehen, hebe den Kopf und schaue ihm tief in die Augen. Und er schaut ebenfalls in meine. Was jetzt in mir passiert, habe ich noch nie zuvor gefühlt. Alle Liebe dieser Welt und des Universums empfinde ich in diesem Moment für Cody. Und mir ist völlig egal, ob er mich ebenfalls liebt, ich weiß einfach, dass *ich* ihn liebe. Und das ist mir für den Moment Grund genug, all meinen Stolz und meine Angst, dass er mich zurückweisen könnte, loszulassen.

In diesem Moment zieht Cody mich an sich und küsst mich so leidenschaftlich, dass mir die Luft wegbleibt. Es funktioniert, schießt mir noch durch den Kopf, Yuma hatte recht. Ich weiß endgültig, dass Cody der Mann für mich ist. Er oder keiner.

Nach einer gefühlten wunderbaren Ewigkeit lösen wir uns voneinander und Cody schaut mir gleich wieder in die Augen.

»Ach, Tina. Ich hab so sehr versucht, böse auf dich zu sein. Aber es gelingt mir einfach nicht.«

Ich nicke. »Ich weiß. Ich hab es auch versucht.«

Cody guckt verdutzt. »*Du* wolltest böse auf *mich* sein? Dabei habe ich überhaupt nichts gemacht.«

Ich verdrehe die Augen. »Du bist so ungefähr der sturste Cowboy, den der Westen jemals gesehen hat.«

Cody lacht. »Da hast du meinen Großvater nicht kennengelernt.«

Ich muss ebenfalls lachen. Vor meinem geistigen Auge sehe ich den hutzeligen alten Mann mit dem weißen Bart auf dem Foto über Codys Kamin, der trotzig mit dem Fuß aufstampft und dabei eine Wolke Staub aufwirbelt. Ich zwinge mich, wieder ernst zu werden.

»Cody, lass uns mal einen Moment reden. Es gibt da etwas, das du wissen solltest. Aber du musst mir einmal zuhören, ohne gleich ärgerlich zu werden.«

Er nickt und deutet auf die Bank vor der Sattelkammer.

Als wir sitzen, atme ich einmal tief durch.

»Also, ich denke nach wie vor, dass das Kraftwerk eine gute Sache ist. Umweltfreundlich, gut geplant, und das mit den Ausgleichsmaßnahmen für das bedrohte Beifußhuhn kriege ich auch noch durch. Seit ich wusste, dass du nicht verkaufen willst, habe ich nach anderen Standorten gesucht, aber dieses Tal ist einfach am besten geeignet. Und das REO ist fest entschlossen, es hier zu bauen. Sie werden massiven Druck auf dich ausüben, weil es um sehr viel Geld geht.«

Cody nickt und starrt auf seine Stiefelspitzen.

»Danke für deine Offenheit. So was in der Art hatte ich mir schon gedacht. Und vermutlich habe ich in meiner finanziellen Lage sowieso keine andere Wahl.«

»Was ist denn passiert?«

»Mein Bruder Mitch hat alle Konten leer geräumt, die Ranch mit einer Hypothek belastet und ist abgehauen. Ich bin pleite und die Bank macht Druck.«

»Oh, Cody, das ist wirklich schlimm.« Wir schweigen einen Moment. »Arbeitest du deshalb als Kellner?«

»Ja. Aber das Geld reicht hinten und vorne nicht.«

»Also wäre ein Verkauf für dich gar nicht so schlecht?«

Er nickt. »Langsam habe ich wohl keine Wahl mehr.«

»Und das Grundstück, welches das REO dir anbieten wollte?«

Cody lacht bitter.

»Im Sommer ist der Boden staubtrocken und ab Herbst steht alles unter Wasser. Du kannst nichts anbauen und auch keine Pferde halten. Es sieht schön aus mit seinen roten Felsen, aber für eine Ranch ist es wertlos.«

»Das muss das REO doch auch wissen.«

»Das ist es ja, was mich so ärgert. Die wollen mich für dumm verkaufen. Sie hatten uns schon mal ein Grundstück angeboten, bevor du hergekommen bist. Der Boden dort ist voll mit Quecksilber. Ich habe sie gefragt, ob sie meine Pferde vergiften wollen.«

»Und was haben sie gesagt?«

»Sie haben es geleugnet. Dabei weiß das hier in der Gegend jedes Kind.«

»Die Mistkerle!«

»Allerdings. Wenn ich auf ihre Angebote eingehe, bin ich ruiniert. Obwohl, das bin ich ja jetzt sowieso.«

»Cody, das alles tut mir so leid.«

»Du kannst ja nichts dafür.« Auf einmal ist sein Tonfall wieder ganz sanft. Er lächelt und streicht mir mit der Hand über die Wange. »Ich mache dir keinen Vorwurf. Sie haben nur versucht, uns gegeneinander auszuspielen.«

Wir küssen uns, und am liebsten würde ich ewig so weitermachen, aber ich löse mich von ihm.

»Es muss doch eine Möglichkeit geben. Was wäre denn für dich am besten?«

»Vielleicht gehe ich einfach von hier weg«, sagt Cody. »Woanders neu anfangen. Machen andere ja auch.«

Ich schüttele den Kopf. »Cody, nach allem, was ich von dir weiß, ist das keine gute Idee. Du liebst diese Gegend, die Landschaft, die Pferde … ohne das wirst du nicht glücklich.«

Cody denkt eine Weile nach.

»Ein anderes Grundstück wäre gut. Eins mit Wasser und fruchtbarem Boden.«

»Vielleicht da oben irgendwo in den Bergen?«

»Das klingt verlockend. Aber selbst wenn man das findet, ein Grundstück reicht ja nicht. Man muss immer noch ein Haus bauen, einen Stall, Zäune ziehen … Das schaffe ich nicht alleine. Dazu braucht man eine Familie mit vielen helfenden Händen.«

Eine Familie … Sofort muss ich an Lilli und Papa und die anderen denken. Cody schaut mich an und legt einen Arm um mich.

»Du hast es gut. Du hast eine Familie, zu der du immer zurückkommen kannst. Weißt du eigentlich, wie wertvoll das ist? Und wie einsam man sich fühlen kann, wenn man keine Familie mehr hat?«

Ich nicke und kämpfe gegen meine Tränen. In diesem Moment trifft auch mich die Sehnsucht nach meinen lieben Quälgeistern mit voller Wucht.

Eine Weile sitzen wir nur da und ich bemühe mich, den Aufruhr meiner Gefühle zu bändigen. Etwas liegt mir auf der Zunge, aber wenn ich das ausspreche, gibt es kein Zurück mehr.

»Ja …« Ich zögere. »Aber man kann eine neue Familie gründen.«

Ängstlich halte ich den Atem an. Damit habe ich mich extrem weit vorgewagt. Denn nach diesem Kuss kann ich nicht mehr behaupten, ich hätte dabei nicht an uns beide gedacht.

Cody schaut über das Tal. Sanft lächelt er.

»Eine schöne Idee. Aber wovon sollen wir leben, bis unsere Kinder groß sind?«

Ich reiße die Augen auf. Macht er Scherze? Ist das der Moment, auf den ich die ganze Zeit so sehnlich gewartet habe? Oder habe ich mich etwa verhört? Fragt er mich, ob ich mit ihm Kinder haben will, in so einem lapidaren Nebensatz? Typisch Cowboy, bloß keine großen Gefühle ausdrücken, oder was? O mein Gott, was mache ich jetzt? Irgendwas sagen. Aber nicht wieder nur »gut«! Was Intelligenteres, bitte.

»Ähm.« Ich muss mich räuspern, denn meine Stimme klingt wie eine rostige Tür. »Du meinst das nicht ernst, oder?«

Statt einer Antwort küsst Cody mich. Danach sieht er mir wieder so tief in die Augen, dass ich ganz schwach werde.

»Doch.« Er streicht mir mit dem Handrücken über die Wange. »Wenn du es auch willst. Tina, du bist die wundervollste Frau, die mir jemals begegnet ist. Ich wusste es von Anfang an, sofort im Capitol Reef Barn, als ich dich zum ersten Mal gesehen habe. Ich wusste es, während ich noch dachte, dass du einen Freund in Berlin hast, und als wir uns unterm Wasserfall geküsst haben. Oben bei dem alten Blockhaus und erst recht, als wir uns vorhin in die Augen gesehen haben.«

Jetzt laufen mir Tränen die Wangen herunter.

»Ach, Cody. Mir ging es ganz genauso.« Ich kuschele mich an seine Schulter, er hält mich fest im Arm und so sitzen wir eine Weile und schauen über das Tal.

»Das Grundstück hier ist eigentlich gar nicht so günstig gelegen«, sagt er nach einer Weile. »Wenn es viel regnet, muss ich die Pferde oben in den Paddock sperren, weil die Weiden im Tal im Matsch versinken.«

Ich muss laut lachen.

»Was ist denn los?« Cody schaut mich verwundert von der Seite an.

»Cowboys und Gefühle«, kichere ich. »Ein Widerspruch in sich.«

»Wieso, ich war doch eben total gefühlvoll … oder?«

»Ja, das warst du.« Ich küsse ihn auf die Wange. »Und nach dem Bekenntnis unseres Lebens geht es zwei Minuten später schon wieder um die Ranch.«

»Jaja, schon gut.« Ich sehe, wie sich Codys Lachfältchen um die Mundwinkel ausbreiten. »Tut mir leid, Tina. Ich bin vielleicht manchmal ein bisschen unsensibel.«

Ich lache immer noch. »Also gut, Cowboy. Ich verstehe ja, dass die Ranch wichtig ist … Das mit den matschigen Weiden … heißt das, ein Grundstück weiter oben in den Bergen wäre besser?«

Cody scheint nachzudenken. Dann steht er abrupt auf.

»Was ist denn los?«

»Tina, komm mal mit.«

Er nimmt meine Hand und zieht mich übermütig die Treppe hinunter und zu den Pferden.

In Windeseile sattelt Cody Sonny und Luke und wir steigen auf die Pferde. Schnell denke ich noch daran, zwei Wasserflaschen zu füllen. Ich stecke sie in die Satteltaschen.

»Braves Mädchen!« Cody lacht.

»*Mädchen*? Ihr Cowboys seid ganz schöne Machos«, gebe ich zurück.

»Das ist Teil unseres unwiderstehlichen Charmes.«

Ich lenke Luke auf Sonny und Cody zu und deute eine Ohrfeige an, aber Cody weicht aus und galoppiert grinsend los.

Einige Minuten später reiten wir in gemütlichem Schritttempo bergauf.

»Verrätst du mir, wo wir hinwollen?«

Cody schüttelt den Kopf. »Wir unsensiblen Cowboys sagen niemals, wo wir hinreiten.«

»Brauchst du auch gar nicht. Ich ahne es sowieso.«

»Aha?«

»Zu dem alten Haus der Hagertys.«

Cody grinst. »Tina, für eine Stadtpflanze bist du wirklich nicht auf den Kopf gefallen.«

»Haha. Von wegen Stadtpflanze. Man konnte es sehen, als wir da oben waren. Du hast so sehnsüchtig geguckt.«

»Ach ja? Also, das beweist, dass wir Cowboys doch Gefühle haben.«

»Aber nur, wenn es um Ranches oder Ranchhäuser geht.«

So necken wir uns noch eine Weile gegenseitig, bis wir das alte Blockhaus erreichen. Wir steigen von den Pferden und wieder hat Sonny sofort die Nase im Gras. Aber dieses Mal schimpft Cody nicht, sondern bückt sich geduldig, um ihm die Trense aus dem Maul zu nehmen.

Wir gehen zu dem alten Haus und sehen uns um. Doch das Haus ist nicht das, was mich an diesem Ort so fasziniert. Ich kann nicht anders, ich muss den Blick über die Weiten des San Rafael Swell schweifen lassen. Wie beim ersten Mal bin ich ergriffen von dieser Schönheit.

»Hier oben zu leben, das wär was«, schwärmt Cody neben mir.

»Ja. Ein Traum.«

»Aber leider darf man in den Bergen keine Häuser bauen.«

»Das stimmt. Aber umbauen darf man.«

»Wirklich? Das wäre ja …« Cody nimmt mich in die Arme, hebt mich hoch und dreht sich übermütig einmal im Kreis, bevor er mich wieder absetzt.

Wir kichern wie Teenager.

»Gibt es denn Wasser hier oben?«

»Da drüben.«

Cody deutet auf die Bäume hinter dem Haus.

Wir gehen ein paar Schritte in das Wäldchen hinein, und nach etwa hundert Metern erreichen wir einige Felsen. In einer Mulde von etwa drei mal drei Metern hat sich Wasser angesammelt, aus dem sich ein kleiner Bach in Richtung Tal windet. Wir müssen nicht lange suchen, bis wir eine Stelle im Felsen finden, aus der Wasser sprudelt.

»Hier ist die Quelle. Wasser ist also genug da«, sagt Cody. »Und Platz gibt es auch. Aber wir haben ein anderes Problem.«

Ich schaue ihn fragend an.

»Hier oben gibt es keinen Strom, und Leitungen hierher zu verlegen, ist zu teuer.«

»Aber Sonne und Wind gibt es zum Nulltarif – und zwar jede Menge. Und damit kann man Strom erzeugen.«

Jetzt ist es Cody, der mich fragend anschaut.

»Regenerative Stromerzeugung mit Wind, Sonne und Wasser. Zufällig ist das mein Spezialgebiet.«

Cody grinst. »Du bist wirklich ein tolles Mädchen.«

»Und du ein ganz schöner Chauvi.«

»So sind wir Cowboys. Aber soll ich dir was verraten?« Er nimmt mich in den Arm. »Wir meinen es nicht so.«

Wir drehen uns um, um zurückzugehen, als wir plötzlich heftig erschrecken. In der ersten Panik denke ich, ein riesiger Bär steht vor uns, aber es ist wieder nur der Indianer.

»Herrgott, Navajo, du hast uns zu Tode erschreckt«, sagt Cody. »Musst du dich immer so anschleichen?«

Er grinst. »Das tun wir Indianer nun mal so.«

»Eines Tages kriegen wir noch einen Herzinfarkt von deinem ganzen Geschleiche.«

»Was macht ihr denn hier oben?«

»Wir schauen uns das alte Haus an.«

»Wollt ihr hier einziehen?«

»Mal sehen … Aber was machst du hier?«

»Ich halte Zwiesprache mit den Geistern. Ich habe sie gefragt, ob sie mit meiner Hochzeit einverstanden sind.«

»Ah, wow, das heißt, Yuma und du, ihr wollt heiraten?«, frage ich.

Er nickt.

»Schön! Und was sagen die Geister dazu?«

Navajo wiegt den Kopf. »Sie sagen, das hat Vor- und Nachteile.«

»Okay … die Vorteile kann ich mir denken. Aber was sind die Nachteile?«

»Dass ich in Zukunft nicht mehr so viel reden darf.«

Wir lachen.

»Aber immerhin sind sie einverstanden«, berichtet er.

»Apropos einverstanden«, nimmt Cody den Faden auf. »Wäre es denn für dich und deine Leute okay, wenn Tina und ich hier oben wohnen?«

Der Indianer sieht uns lange von oben bis unten an.

»Für Weiße seid ihr ganz in Ordnung«, sagt er schließlich. »Auch wenn deine Freundin neulich versucht hat, mich umzufahren.«

»Was?!« Cody sieht mich überrascht von der Seite an. »Ich wusste gar nicht, dass du etwas gegen Indianer hast.«

»Ihr spinnt wohl.« Ich lache. »Er stand plötzlich mitten auf der Straße, wie aus dem Nichts.«

»Ja, das kenne ich«, versichert mir Cody. »Er taucht dauernd aus dem Nichts auf.«

»Das stimmt überhaupt nicht«, sagt Navajo. »Ich stand da schon über eine halbe Stunde.«

Wir lachen und gehen zurück zu den Pferden. Das Pferd des Indianers grast zwischen Sonny und Luke, ohne dass die drei weiter Notiz voneinander nehmen.

»Eigentlich hätten wir dein Pferd hören müssen«, sagt Cody. »Aber es schleicht sich genauso an wie du selbst.«

»Anschleichen ist ein wichtiger Teil der Indianerpferd-Ausbildung.«

»Wirklich?« Ich bin verblüfft.

»O ja.«

»Im Ernst, ihr bringt euren Pferden das Anschleichen bei?«
Cody und der Indianer lachen.

»Er veräppelt dich.« Cody nimmt mich in den Arm.

»Mann, du bist ganz schön gemein.« Ich drohe Navajo mit
dem Finger.

Navajo lacht, winkt uns zu und verschwindet mit seinem
Pferd zwischen den Bäumen.

»Woher kennt ihr euch eigentlich?«, frage ich Cody, während
wir zurück zur Ranch reiten.

»Wir sind zusammen aufs College gegangen.«

»Aufs *College*?«

»Ja, in Salt Lake City.«

»Du hast studiert?«

»Ja, Landwirtschaft.«

»Ach … und der Indianer auch?«

»Ja, er mit Schwerpunkt Gemüsebau, ich Pferdezucht.«

Auf Codys Gesicht erscheint wieder dieses ironische
Zwinkern. »Wir sind nicht bloß dumme Cowboys, die nichts
können, außer Rinder vor sich herzutreiben.«

»Ein Cowboy und ein Indianer mit Diplom«, stelle ich fest,
und wir lachen.

KAPITEL 30

»Tina wird Rancherin!«, ruft Kiki ins Telefon.

Fabienne und sie kriegen sich gar nicht wieder ein, als ich ihnen in einem Conference Call die Neuigkeiten verkünde.

»Und er hat wirklich von euren *Kindern* gesprochen?«, staunt Fabienne.

»Ja, ich konnte es auch gar nicht glauben.«

»Ui, ui, ui, das ist ja aufregend. Und sag mal, wenn du dann mit Cody auf der Ranch lebst, heißt das, ich kann Monty reiten, wann immer ich will?«

Fabienne stöhnt. »Kiki, ist *das* wirklich die Frage, die du Tina jetzt als Erstes stellen willst?«

»Pah, Fabienne, dauernd hast du was zu meckern. Dann frag du doch!«

»Okay«, sagt Fabienne in ihrem geduldigsten Tonfall. »Und, Tina, hat er dich denn auch gefragt, ob du ihn heiraten willst?«

»Ähm … ehrlich gesagt noch nicht.«

»Oh. Aber das kommt normalerweise *vor* den Kindern«, meint Fabienne.

»Ja, schon, ich weiß. Aber Cody ist halt mit Worten ein wenig … sparsam.«

»Männer«, stöhnt Kiki.

»Cowboys«, fügt Fabienne hinzu. »Die reden ja noch weniger, da braucht man Nerven wie Drahtseile.«

»Und, darf ich jetzt vielleicht auch mal was fragen?«, sagt Kiki.

»Also los.«

»Das ist nämlich die allerwichtigste Frage: Wie war's im Bett?«

»Ähm …«, antworte ich.

»Was soll denn das heißen?« Fabienne klingt verblüfft.

»Wir hatten irgendwie noch keine Zeit …«

»O nee!«, stöhnt Kiki. »Tina, echt, du brauchst eindeutig Nachhilfe. Auch *das* kommt nämlich vor den Kindern.«

»Sag nicht, er ist so einer, der bis zur Hochzeit warten will«, meint Fabienne.

»Ich dachte, die wären längst ausgestorben.« Kiki kichert. »Obwohl, romantisch wär's ja.«

»Kiki, so was wie *Romantik* aus deinem Munde? Dass ich das noch erleben darf.« Fabienne lacht.

Ich hole tief Luft. »Ich verspreche euch, ich werde es herausfinden.«

Fabienne und Kiki seufzen im Chor.

»Besser ist das. Und dann bitte zügig berichten«, verlangt Kiki noch, bevor wir kichernd auflegen.

Cody und ich fahren die Straße nach Teasdale zu einem Holzhaus, das schon ziemlich alt aussieht. Die Farbe blättert an vielen Stellen ab und der Garten ist auch ein wenig verwildert. Auf dem Hof halten wir an und werden von einem alten Hund begrüßt, der heiser bellt.

Cody klopft an der Eingangstür.

»Mrs Hagerty?«

Wir lauschen nach drinnen.

»Offenbar ist sie nicht da.« Wir wollen uns gerade abwenden, als wir eine Stimme von drinnen hören.

»Moment, Moment, ich komm ja schon.«

Wenig später öffnet sich die Tür und eine zierliche alte Dame erscheint im Türrahmen.

»Ja, bitte?«

»Hallo, Grandma Hagerty, ich bin's, Cody Parker aus Torrey. Erinnern Sie sich?«

»Ach ja, natürlich. Der knackige Cowboy.« Sie kichert. »Willst du mich zu einem Rendezvous entführen?«

»Ähm, na ja, ich habe meine Freundin mitgebracht, also nein. Tut mir leid.«

»Wie schade. Aber vielleicht trinkt ihr beide einen Tee mit mir?«

»Ja, gerne.«

Wir betreten den Flur des alten Ranchhauses. Cody lässt mir den Vortritt.

Mrs Hagerty schaut mich aufmerksam an.

»Hallo, ich bin Tina.«

Wir drücken uns die Hände und sie ist mir auf Anhieb sympathisch.

»Freut mich. Eine hübsche Freundin hat er sich da geangelt, der Cody.«

»Finde ich auch.« Cody lächelt.

Wir betreten ein Wohnzimmer, das an eine offene Küche grenzt.

»Ich setz mal Wasser auf. Nehmt Platz.«

»Können wir etwas helfen?«, bietet Cody an.

»Wasser kochen kann ich schon noch selbst, junger Mann. Oder sehe ich etwa so klapprig aus?«

»Nein, nein, ich wollte einfach nur höflich sein.«

»Dein Glück, Cody Parker.«

Sie schmunzelt und macht sich am Herd zu schaffen. Wie in Codys Haus hängen auch hier über dem Kamin Schwarz-Weiß-Fotos von Menschen aus alten Zeiten. Von Hochzeiten, Taufen und anderen Gelegenheiten, die den Menschen offenbar etwas bedeutet haben. Darunter ist eine hübsche junge Frau auf einem Pferd. Ich stehe auf, um es näher zu betrachten.

»Das bin ich«, sagt Mrs Hagerty, »und der Mann auf dem Foto daneben ist mein Vater, der Goldgräber.«

In diesem Moment pfeift ein Wasserkessel und wenig später bringt Mrs Hagerty eine Kanne Tee. Wir setzen uns und sie schenkt ein.

»Also, raus damit, warum seid ihr hergekommen?«

»Wir waren oben in den Bergen, bei dem alten Ranchhaus«, erzählt Cody.

»Ah, ja … meine Großmutter hat da früher eine Zeit lang gelebt.«

»Und warum ist sie weggezogen?«

»Nachdem ihr Mann gestorben ist, war es ihr zu einsam. Zumindest ist das die offizielle Version. Ich glaube eher, sie hatte einen Liebhaber in der Stadt.«

»Ah, in Richfield?«, frage ich.

»Nein, hier in Teasdale. Richfield ist die Großstadt.«

Ich bin überrascht. Teasdale hat nur etwa zwanzig Häuser, und ich würde nie auf die Idee kommen, es als Stadt zu bezeichnen. Offenbar habe ich mich an die Dimensionen hier immer noch nicht ganz gewöhnt.

»Wir würden uns für das Grundstück interessieren«, sagt Cody jetzt.

Mrs Hagerty runzelt die Stirn. »Da oben wollt ihr leben?«

»Na ja, es wäre ideal für die Pferdezucht.«

»Aber wenn ihr im Winter mal ins Tal wollt, braucht ihr einen verdammt großen Schneepflug.«

»Das stimmt … Angenommen, wir würden uns einen kaufen.«

Mrs Hagerty nimmt einen Schluck Tee und lehnt sich in ihrem Ohrensessel zurück.

»Heißt das, ihr wollt mir ein Kaufangebot für das Land in den Bergen machen?«

»Ja.«

Sie nickt und guckt uns prüfend an. »Und warum?«

»Wir möchten eine Familie gründen.« Cody sagt das ohne jedes Zögern und jagt mir damit wohlige Schauer über den Rücken.

Ein Lächeln erscheint auf Mrs Hagertys Gesicht. Sie späht aus dem Fenster auf die Berge.

»Das alte Haus würde sich bestimmt freuen, wenn wieder Leben in seine vier Wände einzieht.«

Cody ergreift meine Hand. Wir lächeln beide in Richtung Mrs Hagerty, trauen uns aber nicht, etwas zu sagen. Angespannt warten wir auf ein Zeichen, wie sie die Idee aufnimmt.

»Nach Florida zu ziehen, das wäre was«, meint sie. »Das Wetter wäre gut für unser Rheuma. Für Maggies und für meins auch.«

Ich schaue fragend zu Cody.

»Maggie ist der Hund«, flüstert er.

»Aber … Land verkauft man nicht, niemals. Das hat mein Großvater immer gesagt.« Sie dreht sich wieder zu uns.

Ich spüre, wie sich die Enttäuschung in meinem Bauch ausbreitet. Das war's also mit unseren schönen Plänen.

Cody nickt. »Das hat mein Großvater auch immer gesagt.«

Mrs Hagerty nickt auch und sieht wieder aus dem Fenster auf die Berge. Entschlossen richtet sie sich in ihrem Sessel auf.

»Aber was wussten die Alten schon? Heute haben wir doch ganz andere Zeiten.«

Wir sitzen da, und ich wage kaum zu atmen.

Mrs Hagerty wendet sich Cody zu und schaut ihm in die Augen.

»Dein Ur-Urgroßvater war immer sehr nett zu meiner Urgroßmutter Minnie.« Sie kichert. »Und ich weiß, dass Minnie eine Schwäche für den alten Butch hatte. Deshalb werde ich darüber nachdenken.«

»Das würde uns wirklich enorm freuen«, sagt Cody.

»Aber es wird nicht billig. Schließlich ist eine Goldmine da irgendwo auf dem Grundstück.«

»Vielen Dank, Ma'am. Wir sind Ihnen wirklich sehr verbunden.«

Sie lächelt. »Ein höflicher Mann in der heutigen Zeit. Das ist wirklich sehr selten.«

An der Tür drücken wir ihr noch einmal die Hand, bevor wir zum Auto gehen. »Ein schönes Paar seid ihr«, ruft sie uns nach, und wir winken zum Abschied.

»Meinst du, sie sagt zu?«, frage ich Cody, sobald wir mit dem Auto vom Hof rollen.

»Ich hoffe … und hoffentlich können wir den Preis bezahlen, den sie da ausheckt.«

»Dann muss ich mich ordentlich ins Zeug legen. Am Montag haben wir Krisensitzung im Fall Parker.«

Cody lacht leise. »Ich hätte nie gedacht, dass ich mal Gegenstand einer Krisensitzung bin.«

Ich grinse. »Das bist du allerdings. Und zwar nicht zum ersten Mal.«

KAPITEL 31

Bevor die Krisensitzung anberaumt ist, klopfe ich an der Bürotür meines Chefs, um mit ihm allein zu sprechen. Heute bin ich in Jackett und Hose ins Büro gekommen, denn ich werde hart verhandeln, und das macht man nicht in kurzem Rock und Pumps.

Mein Chef ist im Gespräch mit dem Anwalt des REO und sieht gestresst aus.

»Tina. Ich hoffe, Sie bringen uns gute Neuigkeiten.«

Ich nicke. »So ist es. Ich konnte Mr Parker überzeugen. Er wird verkaufen.«

Die Männer starren mich an. »Wirklich?«

»Ja. Allerdings möchte er kein Land, sondern mehr Geld.«

»Wie viel mehr?«

»Verdreifachen Sie.«

McGillan lacht. »Das ist nicht Ihr Ernst.«

»Doch.«

Mein Herz schlägt so laut, dass ich meine, die beiden müssten das hören. Der Anwalt des REO schnappt nach Luft. Er geht zum Fenster und zündet sich eine Zigarette an.

»Ist der irre?«

Das Gesicht meines Chefs hat eine rote Farbe angenommen. Jetzt schlägt er mit der Faust auf den Konferenztisch.

»Der will uns wohl das Fell über die Ohren ziehen.«

»Ja, der verarscht uns. Das kommt überhaupt nicht infrage«, knurrt der Anwalt.

»Na ja, versuchen Sie für einen Moment, sich in seine Lage zu versetzen«, sage ich so ruhig wie möglich. »Er muss sich eine neue Existenz aufbauen. Ein geeignetes Grundstück kaufen, ein Haus bauen, Ställe, Zäune … das kostet. Wenn man das zusammenrechnet, kommt dieser Betrag heraus.«

»Aber seine alte Ranch ist niemals so viel wert …«

»Sie ist vor Jahrzehnten gebaut worden, über Generationen bewirtschaftet. Sie müssen den Wiederbeschaffungswert ansetzen. Wenn Sie heute bauen, ist doch alles viel teurer.«

»Tina, auf welcher Seite stehen Sie eigentlich?«

Ich lächele. »Auf der richtigen. Sie hatten mich beauftragt, einen Weg zu finden, um ihn zum Verkauf zu überreden. Das ist der Weg.«

Der Anwalt grunzt unwillig. »Allerdings ein ziemlich teurer, wenn Sie mich fragen.«

Ich weiß ja von der Konventionalstrafe, aber das erwähne ich lieber nicht. Ich kann förmlich sehen, dass es in McGillans Kopf arbeitet. Endlich scheint er fertig gedacht zu haben.

»Und wenn wir ihm diesen Betrag anbieten, wer verspricht uns dann, dass er nicht seine Chance wittert und noch mehr verlangt?«

»Ich.« Ich sehe ihm fest in die Augen.

»Können Sie das garantieren?« Die Stimme des Anwalts klingt fast schrill, sofern das für einen Mann überhaupt möglich ist. Offenbar ist er schwer gestresst.

»Ja. Er wird zustimmen. Es sei denn, im Vertrag werden noch irgendwo Fallstricke eingebaut.«

McGillan grunzt noch einmal unwillig.

»Und warum sollten wir ihm glauben?«

»Weil er aufrichtig ist. Er ist ein Mann, der sein Wort hält.«

Wow, das klingt wirklich wie in einem Western, denke ich, und habe für einen Moment Angst, dass ich es übertrieben habe.

McGillan visiert mich noch ein paar Sekunden misstrauisch an. Entschlossen wendet er sich an den Anwalt.

»Also gut. Machen Sie die Verträge fertig. Ohne Fallstricke.«

»Wie Sie meinen.« Der Anwalt drückt seine Zigarette aus und geht aus dem Raum.

McGillan blickt mich an. Kommt jetzt ein Donnerwetter? Ich setze mich ein wenig aufrechter hin, um mich notfalls zu verteidigen.

Aber mein Chef lächelt. »Gut gemacht, Tina.«

»Danke.«

Er klatscht in die Hände.

»Also, an die Arbeit. Endlich können wir bauen!«

Mit dem Vertrag in der Tasche düse ich zu Cody auf die Ranch.

Er sitzt auf der Terrasse, und als er mich auf den Parkplatz fahren sieht, kommt er mir entgegen.

»Und? Wie ist es gelaufen?«

Ich wedele mit dem Vertrag.

»Es hat geklappt. Keine Fallstricke.«

Übermütig fallen wir uns in die Arme.

»Hier, lies mal.«

Ich gebe Cody den Vertrag, damit er einen Blick auf die Kaufsumme werfen kann.

»Wow. Das ist ja viel mehr, als ich gedacht habe.«

Ich grinse. »Ich habe einen Bonus draufgeschlagen. Als Strafe dafür, dass Luke fast abgestürzt wäre.«

Cody guckt mich an, schüttelt den Kopf und grinst.

»Tina, du bist ein echtes Teufelsweib.«

»Ach, ich dachte, nur ein Mädchen aus der Stadt?«

»Das auch. Aber ein ganz wunderschönes und kluges Mädchen.«

Er küsst mich, und ich bin überwältigt von meinen Gefühlen und der Freude, dass nun endgültig nichts mehr zwischen uns steht.

»Nun müssen wir nur noch Mrs Hagerty überzeugen«, sage ich, als wir uns nach einer Weile voneinander lösen.

Cody nickt. Dann sehe ich diese Grübchen auf seinen Wangen.

»Gleich morgen früh. Aber vorher mache ich etwas, das ich die ganze Zeit schon tun wollte.«

Er packt mich mit den Händen in den Hüften, hebt mich hoch und legt meinen Oberkörper über seine Schulter. Ich juchze auf und trommele mit den Fäusten auf seinen Rücken.

»Wirst du mich wohl wieder runterlassen, Bert Cody Parker«, pruste ich.

»Auf keinen Fall.« Cody lacht und trägt mich schnaufend die Treppe zur Veranda hoch. Ich denke schon, er schafft es nicht, weil er auf einer Stufe ein bisschen schwankt, aber er gibt noch mal alles, und wir gelangen heil oben an. Ernie bellt und wuselt um uns herum, vermutlich meint er, das sei ein Spiel.

Mit dem Fuß stößt Cody die Haustür auf und trägt mich hinein. Allerdings kommt er nur noch bis zum Sofa, dann versucht er, mich vorsichtig abzusetzen. In letzter Sekunde verliert er doch noch das Gleichgewicht und ich lande rücklings auf der weichen Couch. Cody liegt halb neben, halb auf mir, und ich ziehe ihn ganz dicht an mich. Wir schauen uns in die Augen und meine Liebe für Cody überwältigt mich.

»So könnte ich es eine Weile aushalten«, flüstere ich.

»Ich auch.«

In den kommenden Stunden erlebe ich einen Rausch der Gefühle. Worauf ich so lange warten musste, wird endlich wahr. Cody ist ein fantastischer Liebhaber und erweckt in mir eine Leidenschaft, die ich nie zuvor erlebt habe.

Und ich fühle es mehr denn je, dass Cody der Mann ist, den ich seit dem ersten Moment geliebt habe, liebe und für immer lieben werde.

In der Nacht wache ich auf und höre draußen die Nachtigallen singen, sonst ist es still. Ich sehe zu Cody, aber er liegt still neben mir und scheint zu schlafen.

Ich schlüpfe leise aus dem Bett und gehe ans Fenster. Das Mondlicht taucht das Tal in einen sanften Schimmer, hin und wieder schnaubt ein Pferd. Die Aussicht ist schön, aber ich denke an das alte Haus in den Bergen. Da oben wäre der perfekte Ort für uns, sagt mein Bauchgefühl. Hoffentlich stimmt Mrs Hagerty dem Verkauf zu.

»Hey, warum schläfst du denn nicht?«

Cody taucht hinter mir auf und legt die Arme um mich. Wir schauen gemeinsam aus dem Fenster.

»Das Mondlicht ist so schön«, seufze ich.

Er vergräbt sein Gesicht in meinen Haaren. »Mit dir ist es schön. Viel schöner als alles da draußen. Komm ins Bett, bevor dir kalt wird.«

Kapitel 32

Cody hat einen Blumenstrauß gekauft, der so riesig ist, dass er dahinter beinahe verschwindet.

Ich lache.

»Wenn der nicht hilft, dann hilft gar nichts.«

»Okay, jetzt heißt es Daumen halten.«

Er drückt auf die Klingel an der Haustür von Grandma Hagerty.

Wenig später öffnet sie und betrachtet die Blumen vor ihrem Gesicht. Sie kichert.

»So einen großen Blumenstrauß hatte ich nicht mal zu meiner Hochzeit. Und auch nicht zu meinem achtzigsten Geburtstag.«

»Sie sind doch nie und nimmer schon achtzig«, sagt Cody.

»Na, na, Cowboy! Blumen und Komplimente? Du willst mich doch wohl nicht bestechen?«

»Ein bisschen vielleicht.« Cody lächelt so charmant, wie er nur kann.

»Na, dann kommt mal rein.«

Wir folgen ihr ins Wohnzimmer. Mrs Hagerty nimmt die Blumen entgegen und stellt sie in eine große Vase.

»Da braucht man ja beinahe einen Eimer.« Sie schmunzelt. »Aber schön sind sie, die Blumen.«

»Sicherlich können Sie sich denken, warum wir hier sind«, sagt Cody, als wir Platz genommen haben.

Sie nickt. »Das heißt, ihr meint es ernst?«

»Ja.«

Sie nickt und lehnt sich zurück.

»Tina, hat Cody dir denn schon die Frage gestellt?«

»Die Frage?« Ich bin verdutzt.

»Ob du ihn überhaupt zum Ehemann nehmen willst.«

»Äh, ach so, *die* Frage.« Ich stupse Cody an. »Nein. Hat er nicht.«

Grandma Hagerty wendet sich wieder an Cody. »Hast du nicht?«

Cody guckt schuldbewusst. »Nein, hab ich nicht. Noch nicht. Wir hatten so viel zu regeln ...«

Grandma Hagerty verdreht die Augen.

»Männer! Es ist immer das Gleiche mit ihnen. Sie haben einfach keinen Sinn für Romantik.«

Wir sehen sie an wie die Kaninchen vor der Schlange. Mein Herz klopft laut, und ich bete zu allen indianischen Geistern, Mrs Hagerty möge uns nicht absagen. Sie schaut zwischen uns hin und her.

»Na los, Cowboy. Ich will noch auf eurer Hochzeit tanzen, bevor ich mit der alten Maggie in die Sonne nach Florida ziehe.«

Ich lasse einen Freudenschrei los, springe auf und umarme Grandma Hagerty. Die lacht und schiebt mich von sich.

»Den Kerl da musst du umarmen. Und du, Cody Parker, solltest zusehen, dass dir diese hübsche Frau nicht noch abhandenkommt. *Männer*«, wiederholt sie noch einmal und wirft ihre Hände in die Luft.

Cody rutscht vom Sofa und geht vor mir auf die Knie.

»Tina Wagner ... möchtest du meine Frau werden?«

Mir schießen die Tränen in die Augen.

»Ja ... Ja!«

»Na also, geht doch.« Grandma Hagerty klatscht in die Hände. »Und nun küssen!«

KAPITEL 33

Die Planungen für das Kraftwerk sind zügig vorangeschritten. Ich konnte auch den neuen Lebensraum für das Beifußhuhn erstreiten, sodass mein Job schon nach einigen Monaten so gut wie abgeschlossen ist. McGillans Angebot, meinen Vertrag zu verlängern, habe ich nicht angenommen. Auf diese Weise habe ich mehr Zeit, mit Cody unseren Umzug auf die Hagerty Ranch vorzubereiten. Wir packen Kisten, bauen Möbel auseinander und laden sie auf den Pick-up, in den Pferdetrailer und in jedes Gefährt, das wir auftreiben können. Obwohl Alex, Bea und John nach Kräften mitarbeiten, kommen wir langsamer voran, als wir geplant hatten.

»Wir brauchen mehr Hilfe«, keuche ich, als wir gemeinsam einen der schweren Anbindebalken in den Trailer wuchten. »Wir haben schon seit Wochen keine Zeit mehr, durch die Berge zu reiten. Und das Haus oben muss ja auch noch renoviert werden.«

Cody lässt sich auf die Klappe des Trailers sinken und nickt. »Ja, ausreiten würde ich auch gerne mal wieder. Aber erst müssen wir das alles nach oben verfrachten.«

Ich seufze angesichts der vielen Dinge, die abgebaut, eingeladen, nach oben gefahren und dort erneut aufgebaut werden müssen.

»Ich weiß was. Mein Vater ist Zimmermann. Und bestimmt würde es ihn freuen, uns beim Umbau des Hauses zu helfen.«

Cody guckt mich erwartungsvoll an. Dann lächelt er. »Worauf wartest du noch?«

Als ich Papa anrufe, um ihn zu fragen, sagt er sofort »Ja«, noch bevor ich die Frage zu Ende stellen kann.

»Ich nehme unbezahlten Urlaub«, ruft er ins Telefon. »Und ich baue euch ein wahres Luxusholzhaus!«

Angesichts der nahenden Hilfestellung beschließen Cody und ich, gleich morgen früh endlich mal wieder auszureiten. In der Nacht und am Morgen regnet es allerdings heftig, und so können wir erst gegen Mittag aufbrechen. Doch inzwischen scheint die Sonne wieder und die Luft riecht wie frisch gewaschen – nach Kräutern und Wiesenblumen.

Als wir einen Aussichtspunkt am Grey Peak erreichen, halten wir an, um eine Pause zu machen. Durch das Tal unter uns fließt normalerweise ein schmaler Bach friedlich vor sich hin, doch nach dem Regen tobt dort ein wilder, brüllender Fluss.

»Da unten möchte man jetzt nicht stehen. Aber hier oben sind wir sicher«, sagt Cody und steigt vom Pferd. Ich steige ebenfalls ab und Cody legt den Arm um mich.

Wir schauen auf die ungezähmte Kraft der Natur unter uns, und plötzlich nehme ich eine Bewegung neben dem Fluss wahr.

»Cody, da, sieh mal!«

Ein paar Bisons machen sich auf den Weg in höher gelegene Areale.

»Die haben wohl die Warnschilder am Fluss nicht gelesen. Aber sie sind schlau, sie kommen klar.«

Die Tiere bewegen sich in dem ihnen eigenen gemütlichen Tempo, aber plötzlich dreht einer der Bisons um und läuft zurück zu dem tobenden Fluss.

Cody runzelt die Stirn und kneift die Augen zusammen, um besser sehen zu können.

»Ein Kalb«, rufen wir beide in der gleichen Sekunde, in der wir das kleine Fellbündel erkennen. Es liegt im Gras, nicht weit vom Fluss entfernt, und das Wasser steigt schnell.

»Verdammt. Es muss gerade geboren worden sein, es kann den anderen noch nicht folgen«, ruft Cody.

In Sekundenschnelle sind wir auf den Pferden und geben Gas. Der Fahrtwind rauscht in meinen Ohren. Cody legt mit Sonny ein Tempo vor, bei dem Luke sich richtig langmachen muss.

Nach einer Weile wird Luke langsamer, aber ich treibe ihn an.

»Luke, lauf!«

Trotz der rasenden Geschwindigkeit kommt es mir vor, als ob wir uns dem Kalb wie in Zeitlupe nähern. Wir galoppieren an der aufgeregt muhenden Mutter vorbei und ich hoffe, dass sie das nicht als Angriff auf ihr Kalb missversteht.

Endlich haben wir das Kleine erreicht und springen von den Pferden.

»Los, hilf mir, es hochzuheben. Über den Sattel«, schreit Cody gegen das Rauschen des Wassers an.

Das Wasser gurgelt und strömt und blubbert wenige Meter von uns entfernt. Es hat das Kalb schon fast erreicht. Luke erschrickt und läuft ein paar Schritte talaufwärts, aber Sonny bleibt geduldig stehen, er kennt seinen Job.

Wir fassen unter den Bauch des Kalbs und heben es an, bis es auf den Beinen steht. Es ist noch klein, aber überraschend schwer. Wir versuchen, es über Sonnys Sattel zu hieven, haben jedoch keine Chance. Nach dem dritten Mal sind meine Arme schwer wie Blei und wir keuchen vor Anstrengung.

Wir setzen das Kalb ab und sehen uns nach dem Wasser um. Nur noch ein paar Meter, dann wird es uns alle mitreißen.

»Können wir es hochtragen?«, frage ich.

Cody schüttelt den Kopf. »Keine Chance. Das Wasser holt uns ein.«

Ich sehe wie die Bison-Mutter weiter oben unruhig auf und ab läuft, und mir schießen die Tränen in die Augen, als mir klar wird, dass wir das Kleine zurücklassen müssen, wenn wir unsere eigenen Leben retten wollen.

Doch plötzlich wirft etwas sehr Großes einen Schatten auf mein Gesicht – und Navajo steht vor uns. In diesem Moment spritzt Wasser an unsere Beine.

»Nun aber los!«, sagt Navajo.

Cody und Navajo heben das strampelnde Kalb hoch und wuchten es über Sonnys Sattel.

»Verdammt, ist das ein Brocken«, keucht Cody. »Tina, führ du Sonny, wir halten das Kalb fest.«

Ich nehme Sonnys Zügel. Cody und Navajo halten das Kalb auf beiden Seiten an den Füßen fest und wir eilen bergauf. Nach ein paar Metern erreichen wir Luke, der ungeduldig mit dem Huf scharrt. Jetzt wiehert er vorwurfsvoll, als wolle er auch gerettet werden.

Aber um ihn können wir uns jetzt nicht kümmern. Cody und der Indianer brauchen all ihre Kraft, um das strampelnde Kalb im Sattel zu halten, und ich kämpfe mich mit Sonny bergauf.

»Was ist mit Luke?«

»Der kommt uns hinterher«, sagt Cody.

Und tatsächlich, Luke steckt seine Nase an Sonnys Schweif und weicht ihm keinen Zentimeter von der Seite. Offenbar ist er froh, sich in dieser gefährlichen Situation an dem erfahrenen Pferd orientieren zu können.

Endlich erreichen wir den höher gelegenen Teil des Tals.

»Hier können wir es absetzen.«

»Gut«, keucht Navajo. »Mir reicht es nämlich.«

Mit letzter Kraft ziehen die beiden das Kalb herunter und setzen es ab. Ich helfe ihnen und stütze das Kalb. Sobald seine staksigen Beinchen Halt auf dem Boden bekommen, bockt es los. Jetzt verlieren wir alle drei das Gleichgewicht und fallen rücklings ins Gras.

Verwundert gucken Luke und Sonny auf uns herab. Luke stupst mich mit dem Maul an den Haaren an, als wollte er sagen: »Wieso steht ihr denn nicht wieder auf?«

Das Kalb läuft noch etwas ungelenk, aber es hat jetzt genug Kraft, um blökend zu seiner Mutter zu rennen. Sie steht ganz ruhig einige Meter entfernt am Waldrand und schaut uns zu.

»Wieso konnte das blöde Ding nicht schon vor einer halben Stunde selbst laufen?«, sagt Navajo, und wir lachen.

»Wo kommst du denn auf einmal her?«, fragt Cody ihn.

»Von da.« Er deutet in den Wald. »Ich hab euch rufen gehört, und ihr seid so schnell geritten, als ob ihr auf der Flucht wärt vor einer Horde Bären. Da hab ich gedacht, vielleicht braucht ihr Hilfe.«

»Das war ein sehr guter Gedanke«, sagt Cody. »Für einen Indianer.«

»Ja, ihr Weißen seid einfach zu schwach. Ohne uns kriegt ihr ja nicht mal so ein neugeborenes kleines Kalb in den Sattel.« Er lacht leise.

»Plappert er wieder unentwegt?«, fragt in diesem Moment eine Frauenstimme.

Von ihrem Pferd aus blickt Yuma auf uns herunter.

»Es ist unglaublich. Er redet und redet und redet … wie ein Wasserfall.«

»Ist ja gut, Yuma. Ich bin sofort still.«

Der Indianer grinst, steht auf und klopft sich ein paar Grashalme von der Hose.

»Ist sie nicht toll?«, fragt er so leise, dass sie es nicht hört.

Wir nicken.

Daraufhin geht er zu seinem Pferd, das Yuma als Handpferd mitgebracht hat.

»Wo hast du denn mein Pferd gefunden?«, fragt er Yuma, während er die Zügel über den Pferdehals legt.

»Im Wald«, erwidert Yuma, wendet ihr Pferd und reitet los.

»*Im Wald*«, zitiert Navajo sie leise und zuckt die Schultern. »Mehr ist heute wohl nicht aus ihr herauszubekommen.«

»Das habe ich gehört«, sagt Yuma, ohne sich umzudrehen.

»Und Ohren hat sie wie ein Luchs«, sagt Navajo zu uns. »Nur nicht mit solchen Puscheln.«

»Das auch!«, ruft Yuma über die Schulter.

Der Indianer lacht leise, legt den Zeigefinger an seine Lippen und reitet Yuma nach.

»Komm schon, Yuma«, ruft er ihr zu. »Erzähl mal, wie war dein Tag denn so? Was hast du erlebt? Ich will alles wissen.«

Als Antwort winkt sie einfach ab, ohne sich umzusehen, und reitet weiter.

Wir schauen den beiden nach und lachen leise.

»Ein herrliches Paar«, sage ich.

»Ja, und sie lieben sich, obwohl sie so unterschiedlich sind.«

Wir atmen noch einmal tief durch und beobachten die Bisonkuh, die ihr Kalb säugt. Die anderen Bisons aus ihrer Herde kommen dazu und stellen sich schützend um die beiden herum.

»Die anderen holen sie ab, oder?«, sage ich.

Cody nickt. »Ja, in einer guten Herde steht man füreinander ein.«

Ich merke, wie mir Tränen der Rührung und Erleichterung die Wangen hinunterrollen.

»Wie schön«, flüstere ich.

Sachte nimmt Cody mich in den Arm und küsst mein Gesicht, bis meine Tränen getrocknet sind. Und dann greift er in seine Tasche und holt ein Kästchen heraus.

»Gott sei Dank, ich hatte schon Angst, ich hätte es bei der Rettungsaktion verloren«, sagt er. »Gefallen sie dir?«

Er öffnet es und darin glänzen zwei wunderschöne goldene Ringe.

Kapitel 34

»Papa!« Ich laufe meinem Vater am Flughafen entgegen und wir umarmen uns so stürmisch, dass er dabei seinen Koffer umstößt.

»Meine große kleine Tina. Es ist so schön, dich zu sehen.«

»Dich auch, Papa. Super, dass du da bist. Aber schade, dass die anderen nicht mitkonnten.«

Papa lacht. »Die Zwillinge haben Tag und Nacht Pläne geschmiedet, wie sie es schaffen, sich heimlich ins Flugzeug zu schmuggeln. Wir mussten ihnen versprechen, mit ihnen in den Ferien herzukommen.«

»Au ja, das wäre schön.«

»Wir sparen schon auf die Tickets. Aber jetzt wollen wir erst mal euer Haus renovieren.«

Meinen Papa bringt so leicht nichts aus der Ruhe, aber als wir durch die Berge fahren, ist er völlig aus dem Häuschen. Dauernd zeigt er auf irgendeine besonders schöne Aussicht.

»Tina, guck mal da, hast du das gesehen? Und den Blick nach da drüben?«

Ich lache. »Ja. Toll, oder?«

»Unglaublich.«

Papa und ich zeichnen Baupläne, Cody und John schaffen Baumaterial herbei und gemeinsam mit Alex' und Beas Hilfe hämmern und sägen wir, was das Zeug hält. Neben dem Ranchhaus installieren wir eine provisorische Fotovoltaikanlage, sodass wir Strom haben. Sobald wir das Dach erneuert haben, kann sie an ihren endgültigen Standort umziehen.

John, der früher mal als Maurer gearbeitet hat, mischt Mörtel an, um den alten Kamin zu verputzen.

»Der wird wie neu aussehen«, prophezeit er und macht sich an die Arbeit.

Ich widme mich derweil dem alten Familienesstisch der Hagertys. Ein paar Stellen lassen sich schnell ausbessern, dann schleife ich ihn ab und behandele ihn mit Holzöl. Als ich fertig bin, trete ich ein paar Schritte zurück und betrachte mein Werk.

»Wow.« Alex fährt mit den Fingern über die glänzende Oberfläche. »So alt und staubig wie der aussah, hätte ich nie gedacht, dass ein solches Schmuckstück darin steckt.«

»Fertig«, ruft John in diesem Moment von drinnen.

Wir versammeln uns alle vor dem Kamin.

»Schöner als neu.« Ich freue mich und Cody klopft John auf die Schulter.

»Heute Abend bekommst du eine Extra-Portion Burritos«, verspricht ihm Bea, und John grinst.

»Sehr gut. Habt ihr noch einen Kamin, den ich restaurieren kann?«

Wir lachen. »Na, dann werde ich mal langsam Essen machen«, sagt Bea. »Nicht, dass euer Magenknurren noch die Bären anlockt.«

Ich mache Fotos von dem restaurierten Tisch und dem Kamin und schicke sie an Grandma Hagerty. Sie ruft spontan an, um uns zu erzählen, wie sehr ihr alles gefällt.

Cody und John haben die Zäune fertig, und dann kommt der Moment, auf den wir lange gewartet haben. Denn nun können wir die Pferde aus ihrem kleineren Areal am Haus auf die riesigen Weiden entlassen.

»Seid ihr bereit?«, fragt Cody, und ich zücke mein Smartphone, um das zu filmen, was jetzt unweigerlich passieren wird. Cody öffnet das Tor und die Pferde laufen hindurch. Einen Moment schauen sie verdutzt, dann geht es los. Quietschend, bockend und mit allerlei Luftsprüngen galoppieren sie in ihre neue Freiheit.

Als endlich auch am Haus alles getan ist, stehen wir da und können es noch gar nicht richtig fassen. Spontan brechen wir alle in Jubel aus und nehmen uns in die Arme.

»Wow, wir haben es geschafft!« Cody hebt mich hoch und wirbelt mich übermütig um die eigene Achse, was Alex, Bea, John und meinen Papa zu einem frenetischen Applaus veranlasst.

»Darauf stoßen wir an«, verkündet Bea.

»Aber womit?«, frage ich. »Wir haben gar nichts eingekauft.«

»Aber ich!« Bea zwinkert uns zu. »Der Kühlschrank ist ja schon in Betrieb, ich hab da was reingeschmuggelt.«

Kurz darauf kehrt sie mit einer Flasche Sekt und Gläsern zurück. Damit stoßen wir auf unser neues Zuhause an.

Cody lächelt mich an und sieht mir in die Augen, woraufhin meine Knie ganz weich werden.

»Jetzt kann ich endlich bald meine wunderschöne Frau über die Schwelle tragen.«

»Pah«, winkt Alex ab, »dazu müsst ihr erst mal heiraten.«

»Das machen wir«, sagt Cody, »und ich kann es kaum erwarten.«

»Habt ihr eigentlich schon beschlossen, wo die Trauung stattfinden soll?«, erkundigt sich Bea.

Cody lächelt und nimmt meine Hand. »Ich würde gerne sehen, wo du aufgewachsen bist. Und deine ganze Familie kennenlernen.«

»Du meinst, wir heiraten in Deutschland?« Ich stoße einen Freudenschrei aus.

Mein Papa lacht. »Deine Mama flippt aus, wenn sie das hört. Sie wird sofort anfangen, alles zu planen.«

»Super.« Übermütig umarme ich Cody und meinen Vater gleichzeitig.

In diesem Moment kommt ein alter Pick-up den Berg heraufgefahren.

»Ist das nicht Grandma Hagerty?«, frage ich.

Und tatsächlich steigt sie aus dem Wagen und schwenkt einen Blumenstrauß.

»Zum Einzug«, ruft sie und lacht.

Wir zeigen ihr das Haus und ich freue mich, dass sie Tränen in den Augen hat vor Rührung.

Sie nimmt mich in den Arm. »Wie schön, dass ihr das alte Haus wieder zum Leben erweckt.«

KAPITEL 35

»Tiiiiiinaaaaaa«, ruft Lilli, als Papa und sie uns am Flughafen abholen, und dann rennt sie mir so schnell entgegen, wie ich sie noch niemals habe laufen sehen. Sie wirft ihre Arme um meinen Hals und drückt mich so fest, dass mir fast die Luft wegbleibt. Aber auch Lilli japst nach einer halben Minute nach Luft, und so lassen wir uns doch wieder los.

»Lilli, mein Schatz, ich hab dich total vermisst.«

»Ich dich auch.« Erneut drückt sie mich.

»Das ist übrigens Cody.«

Lilli nickt und gibt ihm etwas schüchtern die Hand.

»Hallo, Miss Lilli.« Cody tippt sich an den Cowboyhut. Sein herzliches Lächeln lässt Lilli ihre Schüchternheit schnell überwinden, und sie umarmt ihn vorsichtig.

»Ich hab schon Fotos von dir gesehen. Du siehst wirklich aus wie ein ganz echter Cowboy.«

Cody lacht.

»Ich bin auch ganz echt.«

Wir fahren durch Berlin und Cody staunt, wie groß die Stadt ist. »Viel größer als Salt Lake City«, findet er. »Aber auch viel lebendiger. Kommen wir eigentlich am Brandenburger Tor vorbei? Ich würde gerne die Stelle sehen, wo die Stadt geteilt war.«

»Kein Problem«, sagt Papa. »Das liegt sozusagen auf dem Weg.«

Ich schmunzele, denn es ist ein ordentlicher Umweg, aber Papa möchte Cody offensichtlich eine Freude machen.

Nach einem Stadtbummel mit Brandenburger Tor und Checkpoint Charlie fahren wir aus der Stadt raus und anschließend durch Brandenburger Wiesen und Wälder.

»Und, wie gefällt es dir?«, frage ich Cody.

Er nimmt meine Hand. »Toll. Ist das hier überall so flach?«

Ich muss lachen. »Ja. Hier im Norden gibt es einen Spruch: Man kann schon am Freitag sehen, wer am Samstag zu Besuch kommt.«

Als wir auf dem Hof von Großonkel Hans ankommen, bin ich gespannt. Wie meine Familie sich hier wohl eingelebt hat? Ich bin angenehm überrascht, wie weitläufig und geräumig alles ist. Ein Vierseithof, der in gutem Zustand ist, und auf dem Dach thront sogar ein Storchennest.

Wir betreten das alte Bauernhaus. In der Diele kommt Hanna uns entgegengeeilt, nimmt mich in den Arm und begrüßt danach Cody.

»Wow, das sieht ja hübsch aus«, sage ich zu Hanna.

»Frag aber nicht, wie viel Arbeit das war.« Sie verdreht die Augen. »Wir haben total geschuftet. Und Papa hat sich ja aus dem Staub gemacht.« Sie knufft unseren Vater in die Seite.

»Aber wir waren auch fleißig in den Bergen. Die Fotos habt ihr ja gesehen.«

»Und wo ist denn nun der Grusel-Opa?«, frage ich.

»Im Festsaal. Er hilft Mama beim Schmücken.«

»Für unsere Hochzeit?«

Hanna kichert. »Er ist total aufgeregt. Er sagt, es gab hier im Dorf keine Hochzeit mehr seit über zwanzig Jahren.«

»Und noch nie eine mit einem echten Cowboy«, fügt Lilli hinzu und klingt so stolz, als ob sie selbst das bewerkstelligt hätte.

Während ich Cody nach und nach meiner Familie vorstelle, hoffe ich natürlich, dass sie sich mögen. Aber meine Sorgen scheinen unbegründet zu sein, denn es herrscht eine fröhliche Stimmung.

»Komm, ich zeig dir das Dorf.« Lilli nimmt Cody an der Hand. »Und du musst unbedingt deinen Cowboyhut aufsetzen.«

»Wieso denn das?«, wundere ich mich.

»Die anderen wollten mir nicht glauben, dass meine Schwester einen echten Cowboy heiratet.«

Cody lacht, setzt seinen Hut auf und geht mit Lilli nach draußen.

»So, dann lass uns beide mal zu Mama und Opa Hans laufen und den Saal begutachten.« Hanna hakt mich unter. »Und auf dem Weg erzählst du mir, wie dein Zukünftiger so ist.«

Wir erreichen einen alten Dorfkrug, der zwar in die Jahre gekommen ist, aber sehr liebevoll restauriert wurde. Vor dem Wirtshaus stehen drei große Linden, und so heißt der Gasthof auch.

»Wir sind da«, sagt Hanna. »Und ich denke, du wirst staunen.«

Kurz darauf betreten wir einen Festsaal, wie ich ihn noch nie gesehen habe. Der hölzerne Dielenfußboden glänzt, die Wände sind mit unzähligen Blüten geschmückt, die Tische sind mit weißen Tischdecken und silbernem Geschirr eingedeckt. An einer Wand ist sogar ein überdimensionales Plakat angebracht, dessen Motiv mir bekannt vorkommt. Es ist unser Haus in den Bergen mit einem Gruppenfoto davor: Bea, Alex, John, Cody und ich.

»Wer hat denn ... wieso ... wie konnte das ...«, stammele ich und deute auf das Foto.

In dem Moment höre ich meine Mama lachen. Sie stürmt auf mich zu und reißt mich in ihre Arme.

»Damit ihr auf eurer Hochzeit kein Heimweh nach den Bergen bekommt.« Sie schaut mich an. »Ich wollte unbedingt dein Gesicht sehen bei dem Anblick.«

»Ach, danke, liebste Mama.« Ich drücke sie an mich.

»Das Foto hat Papa hergeschickt«, erklärt sie, als sie mein immer noch verständnisloses Gesicht bemerkt.

»Wow. Das ist der schönste Ort der Welt für eine Hochzeitsfeier«, jubele ich.

»Den Saal hat der Opa organisiert.« Mama deutet auf den alten Herrn, der jetzt aus dem Hintergrund zwei Stühle hereinträgt. Ich muss an all die Nachrichten von Lilli denken und wundere mich, denn ich erinnere mich nicht an ihn und hatte ihn mir als skurrilen alten Muppets-Opa vorgestellt. Aber er hat freundliche Lachfältchen um die Augen. Als er mich jetzt erkennt, stellt er die Stühle ab und steuert auf mich zu.

»Herzlich willkommen in Restewitz, Tina. Schön, dass ihr da seid.«

Er streckt mir höflich die Hand entgegen und ich drücke sie, aber dann habe ich plötzlich so viel Sympathie für ihn, dass ich ihn auch umarme.

»Danke für diesen wunderschönen Raum«, sage ich und sehe, dass Mama sich bei dieser Szene die Tränen der Rührung aus dem Augenwinkel wischt.

»Ja«, schnieft sie, »das wird ganz zauberhaft.«

Am Morgen unserer Hochzeit bin ich so aufgeregt wie noch nie in meinem Leben. Sitzt meine Frisur? Ist mein Kleid schön? Habe ich auch nichts vergessen? O Gott, nicht, dass ich noch irgendwas falsch mache. Meine Güte, Tina, reiß dich zusammen, denke ich.

»Keine Panik, Schwesterlein«, beruhigt mich Hanna, die mich prüfend ansieht. »Es gibt überhaupt keinen Grund für eine Panik.«

»Sag noch einmal ›Panik‹ und ich gerate in Panik«, grummele ich. »Mein Gott, ich bin in Panik! Und zwar volle Lotte.«

Mit der Hand fächele ich mir Luft zu.

»Papperlapapp«, schimpft Kiki. »Du heiratest den heißesten Cowboy auf der nördlichen Erdhalbkugel, also ist alles bestens.«

»Aber so eine Hochzeit ist schon ganz schön endgültig, oder?«

»Das ist ja Sinn der Sache«, sagt Fabienne in einem sehr nachsichtigen Tonfall. »Man hat seinen Traumpartner gefunden und bekennt sich offiziell zu ihm, damit alles für immer und ewig so wunderschön bleibt.«

»So wie du es sagst, klingt es wirklich toll. Wieso hab ich dann trotzdem Muffensausen?«

»So, und nun steh endlich mal still!« Kiki reckt sich in die Höhe und versucht, meine Frisur zurechtzuzupfen.

»Mist.« Sie zieht einen Stuhl herbei und klettert rauf.

»Meine Güte, warum musst du denn auch so klein sein?« Fabienne, die Kiki um einen Kopf überragt, tritt neben uns, zupft lässig ein bisschen herum, und im Nu sitzt alles.

»Da hätte ich mir die Kletterei ja sparen können«, schnauft Kiki, steigt vom Stuhl und schiebt ihn wieder beiseite.

»Müsst ihr euch selbst auf dem Weg zu meinem Traualtar noch streiten?«, stöhne ich.

»Ja«, echoen beide im gleichen Moment.

»Na, schön, dass ihr euch wenigstens in dieser Sache einig seid.«

Die beiden kichern, und in diesem Moment öffnet sich die Tür.

»Ich weiß, ich weiß, ich darf die Braut nicht sehen.« Das ist Codys Stimme.

»Raus!« Hanna, Kiki und Fabienne kreischen im Chor.

»Geht nicht, ich hab vergessen, Tina etwas Wichtiges zu sagen.«

Alle halten inne und starren ihn an.

»Was denn?«, frage ich zaghaft. »Ist es was Schlimmes?«

»Sag nicht, du bist Mormone und hast schon drei Frauen«, zischt Kiki.

»Nein. Aber mein Ur-Urgroßvater, Butch Cassidy … er war ein Revolverheld und Pferdedieb, er hat geraubt und gemordet.«

»Und was willst du mir damit sagen?«

»Ich … na ja … ich stamme von einem Verbrecher ab.«

»Hammer.« Kiki starrt Cody fasziniert an.

Fabienne runzelt die Stirn. »Vererbt sich das?«, wendet sie sich an Kiki. »So was musst du doch wissen.«

»Ich glaube nicht. Obwohl, so ein bisschen *Bad Boy* kann manchmal ganz sexy sein.«

»Kiki!«, rufen Hanna, Fabienne und ich wie aus einem Mund.

»Schon gut, schon gut.« Kiki prustet los. »Ich wollte ja nur eure Reaktion sehen.«

»Also kein Problem?«, will Cody wissen.

»Kein Problem«, versichern wir ihm.

»So, und nun raus mit dir.« Hanna schiebt Cody aus der Tür.

»Also, Tina, bist du bereit?«, fragt Fabienne.

»Ja. Nein. Wenn ihr bei mir bleibt.«

»Na klar«, verspricht Kiki. »Alles gut. Du tust das Richtige.«

»Bist du sicher?«

»Vertrau mir. Mit Männern kenn ich mich aus.«

Ich schaue Fabienne an. Sie nickt. »Mit Männern kennt sie sich aus.«

»Dann los«, sage ich.

Kiki und Fabienne haken mich links und rechts unter und begleiten mich zum Auto.

Als Cody und ich einsteigen wollen, schüttelt Kiki den Kopf. »Tina fährt mit uns, du mit Hanna. Wenn ihr beide vor der Hochzeit zusammen fahrt, bringt das Unglück.«

Ich muss lachen. »Aber wir sind schon zusammen gefahren. Und auch geritten. Und geflogen.«

»Aber nicht im Brautkleid. Das macht den Unterschied.«

Ich muss lächeln, denn Cody guckt verdutzt und auch ein bisschen unglücklich.

»Keine Sorge, die Fahrt dauert nur zehn Minuten.« Fabienne schmunzelt.

»Hast du sein Gesicht gesehen?«, kichert Kiki, als wir im Auto sitzen. »Eins ist sicher, Tina, er liebt dich wirklich.«

Das Standesamt in Treuenbrietzen ist schon von Weitem an seinem weißen Turm zu erkennen. Je näher wir kommen, desto mehr rutsche ich auf dem Beifahrersitz hin und her. Ob alles gut geht? Da meine Familie alles organisiert hat, mussten Cody und ich uns um nichts kümmern, und jetzt habe ich das Gefühl, ich hätte etwas Wesentliches übersehen.

»Hoffentlich hat er die Ringe nicht vergessen …«

Daraufhin lachen Kiki und Fabienne laut los.

»Weißt du, wie oft du das heute schon gesagt hast?« Kiki stupst mich in die Seite.

»Nein!«

»Hast du mitgezählt?«, fragt Kiki Fabienne.

»Bei zwölf hab ich aufgehört.«

»Ach, hört auf, ihr veräppelt mich doch!«

Anstelle einer Antwort kichern die beiden weiter. Fabienne parkt den Wagen auf dem Platz vor dem Standesamt und Kiki hilft mir aus dem Auto.

»Wehe, du trittst auf dein Kleid.«

»Bringt das etwa auch Unglück?«

»Nein, aber du fällst auf den Hintern.« Kiki lacht.

»Könnt ihr nicht wenigstens heute mal ernst sein?« Fabienne schiebt uns zur Eingangstür.

Im Vorraum des Standesamts wartet Papa auf mich und reicht mir galant den Arm.

»Na, wer von euch beiden ist jetzt aufgeregter?«, fragt Hanna.

»Ich«, sagen Papa und ich im gleichen Moment.

»Ach, Papa, danke, dass du da bist. Dass ihr alle da seid.«

Der Hochzeitssaal ist mit Blumen geschmückt und alle Plätze sind besetzt, sodass die Standesbeamtin sogar noch zusätzliche Stühle hereinbringt. Ich schaue mich um, wahrscheinlich sind alle Einwohner von Restewitz gekommen. Außerdem sind Alex, Bea und John hergeflogen. Sogar Grandma Hagerty ist hier und winkt uns zu. Meine Familie sitzt neben ihr in der ersten Reihe. Mama schnieft unaufhörlich in ein Taschentuch. Lilli hat ein Spitzenkleid an und sieht so süß aus, dass ich sie die ganze Zeit knuddeln könnte. Selbst Tim und Chris haben sich schick gemacht. Sie tragen Anzüge im gleichen Design und haben beide ihre Haare mit Gel nach hinten gekämmt.

Ich schaue zu Cody, der trägt einen Anzug mit Fliege und sieht auch ohne Cowboyhut umwerfend aus. Wenn das überhaupt möglich ist, bin ich heute verliebter in ihn als jemals zuvor.

»Wow«, flüstert Cody mir zu. »In dem Kleid siehst du noch hinreißender aus als sonst. Und dabei dachte ich, das lässt sich gar nicht mehr steigern.«

Während wir vor der Standesbeamtin Platz nehmen, bin ich in einem Rausch der Gefühle. Ich nehme wahr, dass sie sich sehr festlich gekleidet hat, aber ich höre gar nicht richtig, was sie alles sagt. Aber dann stellt sie endlich Cody die entscheidende Frage. »Wollen Sie, Bert Cody Parker …«

Obwohl ich weiß, was Cody sagen wird, halte ich die Luft an.

»Ja.« Cody klingt berührt, aber ebenso entschlossen.

»Und wollen Sie, Tina Wagner, mit dem hier anwesenden Bert Cody Parker die Ehe eingehen?«

»Ja!«

Ich sehe ihm in die Augen und kann es kaum glauben, dass wir jetzt hochoffiziell verheiratet sind. Ja, ja, ja!

Unser Kuss wird von den Gästen bejubelt, und wir schreiten als Mann und Frau durch die Reihen auf die Dachterrasse des Standesamts, wo Gläser mit Sekt bereitstehen.

Die Gäste gratulieren uns unter einem Himmel, der heute fast so blau strahlt wie in den Rocky Mountains. Als ich auf dem Pflaster unter uns Hufgetrappel höre, verrenke ich mir insgeheim den Hals. Wo kommen denn hier auf einmal Pferde her?

Als wir nach dem Sektempfang nach draußen gehen, werden wir vor dem Standesamt von einer weißen Kutsche erwartet, vor die vier weiße Pferde gespannt sind.

»Wow, deine Mama hat sich ordentlich ins Zeug gelegt«, flüstert Kiki und klingt beeindruckt.

»Wie romantisch!« Fabienne umarmt mich.

»Ja, eine echte Traumhochzeit.« Hanna schnieft zum hundertsten Mal in ihr Taschentuch.

Auf der Straße nach Restewitz verursacht die Kutsche einen ewig langen Stau hinter uns, aber die Autofahrer winken fröhlich und niemand hupt.

Als wir im Saal ankommen, ist ein riesiges Buffet aufgebaut, aus dem eine gigantische dreistöckige Hochzeitstorte herausragt.

Sie ist mit einem Lasso aus Marzipan umwickelt und ganz oben thront ein Brautpaar auf Pferden.

»Mama, das ist einfach traumhaft.« Ich nehme sie in den Arm und sie zerdrückt an meiner Schulter ein paar Tränchen.

Nach dem Essen wird getanzt. Nachdem Cody und ich unseren ersten gemeinsamen Tanz überstanden haben, ohne uns gegenseitig auf die Füße zu treten, fordert Großonkel Hans Grandma Hagerty auf. Wir lachen und klatschen, während die beiden eine ziemlich flotte Sohle aufs Parkett legen.

Später wird Kaffee serviert und es ist Zeit für die Torte.

»So, da müsst ihr jetzt durch!« Kiki nimmt ein Mikrofon in die Hand und winkt Chris, der sofort die Musik leise dreht. Kiki klettert auf einen Stuhl, damit alle sie sehen können.

»Wie ihr wisst, waren Fabienne und ich dabei, als Tina und Cody sich kennengelernt haben.«

»O nein«, stöhne ich leise. »Bestimmt kommen jetzt ein paar saftige Peinlichkeiten.«

Hanna knufft mich in die Seite. »Super. Genau die wollen wir nämlich hören.«

»Und wir haben uns den Kopf zerbrochen, was es über die Zeit in den Bergen von den beiden zu erzählen gibt«, fügt Kiki hinzu. »Aber, so leid es mir tut, es gibt ganz und gar nichts Unanständiges zu berichten.«

Ein bedauerndes »Ooooh« ist aus dem Publikum zu hören.

Kiki grinst in die Runde. »Als Strafe für die fehlenden pikanten Geschichten haben wir uns etwas ausgedacht. Tina und Cody bekommen nämlich so lange kein Stück von der leckeren Hochzeitstorte, bis sie etwas Bestimmtes geschafft haben.«

»O nein«, stöhne ich. »Bitte kein Baumstamm-Durchsägen oder irgend so was.«

»Nein, nein, viel besser. Tadaa!« Kiki hält ein Lasso in die Luft. Alle lachen und klatschen angesichts der Vorstellung, was nun kommen wird.

»Denn Fabienne und ich sind uns einig …«, redet Kiki weiter. »Die große Liebe fängt man mit dem Lasso.«

»Und ich prophezeie, Cody wird von der Torte viel eher naschen dürfen als Tina«, schiebt Fabienne hinterher.

»Sehr viel eher«, sage ich und muss lachen. »Na, dann los.« Kiki klettert von ihrem Stuhl und gibt mir das Lasso.

»Cody, stell dich da hin. Nicht so dicht.« Kiki dirigiert uns und die anderen Gäste machen Platz.

Cody und ich stehen uns gegenüber. Ich fühle mich an den Showdown in einem Western erinnert.

Cody grinst. »Na, da bin ich mal gespannt. Notfalls esse ich deine Portion von der Torte mit.«

»Wir haben Tina mit dem Lasso ja schon erlebt«, erzählt Kiki. »Und ich sage euch: Gut, dass es nur um die Torte geht und nicht um den Mann.«

»Ja, denn auf die *Torte* kann ich notfalls verzichten«, stimme ich ihr zu. »Aber nicht weglaufen«, rufe ich Cody zu und beginne, das Lasso zu schwingen.

Die Hochzeitsgäste fangen ein rhythmisches Klatschen an.

Ich konzentriere mich, schwinge das Lasso immer schneller, werfe, die Schlinge segelt durch die Luft … und ich treffe! Ich habe Cody gefangen, beim ersten Versuch!

Ich reiße die Arme in die Luft und jubele.

Cody guckt verdutzt. »Hast du heimlich geübt?«

»Her mit der Torte!«, frohlocke ich, und alle applaudieren, lachen und umarmen mich.

Natürlich fängt Cody auch mich bei seinem ersten Mal, und so können wir gleich darauf gemeinsam die Torte anschneiden. Dann essen, trinken, tanzen und feiern wir so ausgelassen wie noch nie, bis wir im Morgengrauen erschöpft, aber glücklich ins Bett fallen.

EPILOG

Mein Leben mit Cody in den Rocky Mountains ist ein Traum. Unsere kleine Ranch wächst und gedeiht. Wenn alles weiterhin so gut geht, können wir schon im kommenden Frühjahr wieder die ersten Reittouren anbieten.

Und sogar den ersten Winter hier oben genieße ich in vollen Zügen. Lange Eiszapfen hängen an den Ästen der Bäume. Die Landschaft hüllt sich in eine Schneedecke, aber sie ist dadurch nicht weniger atemberaubend. Cody schiebt morgens den Weg ins Tal mit unserem neuen Schneepflug frei. Wenn er zurückkommt, bringt er Zimtschnecken oder Brötchen mit, und wir nehmen uns die Zeit, gemütlich zu frühstücken, bevor jeder seinem Tagwerk nachgeht.

Ich schaue aus dem Fenster und sehe Luke und den anderen Pferden zu, wie sie sich genüsslich im Schnee wälzen. Dann springen sie auf und toben übermütig auf der Wiese herum.

Kurz vor Weihnachten hole ich eine Karte aus dem Briefkasten, auf der Palmen am Meer abgebildet sind.

»Hoffentlich seid ihr glücklich da oben«, schreibt Grandma Hagerty. »Hier in Florida ist es herrlich warm. Hierherzuziehen war das Beste, was ich je gemacht habe. Unser Rheuma ist weg, und Maggie und ich springen herum wie die jungen Fohlen.«

»Schön, dass die beiden ihren Platz im Leben gefunden haben«, sage ich zu Cody, als wir die Karte gemeinsam betrachten.

Er nimmt mich in den Arm. »Das freut mich wirklich für sie. Und für uns.«

Eines schönen Tages im Frühling, nachdem der Schnee geschmolzen ist, sehe ich auf einem Ritt durch die Berge im Bach plötzlich etwas glitzern. Ich steige ab und hebe einen golden blinkenden Stein auf. Ich zeige ihn Cody.

»Schau mal hier. Meinst du, das ist ein Goldnugget?«

Cody reibt etwas Sand weg und dreht es zwischen seinen Fingern. »Sieht ganz so aus.«

»Vielleicht ist das aus der Goldmine des alten Hagerty?« Ich schaue bachaufwärts. Irgendwo in dem Gewirr von Felsen und Büschen könnte sich der Eingang zu einer Goldmine verstecken.

Cody zuckt die Schultern.

»Mag sein. Aber ich denke, wir sollten einfach weiterreiten.«

»Bist du denn nicht neugierig?«

Cody beugt sich von seinem Pferd zu mir herunter und küsst mich.

»Wenn du mich fragst, ich finde unser Leben perfekt so, wie es ist. Besser könnte es auch mit einer Goldmine nicht sein.«

Das ist wohl der schönste Liebesbeweis, den ich von meinem Mann bekommen kann, denke ich. Also lege ich das Nugget wieder an seine Stelle in den Bach, steige auf mein Pferd und reite mit Cody nach Hause.

Und ich freue mich auf morgen, denn dann kommen Kiki und Fabienne für zwei Wochen zu Besuch. Und wir werden gemütlich am Kamin sitzen und uns bei einem guten Whiskey Geschichten aus unserem Leben erzählen, während draußen die Sonne über dem Capitol Reef untergeht. Kann es etwas Schöneres geben?

Das ist doch verrückt: Weil Codys Ur-Urgroßvater zwar ein Revolverheld, aber nett und hilfsbereit zur Urgroßmutter von Grandma Hagerty war, dürfen wir jetzt hier oben im Paradies leben. Also hat alles, was wir tun, irgendwann Konsequenzen. Daher beschließe ich, mit all meiner Kraft immer zu helfen, wo ich kann. Denn wer von uns kann schon wissen, ob das, was wir tun, nicht irgendwann mal sehr wichtig sein wird.

Jeden Tag, wenn ich draußen bin, begegnen mir irgendwelche Tiere. Elche, Rehe, Bisons – und neulich habe ich sogar einige Beifußhühner gesehen. Offensichtlich fühlen sie sich in ihrer neuen Heimat wohl, denn es wuselten einige flauschige Küken um sie herum.

Nur einem Bären bin ich immer noch nicht begegnet, aber darüber bin ich in Wahrheit ziemlich froh.

ENDE

Danksagung

Ich möchte mich sehr herzlich bei Pat Kearney und Gary George für alles bedanken, was ich in meinem Jahr auf eurer Ranch und auf den Reittouren erleben durfte. Ich denke gerne an die Gespräche am Lagerfeuer zurück, an die Ritte durch diese unglaubliche Landschaft und die fröhliche Stimmung.

Aber ich habe auch erlebt, wie hart die Arbeit in den Bergen sein kann. Die Erfahrung, nicht nur am Tage, sondern vor allem auch nachts in der Wildnis ganz allein auf mich gestellt zu sein, gehört wohl zu den eindringlichsten und nachhaltigsten meines Lebens.

Die Zeit bei euch hat mich sehr geprägt. Ich werde sie niemals vergessen. Hier habe ich wohl zum ersten Mal verstanden, worauf es im Leben wirklich ankommt. Ohne das alles würde es auch dieses Buch nicht geben.

Ich freue mich, bald mal wieder mit euch zu reiten ... Ach, und grüßt mir den Indianer!

Herzlichen Dank, Henning Daude, für deine wundervolle Arbeit mit den Pferden und für alles, was ich von dir in über zwanzig Jahren lernen durfte. Die Liebe und das Verständnis zwischen Mensch und Tier ist etwas, was unsere Herzen berühren und Grenzen auflösen kann. Ich finde, es kann kaum etwas Schöneres geben.

Sehr großen Dank an Fabian Knecht von Amazon Publishing für das Vertrauen in diese Geschichte und die ausgezeichnete und sehr konstruktive Zusammenarbeit. So macht das großen Spaß!

Meiner hochgeschätzten Lektorin Dorothea Kenneweg, die mir auch bei diesem Buch wieder zur Seite gestanden hat, kann ich gar nicht oft genug danken. Unsere Spaziergänge durch das Tegeler Fließ sind nicht nur entspannend und schön, sondern auch reine Kreativitätsbeschleuniger.

Herzlichen Dank auch an meine Schwägerin Paula, die damals die erste Reittour in den Rockies mit mir durchgestanden hat. Zwar mit einigem Muskelkater, aber heldinnenhaft und auch mit extrem viel Spaß (und mit ein bisschen Whiskey, nur als Medizin, gegen die Schmerzen ;-)).

Und *last but not least*: Danke, mein geliebter Christian, für all deine Unterstützung, egal, welches verrückte Vorhaben ich gerade mal wieder angehen mag.

FSC
www.fsc.org

MIX

Papier | Fördert
gute Waldnutzung

FSC® C083411

Zeitfracht Medien GmbH
Ferdinand-Jühlke-Straße 7
99095 Erfurt, Deutschland
produktsicherheit@kolibri360.de

Druck:
CPI Druckdienstleistungen GmbH
im Auftrag der
Zeitfracht Medien GmbH
Ein Unternehmen der Zeitfracht - Gruppe
Ferdinand-Jühlke-Str. 7
99095 Erfurt